张文宏医生

程小莹 著

上海文艺出版社

目录

写在前面的话　　001

开场白　　001

文宏一章
- 春节序曲　　010
- 组合拳　　025
- 上海方案　　057
- 科技与真心　　078

文宏二章
- 华山路　　108
- 三代人　　123
- 传承　　151
- 相遇　　175

文宏三章	"张爸"	180
	常识	204
	仁心	217
	瑞安	234

| 留白 | 253 |
| 附录：张医生的话 | 295 |

写在前面的话

张文宏讲过很多话。大众耳熟能详。许多人因为他的话语而识得这个人物。一是因了他的语言高度的辨识度；二是他的语言有独特背景——疫情暴发与全民战疫。这些形成张文宏的叙事话语，也是他与大众的共情力之所在。

作家本能对语言敏感。我感受张文宏的语言魅力，先是阅读几乎所有关于张文宏的访谈，他的演讲和视频连线讲座，特别是他在2020年1月18日北京CC讲坛的演讲视频《让流感不再肆虐，你必须知道的真相》。那时候，新冠肺炎尚未宣布"人传人"的暴发，但已经发现"不明肺炎"。张文宏开讲，站在台中央，手拿话筒。这种演讲既有口头语言，还有肢体语言。我看到他经常要踱步，类似走两步退三步的，在台上前后左右来回地走，一边说，一边与台下听者互动。

张文宏后来诸多"金句",此时初露端倪。只是,新冠病毒尚未被人真正认识,针对的病毒似乎只是流感。他的语言能力,确有其独特魅力——对病毒和抗疫做医学叙事,全部日常生活化。

张文宏的这段演讲视频,让我对他的直观印象受到很大影响。后来,我和他面对面,基本不会用正襟危坐的问答式,所有采访交流全程不拿手机拍照,不做笔记。我用眼睛看、耳朵听、心里记;我脑子里总是觉得和他在漫步,走两步退三步似的晃悠。那些专家组会议、查房、视频连线、病例会诊……诸多现场,我都是远远地坐在一个角落,与张文宏的专业团队保持距离。我总觉得一个外人出现在这样的现场会有突兀之感,会不真实,影响原来应有的气氛。甚至有一次,华山感染科与其他科室的一个专家会诊,张文宏说,你想参加的话,我给你弄件白大褂穿上,你就坐在边上一起听听,但还是要跟院方打个招呼,因为涉及病人隐私。

我觉得太麻烦他了。遂作罢。

所以,很多有意思有信息量的对话,都是和他在等电梯闲聊的时候,进办公室入座前忙着倒茶抹桌子开空调的时候,他开车我坐在边上的时候,吃饭点菜等着上菜的时候,在华山西院职工食堂面对面稀里呼噜吃一碗面的时候……就是这样,张文宏的思路信马由缰,这样的跑马般的思路生就的语言,信手拈来,你不知道他的下一句话会说什么,他说他自己也不晓得自己下一句会说什么。话语间,他时有停顿,和缓中带一点节奏,一种裹在柔和中的犀利,让对话暗藏机锋。有一些和张文宏紧密度各不相同的断章、逸事,零星点滴,在他的叙述间满溢出来,也许就成了张文宏的历史。

还有他说的普通话,上海话,我觉着很动听,生动活泼。我们之间的聊天,普通话上海话交替。说到有意思、有趣味、好白相①的地方,他经常会一个停顿,说"你说是吧"或者"侬讲呢"。他那句"我对乡下人老好的"便是典型的话语风格。他这样说,我哈哈大笑起来,由衷地赞赏。他说:"侬讲是哦?"问你,没有一点敷衍你的意思,而是眼睛看牢你。非常认真。我后来在写作中,就经常这样进入他的话语,口中念

---

① 白相,上海话,玩耍。

念有词，自言自语地来一句"你说是吧""侬讲呢"。完全可以用他的口吻来叙述一件事体。比如，他的一段关于自己的独白："那时候，内心其实是很焦虑的，又不好挂在面孔上。市领导、专家医生同仁、下面的小医生，还有老百姓，都看着你。你不好慌。你看我慌吗？我不慌的。香港有个专家讲，这一次，他真的有点害怕了。我很理解这个专家的心情，疫情的严重性，我们都晓得。慌也正常。人类大祸临头，来得又是莫名其妙，一点吃不准，怎么开始的，怎么结束它，没有一个人讲得清爽。哪能①不慌？但慌归慌，不会手忙脚乱。你说是吧。再说，光是慌，有啥用？人总归要想办法的呀。所以，忙是真的。但会有焦虑。所以我会经常出来讲几句。也是有人采访，要我讲。这样的讲话，对我自己的思路，是一次梳理，情绪上，也是一种宣泄。所以，我说话可能会带有点情绪，会有点火气，说话比较直，有时还会有点急。另外，我晓得，有些话，领导讲不一定有用，不一定有人要听，领导也不可能像我这样动不动就出来讲。我来讲，人

---

① 哪能，上海话，怎么。

家要听,听得进。这一点,我是自信的。这是我的专业。"

这段话的意思,他分别在不同时间和不同场合跟我说过。写作中,有一阵几乎完全进入到张文宏的话语,寻到与他一样的语言节奏,写起来很舒服。

张文宏极忙。这种忙,是一般人难以想象的。但你完全可以理解,特别是在 2020 年上半年,疫情紧迫,生死攸关。为一些写作上的事情去打搅他,不忍。按照他的脾性,你跟着他采访,他要为你安排好哪些时间、哪些地点、吃饭喝水……他都会想到。

至于你想问啥,他想回答你啥……张文宏不会去多想。他几乎从一开始就抱定一个意思——不多谈他个人的事情。你问他有关疫情和防控方面的问题,他可以有问必答。但没有什么人可以进入到他的个人生活。他认为这个和他做的工作没有什么关系。先前,就有张文宏怼记者的报道。所以,我在全篇"开场白"的第一句话就是"张文宏很少讲自己的故事"。在以人物为中心的采访写作中,这是一个障碍。

说老实话,我也并不是很想要告诉公众许多人们所不知道的张文宏，也不愿意去问张文宏不想回答的问题。我要避免我的采访陷于某种尴尬。这方面，我也很敏感。在接受这个写作任务后不久，在有关方面的安排下，4月下旬，我们在上海作协先有过一次见面，他愿意接受采写，但表示"只要不是拔高我"。我表达我在写作上的想法——我恰恰就不想拔高你。我更想做的是，在公众所知道的这一个张文宏身上，我们探讨一下个人性格和时代背景、人物独特性和年代感——一个人与一个城市的精神联络、一个人的成长经历与这个时代的关系。1987年张文宏进入上海读大学，这三十多年与这个城市发生的关系，以及这三十多年的中国改革开放的时代背景下的个人感悟。你是怎么来到这个城市的？这个城市给你带来了什么？三十多年的中国时代风云，一定在你身上留下了印记。他听后觉得好。这个可以说，也有意思。

"张文宏很少讲自己的故事。"但很少讲自己的故事不等于没有故事。他也很想表达自己与我们这个城市、这个时代的关系。这一点，我们在第一次见面的时候不谋而合。这令人欣喜。我相信，公众对张文宏这个人物之所以发生极大兴趣，跟张文宏身上的大众共情力有关。这个共情力是关键。我们共同生活的城市，共同走过的岁月，在面对突如其来的疫情的时候，生死之间，一个智者的声音，那种独特的背景和独特的话语，产生共鸣，一种特有的庄重感，还有仪式感。文学要表达的可以不同于新闻报道，或者在新闻素材里，可以做文学叙事的工作。这就是我想要做的事情。

他越是红，我就越是要写出他为什么红，红在哪里。要说难度，这算是难度，但这也是文学创作的高度和努力方向。我的创作原则是，取乎其上，得乎其中。目标要提得高，哪怕最后达不到目标，哪怕是得乎其中，也比没有高度要好。

此后有将近两个月，实际采访陷于停顿。

等待机会。我并不是很急。为采访影响他的重要工作，平添麻烦，说不过去。张文宏忙，但还是会回复我的联系，一条白天给他发的短信，他会在深夜给我回复。老正常的。而且不是拒人于千里之外的态度。他很诚恳。甚至有一次，在某个场合，张文宏遇上有关部门的领导，他主动表示——这次写作上的停滞不前，问题全在他这里，与作协方面无关。是他脱不开身，拖拉下来了。

需要有个与张文宏面对面的机会。我作为一个写作者，首先需要与人物建立某种情感联系。

直至6月，疫情趋于缓和，张文宏已经恢复自己的专家门诊。张文宏愿意开聊了。我们相约于华山医院感染科张文宏的工作处。张文宏把时间安排在周六，办公处相对人少。"侬过来，上午我正好要查房，是我们专家组集中给新冠病人会诊查房。顺便还好看看我的工作环境。然后还有一个与境外的视频连线，中午我们一起到外面吃个饭。我们好好聊聊。下午……再讲了。我是这样安排的。侬讲呢。"

那是2020年7月18日。我先于张文宏到华山医院感染科小红楼。在这之前，我先到华山医院门诊大楼，寻到感染科普通门诊和专家门诊，实地看了一下感染科的门诊状况。走道大厅都是病患，等着扩音器里叫号："××号，请到××室就诊。"我很久没去医院了，现在医院门诊有自动扶梯，门诊叫号像银行排队叫号一般。老早是拿病历卡进去，交到护士手里；护士把病历卡夹在最后一个，然后等前面一个一个病人看好毛病，轮到你，护士叫你名字——×××……

我在这个门诊室看看,那个门诊室望望;一个健康人在病患群体里显得生龙活虎,都有点不好意思。张文宏电话来了,关照——你离开门诊大楼,到五号楼,这是感染科楼。俗称"小红楼"。自己上去也可以,在电梯口等我也可以。

赶忙撤出门诊大楼,再找"五号楼",自己先上了五楼——他的华山医院感染科工作区,甚至叫开了门禁独自进入一个很陌生的工作区域,地上划有一条黄线——"半感染区"。我一只脚跨进去,又缩回了,吃不准到底能不能进入。找不到张文宏的办公室,一个人在里面晃悠一阵,还是退出来了,回到电梯口等他。见面后,他再引我进入"半感染区",进到他的办公室。一边说——跟着我好了,安全的。我们知道哪里有病毒。一边又说,事体总归要做的。侬讲呢。程老师,我看你也是个老实人,不是虚头虚脑的、欢喜张扬来兮的那种人。真的,我也见过各种各样的人。什么样子的人,一看也就有数的。你讲是哦?

张文宏说的是老实话。他认可老实人,并愿意跟一个老实人一起来做一桩事体。想想他说的——不要欺负老实人。这是我与张文宏建立起来的最初的情感联系。有了这样的情感联系，可以越过所有的障碍。

那天，我们聊天，我看他在这个工作环境里的生存状态。他工作——与远在金山的市公共卫生临床中心专家医生会诊，说那些新冠肺炎患者的病情：体温、胸片、用药、药的剂量，诸如此类。我不响，看着他，还打量他的办公室，他的奖状奖牌，他的脚踏车，他放在地上的一大包泡面饼，他的咖啡机、饮水机，他下面条的小锅，他的视频连线时用的灯架……

随后他视频连线国际会议，轮到他发言。事先他告诉我："我发言说的是中文，你听得懂的。"我全程听了一遍他的学术报告。

那天中午，他带我到外面吃饭。华山医院边门的斜对面——乌鲁木齐路长乐路口的那家路边简易西式餐馆，老贵，一份牛排简易套餐要二三百块；他帮我点牛排，自己点鸡肉。他付账。令我心里一直不安。太贵了。本来他自己在办公室里，一碗泡面就可以对付了。一顿饭的时间，居然没有别的顾客光顾。也许张文宏就是图清静。没有外人打扰，至少没有人会认出他来。"我们难得这样坐下来吃个饭，聊聊。你专门为我过来。我也要谢谢你的。你说是吧。"

那天中午我们聊得很多,他说了许多他的故事,他曾经的艰难时光,用他的话说——所有的失败好像都在那会儿。东拉西扯。他的思路信马由缰,话语间,不像在做采访,就是聊天,聊家常,聊工作,聊生活——八十年代,九十年代;上海,乡下;中国,外国;父母,儿子;同事,学生,老师,领导……基本都是点到为止,不作展开。如果我就某个事情问了多一点,他就再多说一点——可以感觉到,张文宏已经对我很放开了,他愿意说的、该说的,都说了,信息量蛮大的,全在这些零星点滴里。至于哪能写,他不会对我的写作有什么要求——你自己看着办。他没有说这个可以写、那个不要写之类的话。我们彼此信任。

我说起他到安义路夜市,当场到义务献血车上献血。我直觉,我们彼此应该住得不远。是的。所以,我们后来约了下一次一起去金山的上海市公共卫生临床中心。张文宏说他开自己的车去,可以来我住的小区接我。我不好意思,哪能可以叫侬来接,我过来吧。但我想他一定不想让一个外人跑到他家门口等他,这会令他觉得不合适,干扰到他的私人生活。我说这样吧,我在昌平路静安工人体育场门口等你。他说好。

就这样。

那天一大早，我刚到静安工人体育场门口，张文宏电话来了，要我过来一点，在延平路等他，这样一拐弯，就可以直接往内环方向了。我就往前走了近百米，他的车到了。我上车，他已经将自己的双肩包挪到后座。

这是个心思缜密的人，并且，很会为别人着想。

他在公共卫生临床中心指挥部大楼里，有间单人宿舍。他从 2020 年 2 月间 "入驻这里"，前后共住了两个多月。

2020 年 7 月 29 日，我和张文宏一起来到这里。按惯例，这天是公共卫生临床中心专家会诊，我们早上从上海家中驱车出发，出门早了点，早到了。他带着我，驾车在方圆几里的"中心"兜了一圈，让我近距离看看这个上海新冠疫情治疗的"堡垒"。他慢慢开车，一边介绍——我先是在这里工作，后来换到那里，这里当初怎么怎么……车停在指挥部大楼前，便先到他的单人宿舍落脚，坐一歇。

简陋的卫生间，冲淋房，一次性洗漱用具。全部是几个月前的样子,张文宏随时可以"入驻"。"每天有个阿姨会来帮忙打扫一下。不过,现在我不大住在这里,所以也不大来打扫了。有点乱。"

离专家会诊大概还有十来分钟的时间。他要抓紧忙一些事情,说,你自己坐一会,随便看看。

张文宏适时地给了我一个时间,一个地点,让我可以一个人走到窗前,看外面绿色的树;忽然想到的是,几个月前,中国最冷的日子,上海最冷的日子,在武汉,在上海。阴晦的天气,街头空旷,救护车呼啸而过。所有人心存压力,可以感受到阴云密布,暗流涌动。那种肃杀之气,若隐若现,由远及近;多有悲壮,几近惨烈。身着防护服的白衣战士的身影,成为最生动的记忆,戴着口罩,上方露出一双眼睛。他们照亮生活。而此时,我的身后,就坐着白衣战士里最典型也是最特别的一个。他正面对自己的笔记本电脑,一个人咕咕嘟嘟,在说些什么。他就这样忙着做他的事情。你不知道他在忙什么,但你知道,他在忙跟外面每个人生命有关的事情。

我就一直看着窗外,回想上海乃至全国抗疫的大背景下,初春,一段中国人艰涩的时光,晦暗,阴沉,茫茫然。但有一个医生的日常医学叙事，令国人看到希望。"中国人总是被他们之中最勇敢的人保护得很好。"我忽然想到基辛格说中国人的这句话，禁不住热泪盈眶。

"阿拉好过去了。辰光差不多了。"张文宏在唤我，一面收拾起自己的双肩包。我平复心情，说："外面的树，长得真好。"

他说："当初的两个月，刚来的时候，是最冷的日子，开空调制热，到开春离开。现在已经是大热天了，空调开制冷了。原来窗外有这么好看的树，碧绿生青①。"

这房间里，还留有些吃的——方便面，各种瓶装、罐装的饮用水。

"侬带瓶水去。"张文宏说。他会对几种饮用水作出评价——这种比较好，这种还可以。这个人行事细致，做什么都要说出个道道，事无巨细，给人以关照。"喝水很重要的。我一直讲，与人的健康密切相关的，一是营养，也就是提高免疫力，再是喝的水要好，起

---

① 碧绿生青，上海话，特别绿、极绿。

码要干净。你记牢我的话。"

近距离与一个医生对话，被关照"你记牢我的话"。此时，文宏的这句话，让我开始确信关于这次写作的情感调动——我可以写了。

这天，我们离开金山后，去华山西院，先到了医生办公室，坐定，听汇报，讨论病例。我远远地坐在一个角落。看张文宏，这一回，领导的样子，专家的样子，导师的样子……全有了，一会儿严肃劲儿，一会儿轻松的笑声……会议不长，张文宏控制着时间。起身，张文宏要查病房，这一回，是正儿八经的临床查房会诊，不是视频连线。一房间穿白大褂的医生簇拥下，张文宏进病房，跟病人交谈。我没跟进病房，就在门口看着——他这时候说些什么，对我的采访已经不是最重要的；我观察周围病人的反应——他们满怀期待。已经到了病房开饭的时辰，送饭的护工将小车推过来，将饭菜送至病床前。病患似乎都没有什么胃口，眼睛看向张文宏医生。

张文宏退出病房，往另一间病房去。他看见我，过来关照一句：你跟着看看就可以了。

也许他这样跟我说了一句话，被边上某个病患家属看见了。当张文宏进到病房去查房时，一个病患家属拉着我，恳求说，是不是可以请我代为对张文宏医生说一下——她母亲在重症监护室里，已近病危，想请张文宏医生过去看一下。

我这时候能体会到病患和家属的心境——是到了救命的时候。我不知道对病患家属说什么。张医生不一定有时间啊。这个病患家属就等在我身边，一直等到张文宏出来，往医生办公室去。我对文宏说，有个病患家属有事求您。

那天中午，我们计划好在西院职工食堂吃了午饭后，就要往华山总院赶。张文宏实在是没有时间。不过，他还是在走廊里站下来，听病患家属说了病情，还叫来主治医师，问了几句，但实在没有时间去重症监护室。他和主治医师交谈一番，然后对病患家属说："我刚才初步了解了情况，我们该采取的措施都会用，这个一点问题都没有。你相信我，也要相信我们的医生，都会尽力的。接下来，我会关注这个病人。这点，你可以放心。"

还有病患家属跟过来，拎着茶叶礼品盒，往张文宏手上塞。张文宏说,你还要我给你们看毛病吗?如果还要看的话,就拎回去。

回来的路上,他开车,还在念叨重症监护室里的病人:如果有时间,我是会去重症监护室看看的。实在没有时间。我们不好耽误下午的工作。这个病人其实不是我们感染科的主治病人,我们只是参与会诊。我去看一下,还要和其他科室打个招呼的。看一下,可以满足病患心理上的需求,让他们得到某种安慰。医生有时候能够做的事情也是有限的。侬讲呢。病人或者家属是这样,医生其实也是这样——我们每天都会面临这样的无助和无奈。别人不一定晓得,我们自己晓得。我们只有尽最大努力,做好自己。仅此而已。

一路上多有攀谈。我说我这次采访后要准备写了。文宏说,先写起来再说。事体总归先要做起来看的呀。

作品中提及一份采访提纲,其实是我本人在跟张文宏见面前做的。后来打印出来给他,还直接发到他的邮箱。对于那些提问,张文宏曾表示一定会好好"交卷",一一作答。但后来,张文宏一直没有"交卷"。现在看此"提纲",显然,当时我犯了一个很低级的错误——拟采访提纲时，想当然地以为，张文宏去过武汉援鄂一线，冲锋陷阵；张文宏没有去过武汉。提纲里有关一线援鄂的问题，一定令张文宏无语。

张文宏尽管没有对此提纲的问题一一作答，但是，我很看重这份提纲，因为这是我写作的一个纲要，所有写作上的动因和思路，希望要得到的信息，最终要达成的写作目标，都在这份提纲中显现。后来，我通过与文宏的交流，在写作中对文宏的描述，和他本人的个性表达中，所有问题几乎都找到了答案。也算称心如意了。

作品以"开场白"起始，三章主体，分别讲述：上海战疫、"上海方案"、上海公共卫生体系的坚强堡垒作用；华山医院感染科的半个多世纪的历史足迹、华山医院感染科三代人的奋斗经历和精神传承；张文宏个人经历和性格特征、语言魅力、内心精神与思想境界。最后的"留白"，写到中国抗疫取得重大战略成果，彰显伟大的中国抗疫精神。张文宏是其中一个令人难忘的身影。

张文宏冲锋在前，没有陷阵；张文宏更像个号手，他吹冲锋号，也吹集结号，吹熄灯号、起床号、出操号、开饭号、上课号……

　　他的行事风格，话语特色，使一个生动的医生形象，得到大众瞩目，红极一时；这里面有故事。这也意味着，读者都认识这个人物——张文宏。许多人也许比我更了解这个人，或者每个人，都有自己心目中的那一个"张文宏"；大家都很清楚地明白，在这个世界上，在中国上海，2020年里，有一个真实的、活生生的张文宏。每一个人有自己的社会背景，有自己的性格，做出自己的选择——而最为考验写作的是，这是"非虚构"的故事。

　　这是真实的讲述，甚至许多是口述实录，有大量的真实话语背景。张文宏是个能说会道的人。他的话语，为人熟悉；他的精神与文脉，有深厚的历史渊源。全书以这样的话语，真实地还原一个人。

　　全书写到五分之三，走笔至"瑞安"。基本完成了最坚硬也是最吃重的部分，接下去，去一下瑞安。

　　文宏跟我说起过他的家乡，三个字——小地方。我说我会去走走。他看着我。我忙说，我不会打搅到您和您的家人亲友的。好吧？文宏不响。我就一个人不声不响地去了。

那是9月中旬。天不是太热,还有,学校开学了。

有千年历史的古城,哪能会没有故事?

文宏青春少年时代的城关镇,已经是瑞安市政府所在地。可想而知,也算小地方的中心地带。便在此地落脚。

先是找到文宏曾经就读的小学,赶早,看他们升国旗奏国歌。随后凭经验,凭直觉——小学生一般都是就近入学,便在附近小巷里穿行。新建的高楼大厦背后,有许多纵横交错的巷子,路牌名便称"××巷",弯来扭去。因为巷多,就有许多靠着街的小屋,上海人叫"街面房子",是这个小镇历史上无数泥水匠、瓦匠、木匠合作的产物。门外有车驶过,路面不平,颠簸起来,房屋的窗玻璃就发出震颤声,像呜咽。可以看见尘秽在窗框上堆积。街面房子用来开店是一种升值,那样的小吃店、裁衣铺、烟纸店①什么的,永远是敞开的。于是,封闭的街面房子就很异样。

还有一些河浜短桥,天气还是热的,湿的,润的。

---

① 烟纸店,上海话,小杂货店。

寻到玉海楼——张文宏提及的著名藏书楼。进去参观，做登记，测体温；顺便问一句工作人员：你们知道上海有个治疗新冠肺炎的专家医生张文宏吗？他们说，知道的。你们知道张文宏是你们瑞安人吗？他们说，知道的。你们还知道他别的什么吗？他们说，不知道。

原本想打探一些关于张文宏的道听途说。一无所获。

进入玉海楼，里面居然空无一人。深宅大院，亭台楼阁，读书人开宗明义。清光绪十四年（1888年），由太仆寺卿孙衣言创建，庋藏古籍甚富。孙氏父子因仰慕宋王应麟博览群书，遂以其巨著《玉海》名斯楼，以示藏书"若玉之珍贵，若海之浩瀚"。脑子里就在想，此地岂是一个"乡下人"了得。儿孙对人生也是有要求的，对读书，更有所求。长此以往，瑞安人多建藏书楼，乡俗儒雅，心有灵犀：第一，要读书；第二，学以致用。

午后，太阳一点一点往山那边斜，往忠义街走去，有明显的地标建筑——牌坊、林庆云宅、利济医学堂、心兰书社、陈葆善宅等，十余处古迹和历史建筑，分布于这历史文化街区。一块石碑，刻录中国地名文化遗产——瑞安，皇上御赐地名。自古至今，此地聚居达官贵人、文人雅士。历朝历代，碎步之间，旗亭酤酒，发思古之幽情；小城尘封往事，文气浸润，多文为富，记镇东街西。

一条大巷子，成一幅淡灰色的水墨画，渐渐地，变深，到了河边，一处大红灯笼垂挂台榭，有曲子悠悠地飘过河来，听着有些忧伤，催人想出许多事情来。像隔了朝代，把许多故事带来，又带走。

河边上有钓鱼的老翁，一个人跟着曲调哼起来，又让人想笑；垂钓者想着开心，是因为等着有鱼儿上钩；陪老翁一起开心片刻，并没有见着有鱼儿上钩，可人的确很是开心，满怀的希望。

少年时代的张文宏，好像就在河浜对面。

树荫底下，有人摆棋盘，走棋，落子无声，观棋不语；看其他小地方乡野之人对弈，棋子落在棋盘上，啪啪作响。此地人等，路边棋摊，走中国象棋，走出国际象棋范儿。

的确很静。羡煞人。有闲人，但好像还有其他人，都有事情在忙。一个适合读书、解题、作文、吟诗、备考的地方。

傍晚回房，读瑞安典故，此地天高，皇帝却不远。帝王、将相、才子均有，独缺佳人。许多读书人、藏书人的故事，大开眼界。

做笔记，构思段章。发挥想象力，想象着瑞安县，那个时代的城关镇，那个时代的张文宏，还有他的家人——"我父亲是浙江大学毕业的，也算知识分子，但那时候，在我们小县城，没有什么职称的概念，一般就叫'技术员'；我母亲，是个普通的小学教师。他们都是老实人。"文宏跟我说到他家人，是这样几句话。所有的信息，归集于——一家子老实人。思绪便在这样几句话语里穿梭。

还有几句，文宏带入年代感："八十年代，邓小平出来了，知识分子慢慢就有了职称，我父亲从技术员变为工程师，后来再做个副厂长什么的，管生产。我读书的确是蛮好的。如果读书不好，我可能就在瑞安，顶替父亲进工厂。那时候，有子女顶替父母进工厂的政策。我哥哥比我先考进大学。我如果考不上大学，也就顶替父亲进工厂，搬砖头。我读书的时候，身体不好，有哮喘毛病。身材单薄。肯定没有什么肌肉。你叫我怎么去搬砖头？只有好好读书。你说是吧。"

够意思了。

夜的瑞安,灯火通明。夜深,咽喉疼痛;独怕发热,过不了酒店、高铁车站防疫测体温这一关。我要买药,搜"附近",寻药房。一个人再走在陌生的古镇,有点飘零虚幻,像虚构的人物,穿行在夜的瑞安,不真实的感觉。依稀记起有个抗战故事:"肖飞买药"。朦胧的水雾湿润了石街,泛着若有若无的灯光,房檐角犹如翘起的凤尾,从古镇东头往西怎么看都像半个月弯。从市政府附近开始,一路夜游,叩开药铺的门,店主在灯底下,正和人吃茶打牌。店主取药、收钱的当儿,那牌友放下手中扑克,操起测温枪,对着我额头,说:"发热要去医院的。"我说是。还好,没有发热。取药出门,屋里牌局重新洗牌,弹牌的声音还能听到。

沿着弯弯的石街回转到大道,前面灯光映示市政府大院的门楼,挂有庄严的国徽,想象里面应该还有毛泽东手书"为人民服务"的字样。忽然觉得很严肃,是主旋律;小跑着回酒店,一少女在服务台前微笑,眉清目秀。

9月底，初稿完成。十一长假起始，我将初稿发给张文宏，请他审阅。长假最后一天，他发来邮件，附带短信——"程老师，写得很好。"

心里总算一块石头落地。生活①做得还算清爽。

文宏提出一些需要补充的内容，是关于上海的科技抗疫，并让我直接与他的助手联系落实。另外一个附件，是文稿修订本。打开附件——14万字的稿件，他逐字逐句做了审定，修改，补充，甚至标点符号，几处重复的叙述，他都一一修正，删改。Word文档编辑修改功能，用得清晰明了。

那时候，书稿定名《感染力：文宏三章》。我很喜欢这个书名。表述张文宏身上特有的感染力，又与他的感染科专家医生意合；文宏，取他的名，亦含文章宏达之意。后来《收获》杂志首发，出版社商量更名《张文宏医生》，我也同意——觉得很直接点出文宏医生的职业属性，所有的故事与背景，都与一个医生的职业有关。

每一个战斗着的人同样不只是一个名字。那些被

---

① 生活，上海话，工作。

历史铭记或淡忘的，同样都是真正的人。他们各自有自己的人生、自己的故事，或者成为故事的一部分。故事里的张文宏，通过还原一个特殊时代和特定环境下的无数个瞬间，无数个片段，无数话语背后的真实生活场景，让大众获得一个更为清晰生动的张文宏。中国人民伟大的抗疫精神，正是每一个中国人对这个特殊事件，在这个特别时刻，做出自己的选择。张文宏是其中之一。他有自己的社会背景，有自己的性格，用自己选择的特别方式，来完善自己的一段人生叙事。

在书中，与张文宏一起，上海抗疫一线的专家、医护人员、华山医院感染科团队，成为书写的群像。他们是这个城市的英雄。这个城市需要普通劳动者、劳动模范、行家里手，也需要大专家、大学者、大医生。张文宏与所有中国抗疫战士一样，不仅仅是"伟大的"，也并不总是无畏的；他们付出和努力，使得这个故事和它的主人公一样——可爱，但也日常。我没有人为去增加或放大"光圈"，他自有光辉，富有感染力。

有许多人对张文宏的"意外走红"毫不惊讶。"张爸"本来就是这样的啊。他的学生、他的同事都会这样说：文宏的专业学识和道德情操一如既往，他用自己一言一行践行着为师者、为医者的初心和使命。

疫情期间，全国各地媒体对张文宏医生以及上海抗击新冠疫情有大量的公开报道，我对这些数量庞大的新闻资料，进行阅读和梳理，它们构成本书创作的基本背景素材。其中，主要参阅文献来自人民网、《中国新闻周刊》、"新华每日电讯"微信公众号、上观新闻、文汇网、澎湃新闻、央视网、财经杂志微信公众号、复旦大学《复旦人》杂志、"华山感染"微信公众号等。这些媒体或第一时间快速报道，或精心策划深入采写，提供了丰富的写作素材。在此深表谢意。

在与文宏面对面的交流中，我也会就媒体报道的一些基本事实、某些细节做核实，或者听取他个人的看法。这些我都事先发在自己的手机短信里。采访中不时看一下，生怕遗忘。我十分珍惜与文宏面对面聊天的机会。后来感觉，这点很重要。比如，说到有病患家属因治病，家庭支出影响其弟弟读大学，张文宏捐助 5000 元，文宏关照，做这件事情的还有我们医院神经科的秦智勇医生，也捐助了 5000 元。你要写进去，只写我一个人不好，而且秦智勇还是被我拖进来的；你写的时候，人名不要写错，秦朝的秦，智慧的智，勇敢的勇。他详细说了当时的经过。蛮有意思的。我就拼命记牢秦智勇医生的名字。还有媒体报道张文宏的小儿子曾在学校老师的指导下给他写过一封信，表达对因为抗疫而"一个月没见面"的父亲的思念之情，然后说"您安心地在前线工作吧，妈妈和我都是您最坚强的后盾"之类，最后写道："您，也会和春天一起，回到我们身边……我们期待着那一天！"文宏说，不就是因为我嘛，我是张文宏，我儿子的信好像就一定比别的孩子要写得好，还要拿出来。你说是吧。这个你就不要写进去了。你讲好哦？好的。此节不写。

有些涉及他个人生活的细节，他告诉过我，但写出来后，他删除了。我对所有文宏删改过的地方，一一仔细核对，修订，并且很认真地思考——他为什么要做这些改动。马上想明白了，都有他的道理。此处不赘。

在医学院，听过张老师的课或者讲座的同学，都会记住他。很多人纳闷，我也一直不解，文宏像个不知疲倦的机器人——连轴转。机器也有劳损的时候。

有一次，科室晚上开组会，文宏被白日连轴的会议和专家门诊消耗了过多的精力，这一次，撑不住了。几位学生发言，还没完，忽然发现张文宏睡着了，有人不禁笑起来。有一个坐在文宏医生旁边的学生，却没有笑。这个学生无意中注意到，张文宏面前的电脑开着，进入屏幕保护状态，屏保画面不是华丽的景色和动感的光影，黑色背景下，几个鲜明的大字：正直、谦逊、踏实、节欲。

张文宏将这八个字作为自己的人生信条。我稍微想了想——他真的就是这样一个人。

这个细节我也没有写进书里。我是真心觉得，一个人将这样的八个字当人生信条，旁人没啥好多说了。

程小莹

2021 年 1 月

【开场白】

"我就是个医生。"

张文宏很少讲自己的故事。比如他如何在哈佛大学访学，在香港大学访学，和谁住在一起。不过，他有一次说起他的哥哥——他唯一的胞兄，先于他走出家乡，在浙江杭州读大学。张文宏去过杭州看哥哥。那是1986年，张文宏读高二的时候，得老师指点，撰文《论温州模式》，获华东地区"中学生政治论文竞赛"一等奖。张文宏与指导老师同往景德镇领奖，顺路，先到杭州看哥哥，白相一趟。一个城镇男孩第一次走出家乡，记忆深刻。坐省内长途班车，与来自各地的获奖学子同吃同住，几天下来，打成一片。那个年代，青春期的张文宏同学敏感，晓得自己是从小地方出来的。张文宏所幸"同学之间无论是来自农村还是城镇，大家关心的都是学习能力和为人"，遂生通吃之意，"瑞安中学不输给上海和杭州等大城市的名校，我也不输给这些名校的学生"。那时候，他晓得，杭州离上海已经很近了。

他很少回忆往昔。他关注当下。"我不会和你说许多我的回忆。"他经常这样说，"现在我真的没有时间去回忆。我是医生，有很多病人在等我。特别是现在这个辰光。你说是吧。你跟我查过病房，在金山上海市公共卫生临床中心，那儿还有二十几个新冠肺炎病人。我们上海市新冠肺炎医疗专家组的专家,每个星期都要轮流去现场会诊。我是专家组组长,每星期也要去一到两次。华山西院的病房,你也跟我去过。你看到的,病房里'塔塔潽'①。他们是病人,都是感染病重症、疑难杂症,等医生去救命。你说还有什么事情比这个更加要紧。所以,我没有办法,也没有辰光,跟你去回忆许多老底子的事情。"

那天,张文宏到达华山西院的时候是上午10点。他从金山上海市公共卫生临床中心结束专家组会诊后,准点赶到。他在时间安排上候分掐数②。这是2020年7月29日。张文宏这一天的安排是这样的:上午9点,上海市公共卫生临床中心新冠肺炎专家组查病房;上午10点,上海华山医院西院传染科病房查病房;下午1点,华山医院总院传染科业务会议;下午3点,传染科门诊会同协作科室会诊;晚上有个国际医学会议视频连线,特邀张文宏发言谈中国与世界新冠疫情。

只是,这个时间点,在西院停车难。好不容易寻到个停车位,张文宏倒车,来回打方向几次,入位。他从车上下来,习惯性看看车身。可以看见,车身后部留有多处剐蹭痕迹。从停

---

① 塔塔潽,上海话,很满的样子,这里指病房里睡满病人。
② 候分掐数,上海话,不多不少、恰好。

车点到院部大楼，多走了一二百米。这段路行走中，张文宏背好双肩包，戴上口罩，长舌帽帽檐压得很低。没有人会认出他。他进门诊大楼，竟然找不到上楼的职工内部电梯。这个地方他有近两个月没来了，有点陌生。"过去我经常来，新冠疫情期间，有两个月了吧，实在没有时间来。连上楼的电梯也寻不着了，好像动过了。"张文宏难得有点疑惑。

这天是张文宏半年多来抗击新冠疫情和华山医院感染科日常医学叙事的集中表达。可以用一种介于散文和小说之间的思维、思绪、情绪、笔触，记录下来。张文宏说，哪能写？我不晓得，我会写一些科普文章，用一些真实的病案，像一个小故事，从中发掘出一点有意思的知识和思想，告诉大家一些有意义的道理。

疫情是一出人类与自然抗争的大戏，生死之间，动荡不安的戏份，翻云覆雨的情节，到了即将落幕的时候，或者，在前一波与后一波之间，大家都在揣测，每个人说的话，做的事儿，都摆在那里。使之前所有的有意义和无意义，都会有注脚和出处，在张文宏这里，则显示着意义重大，要旨非同寻常。

许多事情他不轻易示人。他不会告诉人他的童年往事，他的青春少年时光，还有他的家人，他的父母，甚至祖父母；他也不想告诉人，他和他的亲朋好友的故事，他遇到的人、物、事，他的学业、他的事业和发展，挫折与峰回路转……这些他都不想说。他已经说过了："我就是一个乡下小青年，到上海来读书，后来就留在上海。就是这样。"他本就是这样的人，生活就是这样过来了。他没有时间去回忆。就让生活怎么样子过来的，再怎么样子过去。

张文宏说："我就是个医生，感染病学科专家医生，因为新冠肺炎，因为这个病毒，我无法隐身于幕后，无法袖手观望，我需要站到前台来，说一些话来让大家听明白。但我也不是一个说书人，现在也不是回忆往事的时候，就说一些大家听得明白的话语。"

所以，写不了他的亲友，家人，许多陌生人——病人，有的活着，有的已经死去；还有他的家族血脉，他的故乡，他勤劳质朴的乡下人祖先，南国美丽忧郁的小城故事；一方水土养一方人的南方乡村城镇农民工人知识分子自然清朗质朴精明的生活哲学。对，就是温州人——温州瑞安。张文宏不大去回想这些故乡轶事，似乎没有多少趣闻。就是这样，张文宏的思路信马由缰，这样的跑马般的思路生就的语言，信手拈来，你不知道他的下一句话会说什么，他说他自己也不晓得自己下一句会说什么。话语间，他时有停顿，和缓中带一点节奏，一种裹在柔合中的犀利，让对话暗藏机锋。有一些和张文宏紧密度各不相同的断章、逸事，零星点滴，在他的叙述间满溢出来，也许就成了张文宏的历史。

如果说这就是回忆也罢。

张文宏不迷恋对故乡的旧事重提，但不乏乡情。三十余年，旧游踪迹，梦飞青山绿水。对于上海，却以"乡下人"自嘲。瑞安有许多的好，人家是不晓得的。有许多有劲的地方，因为是小地方，晓得的人便不多。不晓得并非就没有意思。只不过你不晓得罢了。人家讲，小地方的人，孤陋寡闻；但你不晓得小地方，也是一种孤陋寡闻啊。小地方，生我养我。我现在，在上海，也有点像上海了——全世界皆晓得。这就是上海。也是个养我的地方。

他很早便将自己父母接到上海来生活。"我好照顾老人呀。当然，少不了买房，还贷。返乡已不是我的第一选项。"张文宏说。上海如此之好。

"我在上海至少生活了三十年，交税也交了不少，但这个城市给了我更多，所以我非常愿意给上海打广告。我一般不给任何地方打广告，但是为上海打广告，是一种感恩。"这是张文宏对上海说出的一句心里话。

张文宏说，有许多人比我更了解上海。我就是一个乡下人到上海。对上海来讲，我真的就是一个乡下人。在温州瑞安，我不是乡下人,我是小城镇人,有比城镇更落乡①的地方,那是我们那里的"乡下"。

感染科的病,俗称"传染病",是"穷病",不同于城市人的"富贵病"。传染病的病人大多数是乡下人,老底子,毛主席"送瘟神","绿水青山枉自多,华佗无奈小虫何",说的就是"血吸虫病",现在浙江农村,绿水青山,金山银山,那时候哪有这么好。中国南方农村乡下人生血吸虫病,旧社会地主不生血吸虫病的。只有农民,赤脚踏在水田里劳作,到小河浜里清洗农具,一边揩面洗脚擦身,容易感染得病。

"我们华山医院感染科的老前辈,我老师翁心华和他的老师们,就到农村去消灭血吸虫病。"

"我是专门看感染性疾病,也包括传染病,穷人容易得。"张文宏说这话,很认真,一点不开玩笑。

哪能做好一个感染科专家医生?张文宏说,先从学会查不明发热开始。至于如何成为"发热待查"高手?老专业的。

"我跟你讲你一定听不懂的,因为我们读的书不一样,我讲的每一个汉字你都能听明白,但不会知道是什么意思……怎么办。我就用大家听得懂的话来告诉你。不过你懂了,也不一

---

① 落乡,上海话,乡下、乡村。

定有用。你总不见得代我去做感染科主任，去查几个发热病人？这种事情，性命交关。一般人，晓得一些科普常识即可，不然要我们医生做啥？我现在这样说，你就晓得，'非典'的辰光，还有今年年初，管控排查新冠肺炎，就是从测体温开始。上海人讲'量热度'。医院都有发热门诊。现在，全上海，全中国，全世界，量热度的事情，还没完。"

2020年8月，上海大热。张文宏一席话，拽着人，从大热天回到大冷天。回到2020年1月23日，己亥岁末，小年夜。

【文宏一章】

"我走不了。我要守住上海。"

1. 春节序曲

公历 2020 年，元月。中国农历时间，仍蹒跚于己亥年。

己亥，中国传统干支纪年的组合之一，在 60 个基本组合中排序第三十六。前位戊戌，庚子于后。

2020 年 1 月 23 日，己亥岁末，小年夜。这一年的春节，序曲的主题一改往日，不再热烈与欢快。暗流涌动，阴云密布。有激越鼓点，伴随肃杀之气，交响变奏，若隐若现，由远及近。多有悲壮，几近惨烈。

【武汉封城】

从 2020 年 1 月 23 日 10 时起，武汉全市公交地铁、轮渡、长途客运停运，机场火车站离汉通道暂时关闭，到 2020 年 4 月 8 日零时起，武汉市解除离汉离鄂通道管控措施，武汉封城历经 76 天，1814 个小时。这是属于武汉封城的抗疫记忆。

——360 百科

2020 年 1 月 24 日，农历除夕。国家卫生健康委员会发布新型冠状病毒感染的肺炎疫情状况——

1月23日0—24时，27个省（区、市）报告新增确诊病例259例，新增死亡患者8例。新增治愈出院6例。19个省（区、市）报告新增疑似病例680例。全国共有29个省（区、市）报告疫情，新增内蒙古、陕西、甘肃、新疆4个省（区）。

截至1月23日24时，国家卫生健康委员会收到29个省（区、市）累计报告新型冠状病毒感染的肺炎确诊病例830例，其中重症177例，死亡25例，其中湖北省24例、河北省1例。已治愈出院34例。20个省（区、市）累计报告疑似病例1072例。

累计收到港澳台地区通报确诊病例5例，其中香港特别行政区2例，澳门特别行政区2例，台湾地区1例。

累计收到国外通报确诊病例9例，其中泰国3例（2例已治愈），日本1例（已治愈），韩国1例，美国1例，越南2例，新加坡1例。

目前追踪到密切接触者9507人，已解除医学观察1087人，尚有8420人正在接受医学观察。

同日，全国30个省区市相继启动"重大突发公共卫生事件Ⅰ级响应"，制定落实社区的防控措施，实行网格化、地毯式管理。上海市政府召开新型冠状病毒感染的肺炎疫情防控工作会议，听取新型冠状病毒感染的肺炎疫情防控领导小组办公室有关情况汇报。会议决定，上海启动重大突发公共卫生事件Ⅰ级响应机制。

除夕下午，张文宏驱车往肇嘉浜路翁心华先生家。在上海疾控中心，召开上海市新冠肺炎医疗救治专家组会议，特邀翁心华先生出席。老先生年届 82 岁，是复旦大学附属华山医院终身教授。"老师，今年年夜饭你看样子吃不好了。"张文宏致歉意。

"你也一样。"老先生晓得，在今年这个时候，大家都没啥胃口，"你来接我，省得我打车麻烦。过年打车老难的。"车子上，望出去，一反往常，马路上车辆稀少。这个年注定不同寻常。

翁心华说："2003 年，SARS 的辰光，我在上海，你跟着我，弄了半年，只弄了 8 个病人。这次，上海首例确诊才 4 天，就 20 个确诊病人了。我第一感觉是，这次新冠病毒的传播力，要比 SARS 更强一些。"

老先生话语不紧不慢，却一字一句烙进张文宏心底。张文宏后来说："从那时起，我就想好，要把自己的时间精力全部投进去研究这个疾病的防控。这与翁老师早期就提醒我们要重视这个病是有关系的。"

下午的上海市新冠肺炎临床救治专家组会议上，翁心华旧事重提，有感而发："17年前SARS的时候，我做上海专家咨询组组长，想不到17年后的今天，我的学生替代我来做组长了。他很有能力，他会比我做得更好。"

他们有共同的经历。他们都是"华山人"。上海历次重大公共卫生事件中，华山医院感染科的医生承担重任。2003年，翁心华担任上海市防治非典专家咨询组组长；2009年，翁心华的学生卢洪洲担任上海市甲型H1N1流感治疗专家组组长；2013年，卢洪洲任上海市流感（H7N9）防控临床专家组组长；2020年，张文宏担任上海市新冠肺炎临床救治专家组组长。

除夕夜，照例是央视春晚，临时插播朗诵《爱是桥梁》。此中国疫情防控的文艺节目，首创于2020年1月24日除夕夜。作者：白岩松。参演：白岩松、康辉、水均益、贺红梅、海霞、欧阳夏丹。

白岩松：今天，我们走上这个舞台，都没有赶上过一次正规的彩排。这可能是春晚历史上给主持人留下准备时间最短的一次。但是疫情发展得迅速，这份短恰恰代表的是太多的人对防疫群体最长的思念和牵挂。

康辉：短短几天的时间，从习近平总书记的系列指示，到党中央、国务院的高度重视；从各地方部门的快速跟进，到专家、医生的全身心投入；还有，所有中国人关切的目光和温暖的支持。一场没有硝烟的战斗已经打响了。科学防控、坚定信心，就是抗击疫情最好的疫苗。众志成城，没有我们过不去的坎儿。

白岩松：过年，就要拜年！我姓白，当然首先要给全国所有的白衣天使，尤其是奋战在防疫一线的白衣天使们拜年！我们在这儿过年，你们却在帮我们过关。但是，不管你有多忙、你有多累，再隔一会儿，钟声敲响的时候，给自己留几分钟的时间。如果可能的话，给家人打一个报平安的电话，许一个与幸福有关的愿。然后，回到战场，继续护佑我们的生命和健康。但是，一定要记住，我们爱你们！不止在今天，还在未来生命中的每一天。

欧阳夏丹：在这儿呢，我特别想给所有的湖北人拜一个年！你们停下了出行的脚步，其实就是在刹住疫情前行的脚步。可能在那一瞬间，你们会觉得孤单，却可能是最不孤独的时刻，因为我们所有的人都和你们在一起。留在家中，就是你们对抗击疫情最大的奉献和牺牲。春节到了，春天也就不远了，让我们春天再相逢。隔离病毒，但是绝不会隔离爱。让我们一起给他们加油，给他们最需要的温暖！

贺红梅：我要给最近14天内离开武汉的朋友们拜年！疫情有潜伏期，这段时间，不论您走到哪儿，都请照顾好自己，也绝不给感染别人提供可能。您的安静过年，会帮助我们所有人平安。而对于全国的所有朋友来说，这个年更多地跟家人在一起、跟亲情在一起、跟爱在一起。让自己不感染，就是您对抗击疫情作出的最大贡献。您安全了！14亿人都安全了！疫情就被击垮了！

水均益：我们还要感谢世界各国的朋友们对于中国抗击疫情的关注和关心。你们的一声问候、一句鼓励，就是在为我们加油。病毒不需要护照，我们是人类命运共同体。爱自己，也爱世界每一个角落的人。同一个世界，同样护佑健康。请相信中国，一切都会好起来的！

海霞：今天，在澳网赛场有一个好消息，王蔷战胜了强大的小威。你看，只要我们不怕，敢拼就会赢！有党中央的坚强领导，有全国人民的齐心协力；有最透明的公开信息，有最细致的防护准备；（有）最科学的预防治疗，（有）最强有力的合力保障。最有信心地向前走。在防疫的赛场上，我们一定赢！

康辉：今夜，让我们好好过这个年。也感谢所有为过好这个年正在努力和奉献的人们。过好年、充好电，我们就更有劲儿，对不对？更有劲儿去把所有的事情都做得更好。过年、过关！爱，都是最好的桥梁。我们给大家拜年！加油，武汉！

全体：加油！中国！

"有这个节目的啊。我不晓得。"说起除夕，张文宏说，"这个时候做的节目，是给全国人民看的，不包括医护人员。医生忙煞，哪有时间坐在电视机旁看电视啊。不但忙，心里还紧张、焦虑。"

中国人的除夕，又称大年夜、除夕夜、除夜、岁除等，是每年农历腊月（十二月）的最后一个晚上。除，去除之意；夕，指夜晚。除夕也便是辞旧迎新、一元复始、万象更新的节日。

除夕，吃年夜饭，也叫团圆饭。南朝梁人宗懔《荆楚岁时记》文载，南北朝时已有吃年夜饭之习俗。因时值冬天，北人常于饭桌中置火锅，亦称"围炉"。

守岁之习俗，也流传久远，早于西晋《风土记》便记载："终夜不眠，以待天明曰守岁。"传说守岁是为了防止一种独角兽的侵害，而这种独角兽最怕火光、红色和声响，所以，人们就在除夕夜穿红衣、点红灯、贴红纸、放烟花炮竹，焚香祈祷，彻夜不眠。《帝京岁时纪胜》记载："高烧银烛，畅饮松醪，坐以达旦，名曰守岁，以兆延年。"

多地也称除夕夜为"吉祥夜"。在这个晚上，大人小孩，要说吉祥话，不可说晦气话、脏话和不敬之语，否则一年倒霉。由此，欢欢喜喜、和和气气、团团圆圆，成除夕夜主题。

上海虹桥机场出发大厅，这个除夕，气氛紧张。大战将至，临阵点将——

第一人民医院两人——

第六人民医院两人——

第六人民医院到了没？

华东医院两人——

第四人民医院两人——

……

点名报名，声音不绝。上海52家医院，136名医护人员，24小时完成集结出征。他们都是"自愿申请出战"。华山医院入列。

次日凌晨一点半，大年初一，援军抵达武汉。

中国人的不眠之夜。

守岁。佑护。这一年，上海冬暖。

"我走不了。我要守住上海。"张文宏说。"上海新冠肺炎医疗救治专家组组长"的职责，决定他坚守上海。这个除夕夜，张文宏用特殊的方式辞旧迎新——连夜疾书，针对当前的疫情发展与转变、普通大众应该如何防护等问题通过媒体，一一作答——

除夕夜逆向而行：壮举下的"援手"

除夕之夜，国家征召，勇士报到，全国数十支医疗队伍奔赴武汉。我们国家的体制优势再次展现。全国人民在医务界英雄前面再次含泪刷屏。这种精神无疑给了大家战胜新冠肺炎的必胜信念。但全国医疗精英奔赴武汉将开展怎样的医疗救治呢？

很快，武汉的著名感染病专家、华中科技大学附属同济医院感染科主任宁琴教授告诉笔者："今晚接紧急任务，同济医院汉阳中法新城院区，明天整体搬迁腾出1200张床，为收治发热病人众志成城一夜腾出'小汤山'。"至此，国家击溃"新型冠状病毒性肺炎"的一盘大棋拉开序幕。

不出意外,2003年成功控制传染性非典（又称SARS）的成功经验将再次在中国上演。

中国不到一个月获得了导致武汉不明原因肺炎的病原体的

基因信息，这是科学的胜利；但是控制病毒蔓延，我们还是要回到最古老的办法，那就是"隔离救治"。就像《美国医学会杂志》在1918年全球大流感的时候所说的："在这场流行病中，病毒对生命构成严重威胁，必须给每个病人实施最完善的隔离治疗才能保证人们的安全。"

这几天，大家的微信圈中，充斥着武汉医院内拥挤的病人，求一床而不得，民众又因为武汉限行萌生了不安与恐惧。那么，如今一夜之间，一所1200张床位的医院腾出来了，据我所知，如果床位不够，政府还可能在一周之内再打造一所新的1000多张床位的"武汉小汤山"。这样，再加上目前武汉已经存在的各家定点医院，收入所有的不明原因发热病人已经不成问题。

至此，全国各地医疗志愿军逆向而行进入武汉的"援手"已经跃然而出。我们已经不是2003年的中国了。控制新冠病毒感染的武汉主体战役应该在1个月内进入尾声，2个月内结束。

最冷清的春节：孕育生的希望

英雄逆向而行。百姓怎样过年？微信圈被钟南山院士的过年微信刷屏。据说，钟南山院士呼吁："解决疫情最快、成本最低的方式就是全中国人民在家隔离2周，这样对全国经济影响最小，对生命健康最有利。强烈建议全中国人民都在家过春节，不要走亲访友。不是人情淡薄，是生命第一。待春暖花开之时，我们都可以走上街头，不用口罩，繁花与共。"

笔者没有找钟院士考证过他是否说过这句话。其实，从分离出新冠病毒之后，就已经知道这是一种以急性感染为表现的病毒性疾病，一般不会出现长期慢性带毒的情况。

对于这样的病毒，只要足够时间的隔离，完全覆盖掉潜伏期（目前所知该病毒最长潜伏期为2周），那么所有潜在的病人将自动被筛选出进入医院隔离治疗，部分免疫力较强的患者则会自愈。2周之后，社会将重归秩序与繁荣。所以对于武汉，已经采取了限行、停止公交、科普教育等措施，备足了床位与来自全国各地的医疗力量。那么可以预见，2周内，所有已经发病或者即将发病的患者将会顺利进入医疗点救治。经过2—4周治疗，大部分患者将被治愈。这样的话2个月内结束武汉战役不是一场梦。

武汉进入紧急状态，病毒控制在即。2周内发病病例数势必会出现下降。但是，刚刚进入输入性疾病早期的全国其他各地呢？能否遵从"在家2周"，过个"健康春节"呢？估计很难，不到最后关头，能够遵从健康建议的人只是少数，君不见控烟行动从未真正奏效吗？那么全国其他各地减少活动的困难可想而知。

武汉之外：突发公共卫生事件Ⅰ级响应

1月23日，广东省、浙江省、湖南省启动重大突发公共卫生事件Ⅰ级响应。1月24日，湖北省、天津市、安徽省、北京市、上海市、重庆市、四川省启动重大突发公共卫生事件Ⅰ级响应。

突然发生，造成或者可能造成社会公众身心健康严重损害的重大传染病、群体性不明原因疾病、重大食物和职业中毒以及因自然灾害、事故灾难或社会安全等事件引起的严重影响公众身心健康的公共卫生事件，称突发公共卫生事件。

《国家突发公共卫生事件应急预案》将突发公共卫生事件划分为特别重大（Ⅰ级）、重大（Ⅱ级）、较大（Ⅲ级）和一般（Ⅳ级）四级。Ⅰ级响应已经属于最高级别，也就是特别重大的级别。本次出现输入性病例较多的省份和城市宣布启动Ⅰ级响应的原因是"发生新传染病或我国尚未发现的传染病发生或传入，并有扩散趋势"。

可以预计，宣布Ⅰ级响应的地区在随后的几周内，应会全方位地采取措施，更快地发现更多病人、充分隔离疑似和确诊患者，强制性减少社会聚集性活动。如果能够有效地发现输入性病例的话，那么在 2 周之后病例数应该会出现显著下降。若未能在 2 周之后发现病例数下降，反而出现更多聚集性成簇分布的本地病例的话，说明早期的疾病控制措施不到位，在后期将会依据Ⅰ级响应授予的权力采取更加积极的防控措施以降低新发患者数量。

在全国各地英雄往武汉逆向奔袭之际，我们相信武汉战役从一开始就是从胜利走向胜利。反之，我们下一步的目光更应该投向武汉之外的城市，我们绝不允许武汉发生的新型冠状病毒传播和暴发再上演一次。

张文宏说——自从新冠疫情来到这个世界，作为一个专业的感染科医生，我也非常迷惑。一开始，我也不认得这个病毒。这场传染病跟我接触的其他传染病完全不一样。我在 2003 年参加了与 SARS 的斗争，2009 年参加了 H1N1 流感暴发的处理，也参加了 2013 年人感染 H7N9 禽流感的处理，但是比较每一次传染病的发生，都让我感觉到这次新冠疫情来得特别地难处理，而且我们也知道，至今它还在全世界蔓延。因此我想到所有的民众可能也会和我有一样的疑惑，而且对这场传染病的未来，心里都怀着非常强烈的疑惑和担忧。想到这些，你说我该做什么、怎么做？我是个医生，当然是要做个好医生。那篇写于除夕的文字，是我最先想到要说的话。后来，我大概一发不可收——话越来越多。

他说这话的时候，已经是 2020 年 8 月。名声大噪，但他还是心存忧患。

2020 年 1 月 25 日，庚子年，大年初一。中国的这个春节，被新型冠状病毒感染。

关键时刻，习近平总书记发出"疫情就是命令，防控就是责任"的总动员令！北京度过一个不眠之夜。

中共中央政治局常委会会议，首次在大年初一召开。中共中央总书记习近平主持，专门研究疫情防控工作。中国最高领导层，打破惯例，与放弃休息、舍弃团聚的一线疫情防控者一样，与全国民众一起，上下同欲，共寻科学应对疫情之策。

习近平首先代表党中央，向奋战在疫情防控工作一线的全国广大医务工作者和同志们表示衷心感谢，向全国各族干部群众特别是湖北各族干部群众致以亲切问候，向在疫情中失去亲人的家庭致以诚挚慰问。"全党全军全国各族人民都同你们站在一起，都是你们的坚强后盾。"

"生命重于泰山。疫情就是命令，防控就是责任。"习近平说。只要坚定信心、同舟共济、科学防治、精准施策，我们就一定能打赢疫情防控阻击战。湖北省要把疫情防控工作作为当前头等大事，采取更严格的措施，内防扩散、外防输出；强调要按照集中患者、集中专家、集中资源、集中救治"四集中"原则，将重症病例集中到综合力量强的定点医疗机构进行救治，及时收治所有确诊病人。

会上，中共中央成立应对疫情工作领导小组，直接在政治局常委会领导下开展工作。会议对下一步的疫情防控，作出明确指示：要分类指导各地做好疫情防控工作。要全力以赴救治感染患者。要依法科学有序防控。要及时准确、公开透明发布疫情，回应境内外关切。

"要全力以赴救治感染患者""及时收治所有确诊病人""绝不能因费用问题耽误患者救治"……一系列安排，扛鼎之力，显示执政者对人民生命的珍重。

2. 组合拳

上海战"疫"开始。

一个春节长假，再延长假期。上海暖冬。大家闷在家里。看电视，看新闻发布会。上海卫生健康系统适时启动医疗、疾控和科普三大法宝，交出一份疫情"中考"的高分答卷。文汇网称，"其中，健康科普是不可或缺的'加分项'"，"上海有8位不同领域的'重量级专家'则是健康科普的'神助攻'"。

从1月15日上海确诊首例新冠肺炎病例开始，病毒突如其来，公众如临大敌。中国工程院院士、复旦大学教授闻玉梅等12位院士走上前台，联名向市民发出倡议：科学认知新发传染病，配合排查、及时就医、做好防护。

"在疫情的关键阶段，大家要冷静，要稳住，要相信我们一定会成功！大多数的流行病学专家、病毒学专家、临床学专家都认为，历史上从来没有一个传染病可以把某一个国家的人打倒。它总是有一个过程或者有一个恢复期。"2020年1月30日，下午2点，86岁的闻玉梅在上海市新冠肺炎疫情防控系列新闻发布会上发声。现场掌声雷动。与会记者一样带着疫情初期紧张压抑的情绪，此时得以释放。随后，闻玉梅告诉公众，可预见在1到2个潜伏期（1个潜伏期是14天、2个潜伏期就是1个月)就会出现拐点。"拐点"出现的明确标志,首先是疑似感染人数下降,其次是发病人数下降。拐点的到来要靠每个人的努力。

上海人松了口气。

闻玉梅此言不虚。上海抗击疫情过程中,本土新增病例在2月初便开始缓慢下降。至3月24日,上海本土新增病例开始为零。

闻玉梅的结论基于充分的科学依据:"当时中国采取了非常严格的隔离措施,我们完全有信心将疫情控制住。"

非常时期,院士呼吁市民守规矩,既不要惊慌失措,也不要以为自己"刀枪不入",各类聚会一定要叫停。在她的建议和关心下,还开展了一项实用性颇强的"非常研究"——复旦大学上海医学院教育部/卫健委医学分子病毒学实验室联合公共卫生学院,用7天时间完成"安全、快捷再生一次性医学口罩"的实验研究。

上海,人心向好。连"闷"三周。新增确诊病例数接连下降,形势向好。此时更需谨慎。中国-WHO联合专家考察组成员、复旦大学上海医学院副院长吴凡提醒公众:"千万不能麻痹大意,千万不能心存侥幸,千万不能放松措施。"三个"千万",就千万要注意了,其间传递出科学的防控意识,零新增不等于零风险，有信心不等于能大意。病毒尚在，拐点并未到来，理性对待，不急不躁，不泄气松劲，也是疫情考验的关键所在。

疫情带来的考验远不止这些。"闷"在家的时间越来越长，焦虑与烦躁的情绪相互感染。大众"闷闷不乐"，整日愁眉苦脸，此等不良情绪蔓延，重创大众比病毒尤甚。上海市精神卫生中心党委书记谢斌主任医师给出实用的生活建议，"该追剧追剧，该追星追星"。适时地转移注意力，也是一种积极的"心理防护"。

减少焦虑情绪，可通过增加单调生活中的"仪式感"来实现，"要在心理上把自己唤醒"，谢斌开出"心灵处方"。他以诙谐的方式善意提醒市民——"屏牢①了，I see you；屏不牢，ICU"，并建议趁此机会尝试一些"新冠生活新方式"："降低需求、延迟满足、有意义的独处等。"

从闻玉梅、吴凡到谢斌，上海三位不同领域的权威专家，在疫情防控的一个多月内，精准抓住公众心理变化的重要节点，打出一套有力的健康科普"组合拳"。从疫情最初的提振信心，到防控成效初显的鞭策提醒，再到长期闷在家中，心理

---

① 屏牢，上海话，忍得住。

情绪的调整疏导，抗疫情、稳情绪齐头并进，增信心、除焦虑相得益彰，提升市民抗击疫情的"心灵免疫力"。

也便在此时，公众开始认识张文宏。

疫情初，1月15日，上海确诊首例新冠肺炎病例。公众对病毒一无所知。别说公众，其时，专家医生也一筹莫展。公众无知而迷茫，陷于恐慌、担心、退缩等紧张情绪之中。第一批与患者接触的医护人员，他们知晓病毒的危害性，但必须和患者在一起。14天后——1月29日，过去了一个约定俗成的隔离期。

1月29日，零点时分。从河南郑州参加完国家卫健委新型冠状病毒肺炎防控督导工作会议的张文宏，搭乘"红眼"航班赶回上海。出机场，驾车直奔上海市公共卫生临床中心，第二天，照例要召开上海市常驻市级专家组会诊会议。

同时，综合性医院也全面展开了防控工作，开始派驻医生支援武汉和上海市公共卫生临床医学中心。张文宏所在的感染科，医护人员开始捉襟见肘。很多人已经支援了上海市公共卫生临床中心，休整回来立即投入上海的防控甚至加入下一批的援鄂医疗队。

年轻人自然成为一线主力，很多年轻同志都已经显示出疲态。在主持公共卫生中心的专家组工作外,张文宏还必须主管复旦大学附属华山医院感染科的综合性医院防控工作。面临有生力量短缺问题,张文宏短暂思考后,决定临时召开紧急党支部会议。自疫情暴发,"战疫"紧迫,华山医院感染科,无论教授、副教授、主治医生、住院医生,全员投入,已经超负荷工作。团队还要与抗生素研究所、呼吸科、急诊科一起,承担上海市公共卫生临床中心上海专家组、医疗组的工作,也有分批派出援鄂医疗队的,同时还承担华山医院发热门诊和发热留观病房的大量工作。

会议上,有人提议,采用自愿报名的方式,谁愿意参加谁继续上。张文宏急了,看到很多已经连续作战累倒的同事,都是年前就开始投入抗疫一线的,他们在对感染率、致病率、死亡率一无所知的情况下,把自己暴露在病毒前面。长时间作战,体力已近极限,即使他们愿意,也必须让他们休息。"我们不能欺负在单位听话的老实人啊。"

"大半个月来,为了打赢这场战役,几乎每个人都是连轴转、超负荷,确实非常辛苦和疲惫了,所以这个时候,我觉得我最需要的就是给大家鼓鼓劲、打打气。"华山医院感染科团队,49位医生中有25名党员。"我是支部书记,我先上。我们支部副书记金嘉琳教授是院感科副主任,承担了医院隔离病房大量医疗工作，支委邵凌云、王新宇、阮巧玲以及上海第一批援鄂医疗队员徐斌，派到上海市公共卫生临床中心的毛日成，全都是党员。我知道，他们最近常常都是几天几夜守在防控的各条战线，几乎没有任何休息时间。"

张文宏心里明白："现在这场与病毒的遭遇战，第一战役到了很关键的时候了，大家都很累了，但又必须坚持。所以鼓舞士气、相互鼓励很重要，重温入党誓言很重要。一个原则：最困难的工作，最辛苦的岗位，党员必须先上，这个没有商量。这是我们入党宣誓时的承诺，是职责。"

这场特殊的党组织生活会的最后，戴着口罩的全体党员，面对党旗，共同宣誓："迎难而上，共同战斗！"

此后，感染科做了一次大换班。让前期大部分主动取消休假、战斗了十几天的非党员医生换一个岗，调整一下，党员全部主动报名上一线防疫岗位。

这天上午，张文宏在华山医院接受媒体采访时，宣布两个决定："第一，我自己每个星期进去查房。其实我们华山医院的病房不需要我查房，我去查房的主要原因，只有一点，就是要消除我们医生的恐惧。主任老是在后面指手画脚，不进去和病人密切接触，怎么能行呢？第二，换岗。年底到现在的第一批医生，在对疫情的风险性、传播性、致病性一无所知的情况下,他们就把自己暴露在疾病面前、病毒前面。他们是非常了不起的医生。但不能因为他们'了不起''听话',就不管他们。不能欺负老实人。我做了个决定,把所有在岗位上的医生全部换下来,换成科室里的共产党员!"

疫情气势汹汹地袭来。新型冠状病毒恐怖感日甚。每一个人都心生畏惧。可如果连医生护士都恐惧,感染新型肺炎的患者怎么办?大众心态会如何?

身为医生的领头人,这个时候,身先士卒,是消除医生内心恐惧的唯一办法。

1月30日,这段一分多钟的视频在网上刷屏。视频里,张文宏戴着口罩,可以看见上海男人少见的"儿童头"发型,额头和眼睛似乎越来越被人熟识。公众开始认得——张文宏——上海华山医院感染科主任,现在是新型冠状病毒感染肺炎上海医疗救治专家组组长。这是一个正儿八经的感染科专家,医学教授,博士生导师,平时在华山医院看毛病的医生,有专家门诊;还是党支部书记。最结棍[①]的地方是,他官做得不是太大,所以不大会打官腔,但真的管事,真正懂行,是一个可以和病毒硬碰硬的行家里手。这样的人出来说话,听得

---

① 结棍,上海话,厉害。

进,绝对买账。张文宏的三句话,石骨挺硬①,传递出的意思,令人信服,一是"不能欺负老实人",二是"一线岗位全部换上党员,没有讨价还价",三是"我也上"。关键时刻,关键人物,说出了要做的关键事情。

"不能欺负老实人,不能欺负听话的人。"大家听明白这句话,产生共鸣。大多是,自以为自己便是"老实人","听话的人"。也许,还有许多自以为自己就是一直被"欺负"的那个。是张文宏,说出了他们的心里想说的话。每个人心底里,总归会藏着各自的想法,有各自的心思。

"不管你有什么想法,共产党员的口号你平时喊喊可以,这个时候,你必须马上给我上去,不管你同意或者不同意。"张文宏如实道来,"如果你是为了信仰,冲上去,好的;如果你是因为党的组织约束,冲上去,也好的。反正,上去,没有讨价还价,必须上。"

张文宏的医学叙事里,这时候是讲政治的。因为他是中共党支部书记。身先士卒,既是共产党员的责任,也是"入党的时候讲好的"。大家宣誓过,也就是发过誓。讲话要算数。

政治的那种独特的严肃性,张文宏的话语里有。再严肃的

---

① 石骨挺硬,上海话,形容非常坚硬。

政治，他可以平淡朴实地表达。

次日，张文宏接受媒体采访时说："很多人昨天批评我——张主任你这个是错的，我们非党员也能做得很好的。我说，是的，你说的一点不错，我同意。但我不好意思直接叫你们上。我叫党员先上，他们这样带头做了，大家看在眼里，心里就没有恐惧了。我为什么常常去查房，这是要讲良心的，不可以自己不去，老是叫人家去。如果有困难党员先上，很多非党员是看在眼里的。当整个集体有了勇气做一件事情时，大家可以把恐惧压制下去。"

疫情蔓延，人类生存现实严酷，政治上必须严肃，但也可能有趣，生动，甚至很温暖。因为人生的生老病死，在医学叙事里，皆有可能反转。疫情突如其来，此背景下，张文宏显示的意义，具有科学性，也有启示性。他解读本来像天书一般的感染学科的细菌学、病理学，可知可解。解读政治学，让人在几分钟里听明白，迅速显示其意义。

"我们团队，医生护士都很优秀，经验丰富，非常令人放心。短短几天时间，我们已经梳理形成了大量的流程、标准，同时根据国家发布的最新指南不断地在更新，部分也是为了供同行参考。其实，也不是非要我查房，但我为什么坚持一有空就去病房？主要是为了给我们的团队鼓鼓劲，加加油。我们医院很多非党员都在岗位上，我跟他们说——你不要回来。他们说那我明天再过来。"这个时候，医生都到了一定的境界。张文宏再三强调："请大家不要过度解读和关注，希望大家不要把我看得太了不起。我们都是医生。希望公众把更多的关注、掌声和援助，送给武汉最前线的医护人员。关注度越多，武汉那边得到的援助肯定会越多。"张文宏说："希望疫情赶紧过去，让我们所有人及时回归正常的生活，我觉得这是至关重要的。"

全国抗疫战打响以来，上海众多党员医护人员前赴后继。无论上海临床一线，还是援鄂一线，可以看到许多党员医护人员奋战的身影。

上海瑞金医院，春节期间的发热门急诊成为医院防控疫情的"桥头堡"。1月25日，医院党委宣布成立发热门急诊临时党支部，由8名党员组成。临时党支部成立后，收到一封来自一线护士手写的入党申请书，足有4页纸。

1月28日，瑞金医院援鄂医疗队临时党支部成立，党支部书记陈尔真是瑞金医院的副院长，同时也临危受命，成为上海第二批援鄂医疗队的领队。他从事重症医学工作30年，对传染病防控有着极为丰富的经验。早在2003年抗击非典时，上海第一例 SARS 病人就是由他护送到传染病医院的。2008年，他又主动报名参加汶川地震的救援。陈尔真说："我适合到一线去，这时候也需要我到一线去，参与这次防疫攻坚战，我们绝不退缩，一起去，一起回来。"语句平实，言辞坚定。"我们会充分发挥好党支部在抗击新冠疫情一线的战斗堡垒作用，恪尽职守，勇敢前行。"

1月29日晚，完成一天的照护工作后，黄凤从武汉金银潭医院重症病房回到住所。她是除夕夜作为上海首批援鄂医疗队员前往武汉的，在抗疫前线，照护重症患者，已经4天了。这4天，每次排班6～8小时，其间，她尽量少喝水，穿成人纸尿裤不出病房，细心照料自己负责的4名患者，让病患不仅身体得到医治护理，心理也获慰藉。

"这是一个共产党员应该有的行动。"黄凤说。她是上海曙光医院心内科及心胸外科、CUU监护室护士长，有17年护理经验，是一名中共党员。"此时党员挺身而出，我觉得对我的家人、我们医院，包括我的小区邻居，都是非常正面的影响。"

曙光医院前两批6名援鄂医护人员都是中共党员，黄凤是其中之一。除夕夜，黄凤随上海医疗队出发抵达武汉。年初一上午便开始在金银潭医院参加紧急培训，下午正式与几名上海医疗队员接管部分危重病房。

当她们刚走进病房，病床上的病人心生疑窦。"怎么换医生、换护士了，我的病还有没有得治，为什么一直在重症病房？"一名患者问黄凤。黄凤安抚他，怎么会没得救，正因为有救，全国各地医护人员才纷纷集结武汉。她让病人打起精神。

上海第二批援鄂医疗队员、同济大学附属东方医院护士赵清雅说："这是我在上海的第四年，也是第四个没有与父母团聚的春节。看着疫情越来越严重，作为一名中共党员，危难时刻就是要勇挑重担。我再三考虑，退掉了回家的票。"赵清雅本来答应了家里人今年一定回家，她再一次爽约了。她感受到党员的肩上有更重的责任："这个时候，没有大家，哪来小家？"

腊月二十九，医院工作群发来了支援武汉的报名通知，她第一时间报名。"作为湖北人，支援家乡，责无旁贷；作为医务人员，面对疫情，义不容辞；作为一名中共党员，更是要冲在前面。"

大年初四，赵清雅接到通知——出征武汉。她说，上海第二批援鄂医疗队也成立了临时党组织，总共有66名党员。"我们在党旗下宣誓，'不忘初心、牢记使命'，坚决打赢疫情防控阻击战。"

在党组织的感召下，上海首批驰援武汉的医疗队员之一、上海交大医学院附属仁济医院的护士吴文三，于1月28日递交了入党申请书，这些天，他一直在抗击疫情的最前线——武汉金银潭医院。

"……没能更早地加入党组织，是我人生的一大损失，但是当我经历越多，我越发地认识到中国共产党的光荣与伟大，越发地意识到加入党组织的重要性，越是在国家民族有难的时候，越发地体会到中国共产党的领导力有多强大，党组织的关怀对人民群众有多么温暖，多么有力量。"他在这封入党申请书的开头这么写道。

吴文三老家湖北，工作于上海仁济医院重症医学科。他是一名男护士，有17年工作经验。"武汉疫情大暴发的时候，党中央一声号召，全国2000名医护人员不远万里，火速驰援，我作为其中的一员，支援我的家乡，责无旁贷。"

春节长假，为了严控医院的每一道关卡，上海新华医院各党支部数十位志愿者报名前来门诊一线，他们在门诊、急诊大楼，以及住院大楼入口处设立体温监测点，帮助医务部门初筛发热患者。这些党员志愿者每两小时一班轮岗，做到每位进入医院大楼的病人、家属或员工均测量体温，守好医院的第一道关口。

另外，各学科党支部纷纷请缨，急诊党支部书记王海嵘主动报名参加医疗救治市内支援医疗队，党员江少伟、入党积极分子朱升琦主动报名参加援鄂医疗队。

"从1月23日开始，儿科日间病房全部清空，收治发热门诊留观患者。我们的日间病房党支部所有党员护士，全部报名并将逐批去支援发热门诊。"医院党组织安排，整个发热门诊由日间支部的护士轮流值守实行24小时轮班制。若护士体力不支，由日间大组的护士长轮流顶替。"党员的先锋模范作用，也带动了其他护士，克服科室人力紧缺困难，积极主动报名支援发热留观病房的加强班和后备班。"

2020年2月6日上午10点，经上海市专家组评估，上海又有10例新型冠状病毒感染的肺炎患者痊愈出院，至此，上海共有25例确诊病例出院。

张文宏说，从目前来看，出院病人基本为轻症患者，平均住院天数为7～8天。"目前上海共有254名确诊病例，已经有9.8%的患者宣告治愈出院，目前254例确诊病人中，8例病情危重，8例重症，这意味着危重症比例仅仅只有6%，剩下的患者均为轻症患者。"张文宏强调，我们目前对这个疾病仍然要保持警惕。"目前输入性病例整体控制得不错，确诊病例数在全国范围来看,上海并不算太高,但也面临节后返沪人群不断增多的情况。但大家不要恐惧,我们入驻这里的十多天以来,就已经看到25例病人治愈出院了。目前来看,这个疾病是可控、可治的。"

张文宏说的"入驻这里",便是位于上海金山的上海市公共卫生临床中心。他在指挥部大楼里,有间单人宿舍。自他"入驻这里",前后共住了两个多月。

这是一间小单间,类似标准客房。单人床,床头柜。边上多一张电动按摩椅。一张写字桌,一把椅子。张文宏进房,习惯将双肩包掼在桌上,立马拿出电脑、手机,一股脑儿地连线,上网。

2020年7月29日,张文宏按惯例去公共卫生临床中心专家会诊,早上从市中心家中驱车出发,出门早了点,早到了。他驾车在方圆几里的"中心"兜了一圈,车停在指挥部大楼前,便先到他的单人宿舍落脚,坐一歇。

"我在这里住了两个月,忘不了,那时候,经常半夜三更回来,上网,处理一些白天拖下来的微信短信回复之类,有时也会有一些简短的连线。全部事体处理完,大概也是半夜里了。冲个澡,困觉。"

简陋的卫生间,冲淋房,一次性洗漱用具。全部是几个月前的样子，张文宏随时可以"入驻"。"每天有个阿姨会来帮忙打扫一下。不过，现在我不大住在这里。所以也不大来打扫了。有点乱。"

他忽然感慨："当初的两个月，刚来的时候，是最冷的日子，开空调制热，到开春离开。现在已经是大热天了。空调开制冷了。原来窗外有这么好看的树，碧绿生青。"

那时候，最难的是什么？张文宏说："春节后，返程潮到来，人又要开始流动起来了，这在感染病学科里，是最担心的事情。大家吃不准会发生什么。心里一点底也没有。当时我就说，上海仍然会采取严密的管控措施，但这需要大家的配合，如果只是医护人员在奋斗，这场"战疫"是打不赢的。整个疫情在上海仍然将会维持一段时间。大家要一道努力。"

那时候，张文宏便是敞开来讲，讲真相，和盘托出："在特效的抗病毒药物出来之前，现在的治疗方式和个体化、精细化的管理，以及多学科专家团队的配合，是上海治疗的主要经验。对付这个病，最有效的药物是人体自身的免疫力，我们医护人员的职责，除了帮病人做好隔离之外，最重要的就是帮助进入这里治疗的病人挺过两周。挺过两周之后，病人自身的抗体就起来了，病人自身就对病毒有强大的对抗力量。"

"现在开始每个人都是'战士',希望大家返城后在特定的隔离点待两周,学生待在家里好好做功课,上班族待在家里或单位好好工作,我们必须依靠'闷'的政策,来'闷'住病毒。闷上两周,病毒也闷死了。"

"如果全社会都动员起来,'闷'住病毒,就是为社会做贡献,我们离战胜疫情的节点就更近一步!"

为什么要这么讲?这样讲,其实是变被动为主动,从全民被动避疫,转化为主动抗疫,打的就是一场人民战争,而不是仅仅依靠专家的精英战争。

2020年2月8日,农历正月十五元宵节。上海派出最大规模的援鄂医疗队,总共350名医护人员,华山医院便有214名。这一次,张文宏率先报名,因为,张文宏自己说过——领导在关键时刻,不能只在后面指手画脚。话音未落,报名是必须的。但最终,还是没能成行。组织不批,考虑到上海本地严峻的防控形势,同样需要他。

回顾2020年上海的早春二月,会发现,上海人是听张文宏的话的。没有什么闲话。张文宏说:"总归有人会出来讲这些话的。如果那个人不是我,也会有别人。"

令人感叹的还有他的精力,不停歇地演讲和接受访谈。会诊，看病。他在宣传，也在探索和追寻。

3月，春暖花开。上海以至全国，很多地方开始有序复工。张文宏提醒大家容易忽略的防疫细节，给出复工指南——防火，防盗，"防"同事；面对面吃饭要减少；面对面讲话要戴口罩。他鼓励大家："最近一到两个月，坚决把同事防住了，我想一切就都防住了！"

这一切，源之于病毒。关于病毒，这个感染病专家，一直有精辟分析。

时光回到两个月前——2020年1月18日。那时候，新冠肺炎尚未宣布"人传人"，但已经发现"不明肺炎"。北京CC讲坛，主题为"和而不同，思想无界"。张文宏出席并以《让流感不再肆虐，你必须知道的真相》为题，发表演讲。

所谓张文宏"金句"，此时初露端倪。只是，新冠病毒尚未被人真正认识，针对的病毒似乎只是流感。那么，便听张文宏当时如何对病毒做医学叙事——

当你每次到医院看病的时候，面对医生的时候，你内心产生的疑虑，是因为你不知道前面这个人要给你带来什么。是使你的生命变得更美好，还是处方会存在问题呢？所以我今天到这里来告诉你们，医生在做什么事儿。我在追逐病毒。你们在医院里看一个感冒，花了几百块钱没看好，但是在我这里，你的每一次发烧，我都在追逐背后的原因。我追逐后获得的是什么？获得的是你的健康。一旦我的追求失败，导致的结果是什么？结果可能就是一个生命的逝去。所以每一位负责任的医生在看病时，他的内心都在非常焦虑地追逐生病的源头。

如果我们把时光倒流到100年前，这是在欧洲拍摄的一个病房的照片，我不知道100年前我的同行是如何在这里工作的。当时在全世界死于流感的人数是多少人呢？5000万到1个亿。按现在的统计，至少是5000万。1918年第一次世界大战刚刚结束时，全球人类的总的数量是多少呢？18个亿，但却有5000万人死于一种疾病，而且当这个疾病来临的时候，我们竟一无所知。所以，你可以想象当时的恐惧是怎么样的，全世界花了这么多的时间，现在才把这样一个元凶抓到了，元凶是什么呢？是流感病毒。请大家再看这张照片，左上角是killer of flu virus，一群医生、科学家，我们称自己是什么？我们叫病毒猎手。

流感的全称是什么？流行性感冒跟感冒不是一家人吗？我问你，猫和老虎是一家人吗？很多人想了半天，好像是一家人，因为它们都属于猫科动物，对吧？长得像说明它们在基因的发育上面很接近,所以猫和老虎之间虽然有区别,但还是一家人。但是,如果我今天告诉你们,流行性感冒是老虎,那感冒连兔子都不是,它可能是小爬虫,可能是苍蝇,差得这么远,但是它们取了一个同样的名字,这个谁能够理解?

100年前,流感叫flu,叫influenza,这个名字到了中国,我们怎么去翻译它?不就是发烧吗?烧得很高的时候不就是感冒?很多人发烧,很多人感冒,不就是流行性感冒,是不是?所以这个名字就定下来了,定下来以后误解一直延续了100年。今天如果有人因为发烧去医院,最后死掉的话,还花了这么多钱,你说仇恨应该向谁发泄呢?肯定是医生。

2003年SARS来的时候,大家觉得我们毫无还手之力,那死亡率是多少呢?10%。为什么很多人病得很重?因为一个新的病毒来到人世间的时候,大家对它的抵抗力是没有的,那靠什么抵抗呢?靠我们的免疫力。一个新的病毒到我们人体的时候,我们的免疫不会很快就起来,因为我们所有的细胞对新的东西是没有记忆的,所以这个时候我们与病毒发生非常激烈的斗争,这个东西就是天然免疫,所有的白细胞都开始攻击,在不知道它是什么东西的时候,就把一些炸弹扔进去,炸得到处都是,我们的肺里就产生了很多炎症。如果我们今天有过一次病毒性感染或者打过一次疫苗,我们就认识它了,下一次这个病毒再来的时候，我们体内的记忆细胞会一下子出来，弄出很多导弹把病毒给干掉。

对一个未知的病毒，100年前流行性感冒来到这个世界上时死掉了5000万人，因为全世界对它没有任何的抵抗力，这是第一个。第二个是公共卫生，公众不知道怎么去隔离。2003年SARS，我们采用了非常好的隔离把它给控制住了。

流感和感冒完全是两种病，流行性感冒，它是一个特殊的病毒，这个病毒有可能会引起一种极为严重的临床表现，就是肺炎，重症肺炎有可能会死人。中国每年有多少人会患流感？这个数字是中国疾控中心2018年1月份的数据，每年我们上报给中国疾控中心的流行性感冒的数据是一百万不到，八十几万。八十几万里有轻的有重的，流感的所有病人当中30%要入住重症监护室。什么叫重症监护室？你家里人不能陪你的地方。谁陪你？全是摄像头，还有全副武装的医生，我们在这里非常关注的是你的病情，在这里都是特别重的病人，流感的病人当中有10%是重的，重的是什么？是肺炎，流感肺炎当中30%要入住重症监护室。入住的里面死亡率是多少？流感肺炎的死亡率是9%！而当年SARS的死亡率是10%！你为什么不怕流感？因为你知道流感，却对SARS一无所知。

2017年所有的北京市民都看过一个微信，因为这一次以叙事的方式报道了重症流感死亡的一个病例，我们对病人的死亡感到非常痛惜。

我们每天面对的都是无数的这样的病人，都是最重的，都在我的病房里。但是每一个病人的离去，对家里人都是一个巨大的打击，所以在治疗病人的时候，我们的唯一的愿望是什么？我们就希望能够救治有可能会逝去的生命。

倒叙到2013年，在上海有很多人生肺炎，我的同事把标本拿过来一测，完全是一个未知的肺炎，你根本不知道是什么肺炎，2013年我们的水平，只花了一个多月的时间，复旦大学新发传染病实验室把这个病毒给鉴定出来了，大家根本没法想象，原来是禽流感。为什么叫禽流感？因为它只是感染鸡和鸭的，大家都知道鸡会发鸡瘟，鸡瘟里面有一种病毒只会感染鸡和鸭，不会感染人的，所以所有的病毒只要加上禽这个字，它就是感染鸡和鸭的，不会到人的。那么如果到人了，说明它跨越了一个屏障，一个物种之间的界限，这个界限我们叫物种界限，物种界限一旦跨越了，鸡的病毒都能感染人了。

这是在2013年接受CCTV采访的我，但是大多数时间我是下面这个样子的。这是中国继SARS 10年以后的一次巨大的胜利，在很短的时间里，我们复旦大学的科学家就把病毒鉴定出来了，后来又请中国CTC的科学家一起明确这是一个禽流感，而且知道以后迅速制定了对应的方案，因此，禽流感很快就过掉了。一旦你知道病毒是哪里来的，把它的窝给端了，就没了，这是第一点。第二点，给感染的人用流感病毒的治疗方案医上去，病人就活下来了，所以2013年的禽流感是SARS以后，中国打的最大的一个胜仗，对我们卫生系统是一次大的检阅。

但是大家有没有觉得，怎么今天还叫人感染H7N9禽流感呢？因为人感染禽流感的数量是有限的。假如说，一个女孩子生病了，有可能会感染她的老公，也有可能会感染她的母亲，但是在我看到的病人当中，大多数感染给自己家人的比例是很低的，不高于10%，10%里面大多数感染给自己的母亲，却没有感染给自己的老公，所以在那一刹那，我对爱情产生了怀疑。

在非常密切联系的时候，近距离的护理，包括吐出来的东西，拉出来的东西，你都在近距离护理她的时候，你才有可能被感染，一般程度的接触是感染不了的。所以我们管这个传播叫什么？有限的人传人，是非常有限的人传人，就基于这个原因，我们至今没有把它名字改回来，还叫H7N9禽流感，不叫流感。

如果把时光倒流到1918年，100年前，你会发现最早的流感是哪里来的。2018年，大家都喜欢到法国去旅行，到瑞士去旅行，但1918年给你一张免费的船票，叫你到欧洲旅行，那里就是人间地狱。后来流感蔓延到全球，5000多万人死亡。1918年以前，好像人类社会当中从来没有发生过这么多事情，从英国的工业革命以后，西方的医学已经得到了一个大的发展，这个病毒是哪里来的？难道是哪一天突然从天上掉下来的吗？

我们要做的是病毒猎手。

这时出现一个科学家，我这里必须提他，杰夫瑞·陶本伯格，他居然想到了一个办法，他说阿拉斯加那里好冷呀，在冻土层里的遗迹中的尸体内可能会找到病毒，于是他在一个夏天开始可以挖地的时候，把尸体找到，把所有的基因序列全部分析出来，就发现1918年的流感是来自哪里。现在的技术可以把所有的基因序列全部恢复，然后找到病毒是哪里的，H1N1的风行，今天搞清楚了，人类现今的所有的病毒都来自禽类，这些病毒与人类社会不断地接触、生活，有一部分病毒获得变异，这个变异使得它可以长时间在人类当中生活。

这个禽流感，就叫作季节性流感，流感病毒每年都在变。从现在开始，我们这个世界上，当你看到一些美好的事物的时候，你看世界的时候，看天空的时候，其实病毒也在跟你一起看，所以感染的风险其实一直是在那。

世界不会永远静好。有人在守护，就像解放军在保护人民。当然，我们也是。

你肯定在想中国今天到底到什么水平了，那么在我们医院，如果感染的病人是肺炎病人，基本上在我这里。如果这个病毒在世界上曾经出现过，我几个小时内一定能找到。你看，我有这么多武器，这些武器会测出一个序列，告诉你这是什么病。现在的技术已经到了这一点，如果我已知这个病毒，一两个小时搞清楚，如果是未知的，比如说这次的新冠病毒，我们把病毒所有的序列全部恢复，这台机器是深度测试的机器，二代测序的机器把序列全部恢复，然后大数据开始进行拼接，拼接出来，然后记入数据库，这个数据会告诉你这是什么病毒，所以这一次的新冠病毒的全基因组序列很快就全部恢复出来了，我们知道是什么。

有个病人在2016年来到我病房的时候，他的临床表现是病毒性肺炎，但是根本不知道他感染了什么病毒，当已知的病毒检测全部是阴性的时候，我们就把它的全基因组序列进行恢复，居然是H7N9禽流感，当时大家都认为这个病毒已经消失了，就像SARS一样离开人类社会了。我马上把他送入负压病房，然后我就冲进去开始救治这个病人，最后我们救治成功了。病人感激得不得了,出来的时候他送给我一个牌匾,一般这种牌匾,我是不挂的,但是它至今仍然挂在我的病房,这块牌匾上写了一句话:我只是你们工作中的匆匆过客,而你们是我的人生转折。

讲到这里,我们觉得我们的工作极有成就感。

医生的能力是非常有限的,我们医生能做的事情也是非常有限的,我们没办法把每一个病人都救治成功。健康靠谁?健康完全靠自己,像流感、SARS、新冠病毒,这些都是可以预防的。你说如何预防?那么我给大家讲几个要点,最大的要点是戴口罩。100年,就是这样,戴口罩。也就是说如果这个城市暴发了疫情,你出去时戴口罩是非常重要的。第二点就是洗手,常洗手保健康。当你坐在剧场的时候,流感病毒一定跟你一起在看戏,所以它就会沾染到你的手上,你的衣服上,在你吃东西的时候,看笔记的时候,你就开始被感染上。所以当主持人说要跟我握手的时候,我拒绝他了,我说我不跟你握手了。

最后需要给大家提醒的就是疫苗,疫苗极为关键,疫苗分两种,一种是强制性注射的一类疫苗,还有是二类疫苗。流感疫苗目前属于二类疫苗,可以预防60%左右的流感感染,所以我今天想问大家,60%的预防能力,你接种还是不接种?全有理由对不对？因为流感每天都在变，每年都在变，所以我预防的概率就是60%,60%，你接受不接受？你如果不接种，一中招，那就是0或者100。那么哪些人尤其应该接种呢？儿童、老人、免疫力低的、肥胖者……

我告诉大家，流感年年有，我们只是不知道下一次全球大暴发的时间，它一定会来。病毒每天在变异，哪一天变异了，那就又是个全新的病毒，大暴发就来了。所以世界卫生组织每天都在预测，但是每次预测的都是错的。我们举一个著名的流感专家的一句话，他说："我们只听到时钟的滴答声，但是从来不知道现在是几点钟。"所以流感就是这样，我们知道它一定会来，但是不知道什么时候来。

世界是不确定的，但是预防的措施是非常确定的，希望大家健康，谢谢大家。

听得明白，感觉长夜变短。是那些医学与日常生活叙事，医者之道。"医生这个职业并不伟大，只不过是一群焦虑的人聚在一起做一些焦虑的事。"

张文宏所在的华山医院感染科的微信公众号，名曰"华山感染"。题注如此："一旦关注，长期感染，无法治愈。"关注后，眼睛睁开便是这句话。感染力，源之于此。

自 2020 年 1 月 22 号，武汉疫情讯息网上流传，张文宏晓得，"感染"被愈加关注，此等舆情，叠加疫情，不容小觑，再忙，他也抽出时间，著文实时解读发生的"不明肺炎"。这意味着，在公众看得见的那些会议、会诊、日常工作以外，张文宏似乎没有时间睡觉。他的同事戏称，"张爸"好像不睡觉的。于是，人们愈加认得张文宏标志性的"熊猫眼"，还有是他喝咖啡"续命"。

微信公众号里，张文宏作为专家，有权威分析，也不乏像家中长者，循循善诱，由表及里，由浅入深。他告诉你，口罩到底能不能重复使用，特殊时期如何维持正常生活。渐渐地，原本阅读量只有几百上千的文章，随着张文宏走红后，点击量最高的一篇已经超过 1500 万，经微博转帖的稿件阅读量过亿。自媒体信息繁杂，但缺乏专业领域的声音，传统网站信息偏少。张文宏坚持做这件事，是想让群众得到最新的疫情消息和他的意见。

"我们是战斗在一线，同时进行科学研究的资深感染科医生。"张文宏总是要表达他的自信。遇到困难时，没有什么比该领域的专业人士做出这种保障更让人安心。他秉承"给老百姓讲真话"的信念，经常"牺牲睡眠时间做科普"：在华山医院感染科公众号上，保持传染病知识的更新，阅读量"10 万

＋"已是常态，阅读量高的可达千万级。2月2日，他主编的《张文宏教授支招防控新型冠状病毒》电子版一经发布，众多市民便纷纷"打 call"，迅速达到"10万＋"。

疫情面前，除了传染病知识的普及，更需要医疗救治的跟进。尤其在上海新冠肺炎患者收治定点医院，救治工作如何开展，备受市民关注。上海市公共卫生临床中心党委书记卢洪洲教授——张文宏称之为"我的师兄，我的同事"——这时候便担当起临床医学与科学普及之间的桥梁和纽带。集中全市优质医疗资源的上海市公共卫生临床中心，在2020年2月17日，首次向媒体开放——这座防疫最前线的上海"'战疫'堡垒"，第一次向公众展示。

卢洪洲教授带着公众走进上海抗疫战略储备的"应急病房大楼"，一一详解，如数家珍，彰显上海公共卫生体系未雨绸缪的长远眼光。上海最优秀的专业团队——"'战疫'常规部队"在此集结，包括感染、呼吸、重症、心脏、中医等领域十多名专家组成的高级别专家组，一起对在院患者逐一进行查房。与此同时，重症病房还配备"特种'战疫'部队"，来自上海顶尖医院的五个重症医学团队为"五大天团"，与高级别专家进行无间隙视频查房、对接，直接在隔离病区开展包括 ECMO（体外膜氧合）、CRRT（连续血液净化治疗）、呼吸治疗等生命援救举措。

张文宏和卢洪洲，两位医学"大咖"，以科学、严谨的专业素养，为健康科普增添医学底气，延展防疫知识内涵，确保上海抗疫专业水准，对健康知识的普及，犹如一枚"强心剂"。众声喧哗，有权威发声，大众倾听，掌握准确的防护知识。

常见的家用消毒产品如何区分？为什么家长要"藏好"消毒剂？2月25日，上海在线教育首节试播课"中小学生防疫公开课"开播，上海市疾控中心传染病防治所消毒与感染控制科主任朱仁义主任医师，打响面向全市142万中小学生的健康科普"第一炮"，让"健康教育进课堂"的梦想照进现实。

早在公开课之前，朱仁义便化身科普界的"消毒卫士"，不仅通过多个媒体平台，及时普及预防性消毒等消毒措施，还针对"全方位无死角喷洒消毒是否有效"等热点话题，提出科学见解，避免"防疫过度"。

"面对新冠疫情，如何做到高高兴兴上班，平平安安回家？"2月21日，上海中医药大学附属曙光医院主任医师崔松，作为上海新冠肺炎疫情防控系列新闻发布会上的首位常驻医生，完成"科普发言人首秀"，推出8场不同主题的健康提示，"金句"刷屏："一米，是爱你的距离""疫情不散，我们不约"……

科普"网红"崔松,"虽然没有被派到疫情的最前线",却冲锋在"互联网抗疫"第一阵营:通过公众号"医声相伴崔松说",发布30余篇防疫健康科普;开设抖音号"崔松主任话健康",通过短视频及直播等形式,从新颖的视角,以专业的技术,用亲和的语言,把科学防疫知识娓娓道来。在一个多月内,抖音号收获6万余"粉丝"、32万余次点赞,其中一条呼吁大家在疫情期间戒烟的抖音视频,浏览量突破1100万。

主攻健康科普的,还有"口罩达人"——上海市健康促进中心主任吴立明主任医师,以《口罩,五戴三不戴》《重复用口罩,三要三不要》等多篇科普文章,从市民最关心的个人防护用品入手,送上解疑释惑的"及时雨"。口罩科普之外,他还作为"公筷公勺倡议书"的发起人之一,向全社会呼吁:"聚餐时请使用公筷公勺",助力阻断病菌传播,引领健康上海新时尚。仅仅10多个小时,上海发布、市卫健委官微的倡议书阅读量就超过126万次,点赞超过1万次。

健康科普需要"接地气"。疫情当前,如何以最短时间,让防疫知识科学、通俗、易操作,朱仁义、崔松和吴立明,3位"科普达人",努力让科普贴近生活,多元多点精准发力,为市民送上"用料"实足的健康"定心丸"。

上海的 8 位健康传播引领者，与全市健康科普工作者一起，助力构筑上海疫情防控的"铜墙铁壁"，身体力行地为防疫知识"带货"，为健康促进"加分"。

疫情终将过去，人类对健康的渴求，却永无止境。"人人参与、人人受益"和"健康融入万策"的理念，因为疫情而得以深入人心。加大科普宣传力度，扩大社会有序参与，上海终有春暖花开之日，人人共享"健康上海行动"结出的累累硕果。

3. 上海方案

2020年2月23日上午，上海22名新冠肺炎患者治愈，走出上海市公共卫生临床中心。其中包括3名重症患者。至此，上海治愈出院率已超74%。

张文宏送别病人，与一武汉籍病人高老先生相谈甚欢。高老先生出院，兴致高涨，说："我愿意捐血浆。在这里捡回一条命，我要报恩。"张文宏答："等武汉好起来了，我们一起去吃热干面。"

张文宏无意与高老先生探讨"血浆疗法"的医学价值。他从高老先生的"捐血浆"，言及治疗新冠肺炎的"上海方案"，万众期待。张文宏说，大家都在关心上海方案，上海方案其实已经有了，它并不是写在纸上的，而是体现在病人身上的。

张文宏明白，公众关注最终战胜新冠病毒的医学法宝，一是疫苗，二是特效药。现在都没有，这是事实。他多次普及健康防疫知识，说的也是——第一，靠自身免疫力；第二，靠医生帮你维持最困难的两个星期。目前仅此而已。但这不等于张文宏没有自信。在公众面前，他必须说出自己的自信：

"我们上海展开战'疫'的时间并不长，但七成以上的病人已经出院。在这里，汇聚了上海的一流团队、一流设备，多学科合作，尽最大努力抢救病人，这才是上海方案的核心内容。"

那时候，上海的患者中，高龄者居多，易引发病情本身进展和其他疾病多发并发。这是医疗团队面临的严峻挑战。实际上，重症和危重症的患者，仍是治疗的难点所在，专家组为此花费大量精力。

"一人一策、严密监控"，是上海重症患者治疗成功的主要因素。那些日子，共有7名重症患者相继出院，也是遵循专家组达成的治疗共识，最终获得比较好的疗效。

上海医疗救治专家组成员胡必杰医师，之前便道出上海的医疗救治显现的主要亮点：首先，应对新冠肺炎，尚没有特效药，上海最早根据循证医学证据来选择抗病毒药物。早期使用过抗艾滋病类的药物洛匹那韦利托那韦片，有些患者会出现腹泻等副作用，阶段性总结显示，其对抗病毒的临床效果不明显，目前已经不再推荐使用，上海更加重视血管内皮细胞的保护与抗凝治疗，掌握激素使用的合适时机以及精准抗感染治疗。第二个亮点在于，上海对出院病人的要求更严格。除了严格遵照国家标准，连续三天体温正常、两次核酸阴性、呼吸道症状好转、肺部明显吸收外，上海的出院病人还需要检测粪便中的病毒核酸，确保为阴性才能出院。

也有专家谈到，上海对病人的分期分型更加细化，更符合上海的实际情况。在"国家方案"中，临床分为轻型、普通型、重型和危重型，"上海方案"更加细化了病人分型，目的在于更有针对性地管理，更精确地用药。上海的重症和微重症病人集中收治在上海市公共卫生临床中心 A3 病区，病情如有变化随时可转病房。在治疗力量上，上海的医疗团队也分类分组实施救治。比如轻症患者的治疗团队以感染科医生为主；普通型、中型的患者以呼吸科、感染科团队为主；重症患者由于病情复杂、变化快，治疗团队以重症医学科为主要力量。在上海市委市政府的支持下，专门从市级医疗机构调配精兵强将，形成最优组合，对病人尽力救治。

3月7日，下午，由"华山感染"公众号、医道等平台联合举办"走出至暗时刻"首届新冠肺炎多学科论坛，中国工程院院士钟南山、中国疾病预防控制中心教授曾光、复旦大学附属华山医院感染科主任张文宏等在本次新冠肺炎疫情中广受公众关注的大咖们"云聚一堂"，通过网络直播的形式，回应公众疑虑。网络参会人数超过 800 万。

上海交通大学附属第一人民医院呼吸科主任、武汉金银潭医院上海医疗队的周新，与会前刚从新冠肺炎诊治第一线返回。他带来前线第一手经验——针对新冠病毒感染的轻症患者，主要以对症治疗为主。"雾化一天两次，口服阿比朵尔，或者增加抗艾滋药物、利巴韦林静脉点滴。"他说，轻症患者的治疗要点是"尽早用药"，"两类抗病毒药物要一起使用，配合中成药"。这种做法，能在早期抑制病毒复制，避免轻症患者病情加重。

对于重症患者，国家卫健委"第七版诊疗方案"中推荐了一系列正在临床试验中的药物，可以酌情使用。他介绍，从目前临床实践来看，"恢复期血浆治疗"比较"安全有效"，"我们病房里有十几个患者使用，比较安全，输血反应不多"。

上海专家在对危重症患者血浆治疗过程中达成一个共识：推荐同时使用蛋白酶抑制剂。"这是上海的经验，没写进'国家指南'中，大家可以尝试。危重患者毕竟病死率比较高，大家可以尝试一些新办法。"

除了对生理疾病进行治疗，在武汉的上海援鄂医疗专家还发现，心理治疗对患者康复很关键。

上海瑞金医院援湖北医疗队是全国较早将心理医生"配送"至武汉一线的。队长陈尔真告诉"中青报・中青网"记者，亲人离去等因素对新冠肺炎患者的心理造成极大创伤，"一些病例有焦虑、恐惧，甚至消极抑郁的情况，不肯吃药、不愿意接受治疗"。这支医疗队有个心理危机干预小组，专门为病人提供心理疏导治疗和服务。

华山医院副院长、援鄂医疗队总指挥马昕则在方舱医院里见到了动人的一幕——医护人员在防护服上写着"我是某某某,我爱吃生煎""我想来碗热干面"等,拉近了医患间的关系。方舱医院里由患者、医护、志愿者共同组成的临时党支部,也令人动容,"很多恢复得差不多的党员患者主动帮忙打扫卫生、发放物资,还有带领大家跳广场舞、韵律操的"。

张文宏在论坛上指出,多学科(MDT)介入,是这次新冠肺炎疫情中总结出来的"杀手锏"。"轻症患者 MDT 会少一些,但危重症患者的治疗,我们都是 MDT 团队,包括呼吸、血液、心脏、ECMO、心血管、肺栓塞团队一起治疗的。"

张文宏说,对比日本、美国、意大利等发达国家的情况,MDT 介入是这次新冠肺炎治疗手段中的"核心","这不是一个简单的肺炎,而是一个全身性的疾病"。

马昕也提到了 MDT 的重要性。他介绍,华山医院的第四支医疗队,2 月 10 日全面接管武汉同济医院光谷院区的重症监护室,当时面临着 27 个气管插管患者,其中 3 人已使用 ECMO,另有 14 个人需要进行血透治疗。"这支队伍里,有保肝小分队、护肾小分队,有专门的呼吸治疗师、心理医生。"他透露,光谷院区的第一例 ECMO 就在上海医疗队多学科的诊治下 9 天后顺利撤机,"MDT 介入重症患者救治,是我们下一步重点攻关的内容"。

有记者注意到,早在 2016 年第五届京港感染论坛上,以张文宏为代表的"华山人"就特别指出,重症感染性疾病治疗的"重点"——建设负压病房和建立 MDT 治疗机制。

当时,华山医院感染科在全国率先建立了一个拥有 18 张床位的负压重症感染病房,收治重症呼吸道感染、脓毒血症、中枢神经系统感染等患者。张文宏当时曾表示:"重症呼吸道感染诊治水平没有问题,可一旦出现传染,就要求患者一定要入住负压病房。据我所知,北京朝阳医院设有负压病房,但全国很多呼吸科还没有负压病房。"

张文宏还认为,MDT 合作机制,不只体现在发热待查、重症感染、肝病诊治方面,而应全面体现在感染领域的任何一方面。

钟南山在论坛上直接将自己与其他国际专家讨论新冠病毒感染的视频同步播放。钟南山用一口流利的英文为公众及医学界同仁指出了"诊断之难"和"诊断之法"。他介绍,最近中国开发的针对新冠肺炎病毒的快速 IgM(即免疫球蛋白检测)检测纸和恒温扩增芯片法核酸检测试剂合并使用,对新冠病毒的检测很有效。"快速 IgM 检测纸通过侧流式免疫层析法实现,能在患者感染 7 天后,或出现症状三四天后检出,可作为核酸检测的补充。"他说,另一款恒温扩增芯片检测,可实现同步对多个患者进行检测,并区分出新冠病毒和甲乙型流感以及其他病毒。

上海交通大学附属第一人民医院呼吸科主任、支援武汉金银潭医院的上海医疗队队长周新介绍,在现有条件下,针对新冠病毒的诊断建议医院至少做一次针对患者痰液的核酸检测,"雾化几次,(患者)咳出痰来,再做核酸检测,会提高阳性率,'假阴性'会少一些"。

在"新增病例明显减少,存量病人消化,人等床变成床等人"的情况下,中国疾病预防控制中心流行病学首席科学家曾光认为,我国当前正在"走出至暗时刻"。

"但最近世界各地的疫情有扩散趋势,比如美国能不能找到适合的路真不好说。"曾光说,美国有全世界最强大的疾控中心,在公共卫生领域的话语权处于世界主导地位,有很多经验丰富的出色干将。目前美国对新冠肺炎采取"类似流感"的处理策略,"我能感受他们的苦衷,想少花钱多办事"。

针对公众关心的何时摘口罩、是否要打疫苗的问题,张文宏表示,未来只要保持监测,做好可持续性的有效控制就"非常安全"。"大家戴口罩已成习惯,延长戴口罩也无妨。"他建议，本轮疫情告一段落后，老年人和儿童应积极寻求疫苗保护，"只要有序接种就不必担心感染，社区医院就能很好地解决接种问题"。

关于医生，张文宏说了一个小故事：某位从武汉来上海进修的医生，看到家乡遭新冠肺炎病毒攻陷，急于回武汉增援，报名援鄂，却没有被批准。此医生千里走单骑，想方设法地来到距离武汉最近的城市，越过重重障碍，回到武汉与同事并肩作战。

这就是一个医生此时此刻最想做的事情。便如自己，成为"网红"，张文宏对此非常意外，因为在他看来，自己也就是做了一个医生"应该做的事"，甚至连那个"千里走单骑"的医生都不如，他只是说了一个医生平时经常说的话。

张文宏说，自疫情暴发以来，武汉当地的医护人员连续工作了一个多月，在上海，情况虽非特别紧急，但他发现，很多医护人员的工作量早已超过负荷。张文宏在春节后的两个月里，一直奔波于上海市公共卫生临床中心和华山医院之间。他在金山上海市公共卫生临床中心指挥部大楼里的单人宿舍还在，随时"入驻"。他亲身经历医生连续作战下的疲惫，感受很深。

只有医护人员得到基本保障，才能更好地应对接下来繁重的任务。

前线人员必须得换下来，换成谁上又成了难题，按年龄分配？按职级分配？如果只让年轻医生去冒险，未免有失公平。

"我到底应该让有孩子的上，还是没孩子的上？让年轻人上，还是老同志上？大家都争先恐后，但这个时候，我反而没有办法决断了。我只有想到我们的党组织，这是必须做出的决定。"张文宏说，他真的想了很久，后来想到科室里的党员，便临时开了个党组织会议，"共产党员的口号平时喊喊可以，但这个时候，我不管你有什么想法，对不起，现在你马上给我上去"。

张文宏带领戴着口罩的全体党员共同宣誓："迎难而上，共同战斗！"

张文宏选择让党员换岗，但在抗击疫情的实际过程中，所有医生都在积极参与，与是不是党员其实并无多大关联。这是一场全民参战的"人民战争"。

张文宏劝诫闷在家里的人："闷两个礼拜，你觉得很闷，病毒也被你闷死了。"

他呼吁争相捐赠物资的企业家："你不用给我们捐这个捐那个，只要员工在家工作，你算他是上班，这也是对社会做了重大贡献。"

妙语连珠，一扫这个世界许多文人的呆板之气。大庭广众之下，极易产生共鸣，还有些悲壮的仪式感。是大规模、群体性的，口口相传，成为类似于病毒一样的"感染"。只不过，这不是病毒，而恰恰是抑制病毒的医学叙事。感染力，产生于此。

"医院是战场，作为战士，我们不冲上去谁上去？"这是多年前钟南山院士说过的一句话。这是感染力。

张文宏的党员换岗第一线的决策实行后，其实依然有很多的非党员医生坚守在一线岗位。他们说："我们既然都在这个岗位，有什么事情就一起承担。"

换岗制度让所有人能够更加井然有序地面对危机，是签下的契约和职业精神，让他们站上前线，履行身为医生的职责与使命。他们会一个接着一个，站在患者身边，义无反顾。这是被感染后，传播的新的感染力。是真正的"人传人"。

张文宏说："我们在背后默默做着这些事儿，你好像看上去觉得非常伟大，其实没有，我告诉你——我认为这是我们的天职而已。"

"疫情刚刚暴发时，最可贵的是前方的消息。正是我们医院第一批前往武汉的同志们发回的大量讯息，让我们了解到前方发生了什么。"张文宏说，他永远记得，同事们到达武汉的第一个夜晚，发回来一段视频。"武汉的冬天很冷，但是他们也不能关上窗，带去的保暖衣服不够，希望我们能寄一点暖宝宝过去……"那一晚，张文宏说，他流泪了。

还有一次，在上海机场，张文宏送同事去机场出发前往武汉。"前往武汉支援的众多医护人员中，有很多的90后。我送他们去机场时，发现也全是90后，在机场，他们的父母还在给他们喂饭。他们很年轻，年纪和我们的孩子差不多。"张文宏当然理解父母心情，张文宏看到今天的年轻人充满激情与勇气，也看到，那些父母还是会往自己孩子们嘴里塞食物——再吃一口也好。那份疼，那份爱，舐犊之情。"当时我就要落泪了，他们还是孩子，却选择奋不顾身地出征。"

1月21日，上午10点，华山医院紧急召集成立首批赴上海市公共卫生临床中心支援专家组，由张文宏带队，感染科副主任医师毛日成是队员之一。

在隔离病房内，毛日成每天工作16个小时，早晚查房、三次报表，总感觉刚躺下就又要起来了，密切观察、治疗患者，他一刻不敢放松。"作为党员，这是我的责任！"

在上海市公共卫生临床中心任务结束、经历短暂的隔离期后，毛日成医生忙碌的身影又出现在发热门诊。之后，他驰援武汉。

除夕夜，感染科徐斌副主任医师主动请缨，终止在日本的休假，参加上海第一批医疗队来到武汉金银潭医院。进入病房后，除了履行好救治工作，徐斌还会用肢体接触和语言来鼓励患者："传染病患者都担心医生和周边的人'怕'自己，而有人拍拍他们的肩膀，他们会很高兴，也更有信心对抗疾病。"

徐斌接到支援武汉任务后，张文宏就打电话询问他是否有困难。后来，他又接到了张文宏电话。"工作时间越是久，越要做好防护，越要坚持。"听筒的那一端，张文宏嘱咐他。

从SARS到禽流感，在重大公共卫生事件来临时，张文宏所在的华山感染科，始终站在"紧急应对"的第一线，这次也不例外——

1月28日，华山感染科护师徐惠，加入上海第二批医疗队前往武汉市第三医院救治危重症患者。2月4日，下午，国家紧急医学救援队奔赴武汉，感染科副主任张继明教授担任队长，主治医师孙峰、护师曹晶磊都是队员。2月9日，华山医院再有214名队员出征，感染科陈澍教授是第一个报名的。为此，他还动用了一点"特权"——因为身兼医保办主任，他在主任群里抢先报了名……

武汉封城两个月后，中国国内疫情从暴发期进入康复期，境外却面临全面暴发，新冠疫情进入全球大流行状态。中国面临严峻的境外输入风险。国际大都市上海，为境外输入第一线。防控态势严峻。

焦点还是在机场。不过这一次，不是当初的"国内出发"的飞往武汉的航班，而是转到"国际到达"的全球几十条来往于各个国家和地区的航线。

2020年3月24日，张文宏至"人民上海会客厅"，接受人民网记者专访。

记者：现在，中国的疫情已经从暴发期转入康复期，但是境外却全面暴发，中国由此面临着境外输入的高风险。上海作为一线城市，防控压力尤其大。就目前阶段看，国内特别是上海应如何做好防控？老百姓又该如何做好防护？

张文宏：面对这次疫情，全国人民都蛮艰难的。全国支援湖北，到现在不到两个月的时间，疫情基本上控制住了，全国各地基本没有本地病例出现，中国已经迈过至暗时刻。但现在欧洲突然成为疫情的新中心，给我们带来了巨大的不确定性，后续我国仍然面临较大的输入性风险。上海目前最大的挑战是境外输入，我们要严阵以待，迎接"二次过草地"的挑战。

原来我们预估疫情于4月份结束,后期再拖个尾巴,再控制一下世界的疫情,全球6月份也能结束,我认为这也是合理的。但现在整个欧洲出现了不可控的情况,疫情在今年夏天结束的概率就很低了。特别是欧洲一些国家提出的"群体免疫",这个过程事实上非常痛苦,势必会有大量的人被感染。因为建立一个"群体免疫"的过程非常漫长,意味着会有60%～70%的人被感染。推算一下,周期基本上会到跨年,所以我预计在很长一段时间内,医务工作者都很难停下来了。

对老百姓来说,防控很重要。别人都感染了新冠病毒,我就是不感染,有没有秘诀?事实上是有的,一定要掌握住传染病里面的一个关键点,就是接触。没有接触,就没有感染。在疫情暴发非常厉害时,我们发现,所有的感染都是密切接触传播开来的。

那么,我们在工作场所如何避免密切接触?不仅要保持一定的社交距离,还要戴口罩、勤洗手。做到这些之后,感染的风险基本上就没有了。有人担心会空气传播?其实,到目前为止空气传播一直是停留在假说之中,我国大多数病例都是在密切接触中发生的。

记者:目前的欧洲国家,意大利情况极为惨烈,确诊病例多,死亡率也高。所以,网上热传意大利的病毒成分与中国的不完全一样，而是毒性更强。这种说法是否存在？

张文宏：意大利病毒的序列分析结果，目前还没看到明确的数据，所以现在还不能说毒性更强。武汉早期病死率也高，现在已经降下来了，也没听说是病毒成分发生改变。病毒成分发生改变一定要有基因测序的结果来佐证。现在最主要的原因是意大利大规模暴发，重症病人就存在一定比例，如果20000多例确诊者，按照20％的重症比例计算，也有4000多人，重症病人太多，医院的救治能力就可能跟不上，死亡率就会升高。如果再暴发下去，会越来越严重。

梳理下时间线，意大利最初的3例病例都是输入性病例。在之后的两周内，并没有出现新的确诊患者。正当意大利全国都松了一口气的时候，疫情却逐渐发酵。2月22日，伦巴第大区一名38岁意大利男子确诊感染新冠病毒，成为第4例确诊患者。这名患者近期没有到过中国，1月底与一名从上海返回意大利的朋友一起吃饭，但朋友的病毒检测结果为阴性。

而意大利第4例确诊者之后的70余例，均与第4例有关。这就是通过一个"超级传播者"形成了一个内循环，在意大利造成很多个社区的传播。因为意大利人不太愿意戴口罩或进行隔离，社区活动也较为频繁，这样就会不断在社区中传播，从前面的几十个到几百个，再往后就是指数级增长。

指数增长有多可怕？打个比方，假如有一张足够大的纸，每折叠一次，纸张厚度就会翻倍，如果能够折叠46次，那这张纸的厚度将达到地球到月球的距离。这样的话，很可怕，四五月份，意大利的病例可能会达到一个非常高的水平。这段时间就是要考验意大利能不能采取有效的防控措施了。

记者：那个时候，海外同胞要不要回国？

张文宏：这要看他们回来后是不是决定再也不回去了。如果疫情要延缓半年，还要不要读书工作？如果不回来的话，一定要做好个人防护，让自己不生病才是最好的办法。有效的个人防护包括保持一定社交距离、勤洗手、戴口罩。这三点都能做到，被感染的概率就会很小。

记者：之前有过一种说法，就是随着天气变热，病毒的传染性会变弱。但问题是，病毒已经在南北半球都传播开了，当北半球进入夏天时，南半球就进入了冬天。因此，病毒会不会成为常驻型病毒？

张文宏：历史上很多传染病都是跨季度、跨年份的，2009年的H1N1就跨了年份。现在看，新加坡、印度都不严重，所以会认为天气变热这个病毒就不大容易生存；但马来西亚却有400多例，说明也不仅仅是天气的原因。不过，这些国家病死率都低，起码说明有可能在天气热的时候，重症病人会减少,轻症病人还是有的,否则马来西亚纬度这么低的地方,不可能会有这么多确诊病例。夏天,病毒可能容易被控制。但是现在欧洲出现了疫情暴发趋势,有些国家在防疫方面只是应对型,可能不会对轻症病人或无症状病人进行筛查,那就意味着轻症和无症状病人有可能在社会上进行不断传播,这样的话,疫情会一直延续下去。有可能夏天终止不了,等到冬天,可能又会带来第二次暴发。

至于会不会变成常驻病毒?如果这个病毒毒性变得越来越低,那就有可能在人群中反复感染,因为症状不明显,也不会致死,就会慢慢适应,在人体中生存。如果病毒毒性变强,就容易被人类清除掉,不大容易长期生存。因为病人一生病就很严重,肯定会进行治疗、隔离,这个病毒就不容易传播下去。但现在说能不能在人类中长期生存还为时过早,要等到一年或两年以后,看看这个病毒还会不会长期生存。

记者:如今,随着青海、贵州、云南等地不断明确开学时间,上海、北京等各大城市的家长也都在翘首以待。

张文宏:复工、开学,都是极大的问题。说实话,我自己觉得这个问题很难回答,因为牵涉面太广。需要我国的专家和政府管理部门一起得出结论。对医疗工作者,还有现在工作在防范输入各环节的工作者们,比如说海关、社区防控的同志等，要做到把输入性的风险控制到最低。

  开学需要各省根据各自疫情来定。如果一直没有新增病例的话，原则上就可以开学了。但眼下的问题是，上海、北京这种特大城市，不断有境外输入性病例。这就需要特殊情况特殊分析，看看输入性疫情是否可控。而且现在已经复工了，一般都是先复工，再开学，复工如果有问题，开学就开不成。因为开学后出现问题的话，就会影响一个班级乃至一个学校，可能会造成恐慌，复工相对来说没有这么大规模，要好一点儿。如果复工以后没有出现问题，原则上就可以考虑开学的事了。

  记者：网络上一直对中药西药哪个更有疗效讨论很激烈，这个问题您怎么看？

  张文宏：上海的治疗是中西医结合的，而且合作非常愉快。要说谁的疗效好，我觉得分清这个没什么意义。这就如同两口子过日子，日子过好了，非要分清是谁的功劳吗？这也是没法分清的。如果一定要说谁的功劳大，就只能完全不采用其他方式，只用中药或只用西药，然后拿出来比对。做这样的试验，对病人来讲，伦理上也过不去，难不成为了做这样的试验，就置病人的生命于不顾？明明需要吸氧了，但我只用中药，就不给你吸氧，这说不过去。中医西医都是医学，现在中国的治疗都是中西医结合的，取得了很好的效果。

记者：很多人都在关注疫苗的进展，您能介绍下吗？

张文宏：在中国各条疫苗战线上，进展都挺快，也都取得了一些初步成果，但疫苗从动物试验有效，抗体出来，到人体的临床研究，再用于人身上，需要一个非常严格的过程，哪怕再着急，流程也不能缺。因为疫苗是用在人身上，安全性要有极大的保障。最顺利大概也要一年左右的时间，到时候中国的病例可能都没有了，又让谁来做临床试验呢？如果这个疫苗是中国做的，拿到国外去做临床试验，人家又愿不愿意接受呢？这些都是问题。所以，我们说疫苗是为了明天而准备的，谁也不知道疫情会不会再来一波。

记者：据了解，您主编的《张文宏教授支招防控新型冠状病毒》发布后广受追捧。随后被翻译成了英语、意大利语、波斯语、越南语等多个语种传向世界。

张文宏：对，现在世界各地都在问我要，我连一分钱版权费都没收（笑）。

记者：很多人希望在疫情结束后，能听您谈谈爱情观，讲讲育儿经，并且跨界再出几本书。

张文宏：这大可不必，我比你们高明的地方，就是对新冠病毒的了解。至于其他的，年轻人都比我懂得多，我已经out了。

记者：采访您之前，心里挺忐忑的，因为之前有记者被您"怼"过，所以稍微有些担心。

张文宏：那件事啊（"喊停记者提问"一事），我不愿意回答，是因为我一般拒绝跟大家直接讨论具体的细胞类型，这种话老百姓听不懂，我们没必要把这个展现在公众面前，因为你不应该讲大家听不懂的语言。

我和记者沟通，实际上是在通过记者与公众沟通。这次疫情非常特殊，要控制好，就必须发动公众，如果大家不理解不配合，疫情是控制不好的。所以一定要讲老百姓听得懂的话，就是这么个道理。

如果只讲官话，那没人喜欢听，但如果你讲得很有意思，就容易被网友断章取义，都不联系上下文语境。年前疫情刚刚暴发时，我提到上海的风险很大，因为春节期间，每天进出上海的人很多，我这么说，也是想提醒大家认真做好防护，但是年后上海准备复工的时候，这句话又被网友拿出来说了，此时其实语境已经完全相反了。

前两天，我在"华山感染"中发的那篇文章（《张文宏：大流行状态下的国际抗疫与中国应对——国际"战疫"动态与展望（二）》），短短一天时间内，在微博上的转发阅读量接近十个亿，很多媒体摘了里面的一句话做标题，一下子传播开了。断章取义、标题党，都太可怕了。

记者：您怎么看待自己的这波"硬核"圈粉？

张文宏：我就是个普通人，疫情过后，一切随风而散。

他便是说一些大实话，寥寥几句，脱口而出，却似乎大有深意，神秘地击中世界。一个医生与健康者、病人，或疑似病人的对话，说的是这一刻人世间最重要的话，也很可能是人类走出灾难的密码——说出了人们心里想象的最好模样儿，是那种印象：知识和语言的合体，奥妙与魅力所在。

4. 科技与真心

2020年4月8日，武汉解封。

【武汉解封】

从1月23日"封城"至4月8日，武汉"解封"！武汉的76个日日夜夜，也浓缩了一个国家的"战疫"轨迹。

——360百科

2020年4月8日，上午。上海新冠肺炎疫情防控新闻发布会。张文宏再次走到台前，同台就座发布防控策略的有上海市副市长宗明、卫健委主任邬惊雷以及其他防控专家。张文宏谈到上海疫情防控体系时，被问道，这个体系在哪里呢？张文宏此时底气十足——体系就在你身边，就在基层的一点一滴当中。

"你最看得见的这个体系的第一道关卡，肯定是自己身边的医生，有社区的、有综合性医院的。所以这一次的整个疫情的救治，你如果拿放大镜去看，你就会把体系里面一些细节看清楚了，然后就知道老百姓在细节上，是怎么样得益于这次完整的体系对城市的保障。"

"上海今天可以复盘,第一拨的国内疫情蔓延,能否控制,如何控制,是对体系重大的考验。遍布上海的各大发热门诊,是体系的启动。发现病人、隔离追踪、密接者追踪……发热门诊和哨点门诊,布的网越大,我们就能越早响应,捕捉住病人。根据集中救治原则,最强大的医疗资源在市公卫中心、儿科医院汇总。"

"2003年非典,H1N1,H7N9,这座城市每次都能应对得很好,每一次疫情能留下一些教训,针对不同的疫情都有可更新的环节。"

"在人类历史上永远会有最新的病毒,要有强大的科技支撑。平战结合,强化专病救治体系,急诊、重症医学的救治体系,进一步加强医疗救治体系。我是感染科医生,和疾控密切合作,医防融合,通过高科技全面加强这个体系,使其更加灵敏强大。"

"当有一个新的预警启动的时候,后面的反应体系可能是不完备的,那么我们会招致极大的一个挑战。"

"通过高科技来强化体系,那么将来可以预测,这个事情一定会发生的,我不知道在我退休之前会不会再来一次类似于新冠肺炎(的疫情),但是我们这个体系始终要保持在非常灵敏、非常强大的水准上。"

"今年这个疫情什么时候结束,没有人可以回答你。我这几个礼拜除了白天在诊治病患,晚上基本上都是和国际上最顶尖的公共卫生专家进行视频连线。我们交流全球抗疫情况,分析疫情,分享抗疫经验。所有人都说——我不知道这次疫情什么时候结束。"

"上海已经回到疫情之前的生活状态,之后依靠逐渐强大的体系来应对输入性病例,我们要时刻保持体系的强大,这就是要建设的主要原因。"

一起出席新闻发布会的复旦大学上海医学院副院长吴凡说:"战胜疫情最核心是科技。科技赋能疫情防控,关键在于平时的布局和储备。"在对标国际先进水平、推进疾控机构硬件设施升级的同时,还要有软件。吴凡直言:"软件中,人是关键。"对于人才的发现和培养,要"两条腿走路":一方面要创新人才培养模式,培养既有临床技能,又有公共卫生视野的医防融合复合型人才;另一方面要培养更多多学科融合的人才,医工、医理、医文等多学科交叉融合,培养适应全领域、具备多种岗位胜任力的公共卫生精英。

回顾上海的科学抗疫,张文宏这位"上海市新冠肺炎临床救治专家组组长"感触良多。用科学筑起生命防线,张文宏感触颇深。几个月来，他与上海一线抗疫专家，借助科技力量，精准施策，足以显示上海疫情防控体系里的"科技含量"。

有故事，谓"华山感染的神预测，原来是这么来的"——

回到 2020 年伊始，中国各地感染科和呼吸科医生一边按部就班，进行常规的临床工作，一边按惯例，准备应对每年冬季流感之浪潮。

其时，人们懵然不知，一场改变人类历史进程的新发传染病，正悄然蔓延。

在武汉，每天门诊量上万，临床医生们敏锐地捕捉到，有数十例肺炎患者出现不同寻常之处——他们有着非常类似的病毒性肺炎临床表现，却均排除了常见的呼吸道病毒感染。致病微生物到底是什么？很快，中国科学家给出了答案——Ⅰ类新型冠状病毒。

由此，这场疫情与人类的正面交锋揭开序幕。

上海和武汉相距 800 公里，但对于病毒，不过一两个小时的行程。面对这场突如其来的疫情，上海临床医生和防控工作者们丝毫不敢掉以轻心。因为，不知道"敌人"什么时候打到家门口。大家必须严阵以待。2020 年 1 月 20 日，上海市报告首例输入性新冠肺炎病例。张文宏和他的华山感染团队采用实时荧光定量逆转录 PCR（RT‐PCR）、CRISPR[①] 和宏基因组测序（mNGS）等多种手段，对上海市第一例新冠肺炎患者进行了确认诊断。实时 RT‐PCR 和 CRISPR 检测均呈阳性。mNGS 显示其与武汉分离株核苷酸同源性超过 99%。（*Emerging Microbes & Infections*）自此上海正式加入战斗序列。

2020 年 2 月，国内新冠战事最为胶着之际，抗疫重担落在广大临床医生身上。面对这样全新的疾病，急需快速总结临床经验。复旦大学附属华山医院张文宏教授、北京协和医院李太生教授、上海市公共卫生临床中心卢洪洲教授共同携手，在 EMI 杂志分享了新冠患者临床救治心得，其中包括强调重症患者的多学科支持、重症患者的早期识别及早期干预等，提出了小剂量短疗程糖皮质激素的及时应用将减少具有重症倾向患者病情加重等一系列策略。

很快，一线医生逐渐感受到重症新冠患者的治疗难度极高，甚至超过当年的 SARS。特别又面对当时层出不穷但效果不明确的各类药物，临床处理变得更加复杂和困难。张文宏和他的华山感染团队随即在 *Cell Research* 杂志发文，着重讨论

---

① CRISPR，原核生物基因组内的一段重复序列。

了重症新冠患者的诊治要点,并分析了各类药物如低分子肝素、抗病毒药物、激素等的潜在前景。同时,张文宏教授作为新冠防控组成员,积极呼吁多方合作,共抗病毒(*Clinical and translational medicine*)。

事实上,复旦大学附属华山医院感染科研究团队在从临床救治到整体防控的各个方面开展了一系列研究,以科研工作推动临床医疗的进展,用临床数据实践科学防控的要求。这也是华山感染团队把人民群众生命安全和身体健康放在第一位的集中体现。

面对新发病原体,一个重要科学问题是——新冠患者和其他肺炎有什么区别呢?张文宏团队迅速开展研究,发现新冠肺炎病毒的不同基因片段在转录层面上表达丰度有较大的差异,该发现为后续病毒各基因功能区的研究提供了理论基础。并且在对呼吸道微生物群落的研究中发现,与非新冠肺炎患者相比,新冠肺炎患者气道微生物群落多样性降低,且有18个类群丰度差异十分明显,提示新冠肺炎患者的气道菌群较普通肺炎更易发生紊乱,潜在的并发感染的可能性更高,该研究发表在 *Clinical Infectious Diseases* 杂志上。

临床实践也证实了以上猜想。张文宏团队的课题组发现,继发感染与COVID-19①疾病进展息息相关，并最终将导致疾病预后的显著恶化。课题组纳入了上海地区重症COVID-19患者。根据临床需要收集下呼吸道、尿液、导管和血液样本，并同步进行了培养和mNGS，发现57.89%（22/38）的患者发生了继发感染，且接受有创机械通气的患者继发感染率更高，而继发感染将导致患者死亡率显著增高。

除患者自身病理生理特点外，病毒学演变规律是临床医生着重关心的问题。课题组通过对新冠肺炎患者系列标本的测定发现，ICU患者（重症患者）的各类标本（鼻咽拭子、血液、唾液）SARS-CoV-2病毒转阴时间明显长于非ICU患者（非重症患者），并且鼻咽拭子样本较血液和唾液样本需要更长的时间转为阴性。该研究为新冠患者的诊断方式，以及治疗终点的确认提供了可靠依据（*Journal of Infection*）。

重症患者的早期识别是后续治疗的关键。其实重症和轻症患者之间差别一目了然。如何从一群轻症COVID-19患者中识别出"准重症"患者才是关键。本课题组通过巧妙的研究设计从纷繁复杂的临床线索中找到了血清乳酸脱氢酶水平升高和高龄是轻症患者疾病进展的独立危险因素（*BMC Medicine*）。

---

① 2020年2月11日，世卫组织宣布正式将新型冠状病毒感染的肺炎命名为"COVID-19"。

可以说，这项发现为上海市整体救治策略提供了重要支点。

糖皮质激素的应用一直是国际上的争论热点，事实上后续被证明是新冠治疗中为数不多可能有效的药物。张文宏团队课题组基于一线临床应用经验，在国际上首次提出了糖皮质激素应用时间窗的概念。研究显示小剂量短程激素能有效减少处于过度炎症活化早期的患者进展至需要插管的风险，而过早或过晚使用激素受益不确切（*Emerging Microbes & Infections*）。这一临床结论应用推广后，上海市重症率从初期约10%显著下降至后期不足2%，极大地节约了医疗资源。

无症状新冠肺炎患者作为疫情防控的"死角"，对全球疾病控制提出了巨大挑战。张文宏教授课题组在国际范围内率先对感染SARS-CoV-2的无症状患者进行全病程随访，最为客观地对无症状患者的流行病学特征、临床特征、病毒学特征和预后进行报道（*Clinical Microbiology and Infection*）。研究发现严格科学意义上无症状患者比例仅占总新冠感染人群3%，且均在入院后3周内实现病毒转阴，无慢性病毒携带者发现。此项研究纠正了国际上长期以来对中国无症状患者比例达20%～30%的错误估算，提示在做好有症状患者的流行病学调查和溯源工作情况下，无症状患者对于国内疫情防控风险可控，进一步巩固了国内抗疫来之不易的阶段性胜利成果。

我们无法决定疫情开始，很长一段时间内，恐怕我们也很难宣布疫情的彻底结束。但幸运的是，回首上海疫情防控体系的科技创新，我们依靠科学筑起了一道坚固围墙，从而切实地把握住了个人命运和疫情蔓延之间的相对距离。在与新冠并行的这段时间里，上海一线抗疫的科技战队，且行且思，且悟且进。

"实事求是的科学精神，是张文宏所在的华山医院感染科一以贯之的价值追求。"华山医院感染科住院医师李杨说。她是张文宏的女弟子。她也传承了发热待查这项感染科医生的看家本领。

华山医院感染科是国内公认的发热待查"最高法庭"，翁心华教授是这一"法庭"的"最高法官"，李杨得其真传。李杨的心得是：在临床中要"唯实"，不盲从专家或教授的指示或分析，不局限于书本、共识指南，从实际出发，实事求是地研究处理临床问题。翁心华教授鼓励从事发热待查诊治的同道们在疾病诊治过程中要贴近病人，基于自己亲自看到或查到的客观可靠的事实，比如患者的症状、体征、治疗反应等形成自己的综合判断，不可盲目相信书本，亦不可盲从权威。

事实上，正是这样无条件地"实事求是"的科学精神，才可能拥有更加开放的心态去对待可能发现的事实。张文宏所在的华山感染团队，正是带着这样的开放心态，在日常临床工作中不断创新。

上海的科技抗疫，自 2000 年以来，有案可稽。那时候，张文宏正攻读博士，人类迈入新千年之际，中国社会经济发展蓬勃，前所未有，但感染病学科的专家医生不敢掉以轻心——传染病如悬挂在人类头上的达摩克利斯之剑，时刻威胁着人类的生命安全。随着社会的发展、科技的进步，国际和国内感染病疾病谱也随之出现了巨大变化，感染病学科面临着巨大挑战。感染性疾病成为人类的头号杀手，其患者死亡人数占全部病死人数 25% 以上，特别是疑难感染与重症感染的解决离不开精准快速的病原学检测手段。

中华人民共和国成立以来，随着国家对重大传染性疾病防治体系的投入和建设，我国常见传染病如血吸虫病、病毒性肝炎、艾滋病和霍乱等得到了很好的控制，但另一方面，如耐药细菌感染、老年人群感染、院内感染以及免疫低下人群感染和新发感染性疾病等造成的疾病负担则有待重视，相应的感染病防治体系需要强化，以应对全球化带来的感染性疾病挑战和感染学科疾病谱的不断变化。

因此，如何提高感染性疾病的快速诊断率和诊治成功率？华山感染如何能巩固国内领先地位、提升国际地位？中国感染病学界如何提升国际影响力，尤其在国际传染病防治中发出中国声音、发挥重要的作用？这是张文宏从一名医生到一名学科带头人，20余年来思考的问题。这三个问题贯穿了他的职业生涯。作为学科带头人，张文宏在国内率先将精准医疗概念引入了传统的感染病学科。在强有力的国家力量的支持下，张文宏逐渐率领团队搭建起覆盖细菌、真菌、病毒、结核等各类病原体的快速精准病原学诊断平台，可充分满足血流感染、腹腔感染、呼吸系统感染、中枢神经系统感染、泌尿系统感染等全身多系统感染的精准、快速诊断。

事实上，在此次新冠疫情之前，张文宏团队一直致力于新发传染病的鉴定和诊治。2013年，张文宏在国际上报道了首例H7N9病例，获得当年全国"H7N9防控工作先进个人"称号。2018年，张文宏团队通过二代测序技术全世界第一次在病原学水平确认了人感染猪疱疹病毒病例，并于 *Emerging Infectious Diseases*（美国权威《新发传染病》杂志）进行了报道，更新了医学界对人畜共患病的认识。2019年，团队在24小时内确诊国内第二例输入性锥虫病例、72小时内与世界卫生组织沟通获得治疗药品。他们不计成本、不畏艰辛地利用科技力量为每一位患者带来最好的医疗服务。

30年前，在感染学科进入低谷，最为艰难晦暗的年代里，张文宏甘愿当一次"傻瓜"，怀揣着治病救人的初心驻守在守护生命的战场。漫长岁月，张文宏和他的华山团队曾经无数次站在同传染病战斗的最前线，而他们也一次又一次经受住了严峻的考验，用科技与真心，筑起保障人民群众健康的长城。

这一次，张文宏作为上海市新冠肺炎临床救治专家组组长，坚持把科学防治、精准施策的要求，落实落细，做到迅速行动，及时发声，以科研工作推动临床医疗的进展。张文宏作为通讯作者组织上海专家组积极总结自身治疗经验，率先在《中华传染病杂志》上发表《上海市2019年冠状病毒病综合救治专家共识》，第一时间以专业、可靠的科学论文形式将研究成果推广到全国范围内的疫情战斗中。

"上海方案"基于国家方案，高于国家标准，充分体现了精心、精准、精细的上海特色。"上海方案"是上海市举全市之力精心救治、把人民群众生命安全和身体健康放在第一位的集中体现；"上海方案"坚持"精准施策"的方法论，形成严格规范、有数据支持的救治标准和推荐意见，对恢复期血浆、糖皮质激素应用都进行了高于国家标准的独立探索。充分发挥上海科研与资源优势，强化先进科学技术对指导临床决策的力量支撑,"上海方案"让救治过程更精准,做到病程描述最详尽、临床监测最明晰、早期预警最到位、用药原则最科学,特别是对合并细菌、真菌感染的精准诊治进行了细致指导,在避免抗生素滥用的同时对合并二重感染进行有效治疗。另外,"上海方案"中提出了更严格、严谨的出院标准,为避免上海疫情反扑打下坚实基础。"上海方案"的有效性在上海患者中得到了最好体现,目前治愈率已经超过99%,病死率仅1%。

上海阶段性成功的救治经验更是辐射到全国,深圳市第三人民医院、无锡市第五人民医院、南通市第三人民医院、沈阳市第六人民医院、南昌市第九人民医院、温州市人民医院、怀化市第一人民医院、瑞安市人民医院等新冠肺炎定点救治机构,通过参考学习"上海方案",在救治过程中因地制宜,极大提高了治疗成功率。

从住院医师李杨的视角看——"在上海市公共卫生临床中心工作期间,我看到所有老师们为每一个新冠患者的治愈都付出艰苦努力。不管深夜几点,所有专家们都随时集合,讨论病人病情,那些业界'大佬'开玩笑说——他们仿佛又年轻了一次,又变回了住院医师,那些病人的生命体征、实验室检查,都记得清清楚楚。我想,这正是总书记'不忘初心,牢记使命,永远奋斗'的真实写照。我相信,如此炽烈情怀,其实一直埋藏于中国医务工作者的心中，在这个最危急的时刻，自发化成一团火焰，照亮黑暗中的战场。原因无他——踏上医学路前那份初心和宣言，是最好的解答。"

一个感染科医学界的后辈，仰望无数先驱者的背影。李杨说："我的老师们讨论疫情时，曾这样说——医生尽管情感炽烈，在患者面前却总是要保持足够冷静的样子，因为心中永怀敬畏，他们明白生命是不能承受之重。其中最早支援武汉的徐斌老师，他常常感慨万千，既因患者好转而由衷高兴、自豪，也因拼尽全力病人却终告不治而沮丧、难过。"另一位在ICU的魏礼群医生则说："这里并没有从天而降的英雄，只有挺身而出的凡人。"

在李杨看来，理性思考不仅仅体现在个体患者的临床救治上，更体现在疫情的整体防控布局上。我们知道在疫情面前谣言有时比疾病更可怕，医院不仅是治病救人的地方，更应该是回应人民需求、传播正确健康知识的最大阵地。华山感染科室的青年医生在主任张文宏教授的带领下，基于自身丰富的治疗经验与医学知识，不遗余力地进行科普教育。面对不同媒体各种真假难辨的知识和消息漫天飞舞的时刻，"华山感染"微信公众号的青年同志们选择以专业的内核、冷静的分析，为大众正确认识2019新型冠状病毒而不断发声。

2020年1月17日,张文宏团队第一时间编译《世界卫生组织:2019新型冠状病毒指南(中文首译版)》,阅读量为1544万。从1月22日至2月17日,连续更新23篇原创文章,第一时间解读疫情数据走向、封城决策、返工复工注意事项等大家所关心的话题,累计阅读量超过2500万人次。

3月27日,上海科协组织了一场特别研讨会,闻玉梅、赵国屏、张文宏等20多位专家出席,就新冠病毒的演化、救治等话题研讨,会议时长4小时,信息量颇大。

"做科普我是业余的,我觉得自己医生做得还不错。"张文宏开头,轻松诙谐,"熊猫眼"愈加明显。之前的一天,完成和在美留学生视频连线后,已经晚上11点。再驱车赶往金山的上海市公共卫生临床中心。那里新近收治了几个新冠肺炎患者,他要去看看。回到那间单人标房,已是半夜12点以后,27日,一大早,起床,准备下午会议发言内容,28日,要进行12个国家防控经验交流。

"闻玉梅院士常常问我:每一次新发传染病来的时候,你们准备好了吗?说老实话,晚上我是睡不着的,我会给自己灵魂之问:我准备好了吗?"张文宏说,下一步他的工作重点,第一还是要抓临床的救治,现在上海输入型病例还有不少,当下就是要在前期的基础上,把上海的防控救治做成"铜墙铁壁";第二点,是把中国前期积累的经验,向全球做介绍,人类共同战"疫"。几天前,他曾经说过一句话,在他迭出的"金句"里,这句话,可能会被忽略——"疫情发展,取决于控制得最差的国家,而不是控制得最好的国家。"大有深意。控制得最好的国家,不等于太平无事。因为同时有"控制得最差"的国家。在这个地球上,病毒与每个人的距离,仅是"一个航班"。

恪尽职守。从守"家门",到守"国门",在以科技为支撑的基础上,上海逐渐做好准备。"我们不希望做救火队员,而是在科技基础上做精准防控。"张文宏说,上海团队会加紧合作,把疫情彻底控制住。"我认为,这是人类历史上最难对付的病毒之一,未来科技支撑显得尤为重要。"

在这个会上,上海市公共卫生临床中心卢洪洲教授在报告之前,晒出了一张特殊的合照——他与武汉市金银潭医院院长张定宇等人,拍摄时间是 2019 年 12 月。他告诉与会者,12 月 17 日,他应邀在武汉对金银潭的全体医务人员做了 3 个小时的培训,主题就和公共卫生事件的"院内防控"相关。"这虽然只是个巧合,但也从侧面说明,上海和武汉一直在进行密切互动。"

卢洪洲说，现在上海与世界卫生组织以及其他国家和地区随时进行沟通，时刻将诊疗的经验固化下来。

其实面对一个全新的病毒，我们所了解的仍然是冰山一角，任何一个小进展，都在为全球抗疫积累经验。瑞金医院的团队，根据各类交通大数据发现——从武汉离开的人，乘汽车或开汽车的最多，坐高铁其次，真正坐飞机的，不多。这个数据为武汉周围地级市的防控，提供了数据参考。

"我们已经把这个信息告诉意大利的同事，应该管控道口，如果想把传播源断开的话，道口是非常重要的传播途径。"上海交通大学医学院附属瑞金医院院长宁光说，这些都是很小的进展，却与一些重要的命题有关，并且确实能够回答一些问题。

86岁的闻玉梅、75岁的陈凯先、72岁的赵国屏、70岁的饶子和4位院士，落座于研讨会主席台位置中央。发表完主旨报告后，饶子和院士打开电脑，记录大家的发言；其他院士们呢，埋头，在手抄本上做笔记。几位白发苍苍的智慧老人，埋首于手抄笔记本。此景感人至深。有记者拍照，清晰看见陈凯先院士的部分作业——"笔记"。他是本次研讨会的主持人，在主持稿上，写了这样几段：协同、社区动员、口岸、老百姓的防护……他记下的，正是复旦大学医学院副院长吴凡所说的三道关口：口岸措施逐渐升级、个人防护要坚持做好、医疗机构的"哨点"功能更好发挥。

"上海又增加了180多个发热'哨点'门诊，希望把我们的监测防控网织得密一点、灵敏一点，真正保护这个超大型的国际大都市，既能恢复常态化的工作生活学习，又能防控住新冠病毒，共同等到疫苗出来的那一天。"吴凡说。

疫情暴发两个多月，科研攻关——科学家们手中的"家什"逐渐丰富，用起来，也日益"称手"：疫苗进入临床试验阶段，病毒基因组序列公布，多种药物正在筛选并有部分取得阶段性结论，诊疗方案不断完善……

在第一阶段的防控过程中，上海科研人员给出这样的答卷：密接者排摸彻底，截至目前上海没有发现一例感染来源不清楚的病人；上海向20多个国家和地区出口试剂盒和影像设备；本地患者出院率超过九成。

正如上海市科协党组书记、副主席马兴发所言，面对突如其来的新冠肺炎疫情，上海科技战线和广大科研工作者尽锐出战，以冲锋的姿态同时间赛跑、与病魔较量，在最短的时间里，集中力量展开科研攻关。

张文宏还发起新冠肺炎多学科论坛，每次都有国内和国际专家参与。4月25日，下午，举行第三届新冠肺炎多学科论坛——"走进常态防控"。张文宏自己当主持,视频连线的有美国、新加坡、中国香港等地的专家,沟通探讨全球抗疫策略,解答众多网友疑问。

4月30日,国务院联防联控机制新闻发布会上,上海市卫生健康委员会主任邬惊雷回顾上海抗击新冠疫情——至眼下,上海已进入常态化疫情防控阶段。但在此前,"对于上海这个特大型城市来讲,我们还是做了很多预案。比如对部分医院考虑要做腾空机制"。

当然,后来这些预案最终并没有启动。1月20日晚,国家卫健委确认上海市首例输入性新冠肺炎确诊病例。随后,上海第一时间启动了集中收治。

上海的集中收治点共有两个:一是上海市公共卫生临床中心,前身是上海传染病医院;一是复旦大学附属儿科医院,在迁建的过程中单独建立了传染病大楼。其中,成人病例收治到公共卫生临床中心,儿科病例则收治到复旦大学附属儿科医院。

从床位配置上看,上海市公共卫生临床中心有300多个负压床位,同时还储备了200个左右的负压床位。"上海市公共卫生临床中心当时建设的时候就预留了一个储备的场地,准备应急响应。儿科医院也是这样做的。"邬惊雷说。

流行性传染病的防控有三方面基本措施——控制传染源、切断传播途径、保护易感人群。只有三方面措施都落到实处，且尽早实施，才有可能以最快的速度控制住它的流行。

全上海各部门有效配合的总体"战疫"，由各个局部"战疫"组成，包括道口查控、社区防控、交通防疫、公共场所防疫、错峰上下班、有序复工等有效举措多管齐下，以及"早发现、早报告、早隔离、早治疗"，上海的疫情得到有效控制。截至4月29日24时，上海累计报告本地确诊病例339例，治愈出院331例，死亡7例，在院治疗1例。没有待排查的疑似病例。累计报告境外输入性确诊病例308例，治愈出院266例，在院治疗42例（其中2例危重）。待排查的疑似病例6例。

"除了定点医院，如果真的发生特大型的疫情，如何（形成）几个机制，比如腾挪、扩大定点医疗机构、组织队伍等，所以我们考虑我们的队伍应该是模块化的、专业化的、能够随时响应的。"邬惊雷说。

张文宏参加了此次新闻发布会。张文宏说，上海在集中救治中遵循了三条：多学科合作、遵循循证医学原则、不断创新。

"这次一开始大家就意识到这是一场非常复杂的'战役'，

如果不采取多学科的精锐部队一起紧密合作,就不能取得最满意的结果。"

张文宏介绍"上海经验"——按照常规做法,重症病人要么收在重症病房,要么在急诊重症。但此次新冠疫情中,上海一开始就采取了集中收治的做法,定点医院汇聚了上海最优秀的感染、呼吸、重症、心脏、中医等专业团队,并由14名专家组成高级别专家组驻守定点医院,病区里还有一支团队和专家团队进行无缝对接。这个团队里又有大量支持专业的团队,有专门的人工肺(ECMO)治疗团队,有连续性血液净化治疗团队,还有呼吸治疗师团队、心理治疗师团队。多学科合作是此次上海疫情治疗的一个重大亮点,而且做到实处,多学科团队一直待在救治中心,直到疫情得到控制。

新冠肺炎至今也没有特效的抗病毒药物。那时候,对于治疗方案,只能不断探索和积累。上海医疗救治专家组遵循"一人一方案"的精细诊疗路径,并在诊疗过程中不断调整、优化。

张文宏说,早期上海大量收集了在武汉初步的循证医学证据,包括流行病学、治愈率、病亡率、高风险因素等,并很早就提出来"一人一策",根据病人进展的不同阶段提出早期阻止疾病进展到危重症,使整体的重症、危重症率降低,进一步降低病死率。

"基于循证医学的团队,我们逐步地推进我们新的治疗策略,阻止疾病的进展。"张文宏说。

2020年3月,张文宏牵头的上海30位专家在《中华传染病杂志》网络预发表《上海市2019冠状病毒病综合救治专家共识》,在国家诊疗方案的基础上,结合上海本地的医疗资源,以及300例病患的临床研究和诊治,最终形成新冠肺炎救治的"上海方案"。

为了阻止轻型和普通型病人重症化,上海采取了综合措施。其中包括:抗病毒药物、氧饱和度监测、有效的氧疗、免疫维护、维持内环境稳定、尽量减少使用抗菌药物和糖皮质激素、积极抗凝、大剂量摄入维生素C。

张文宏说,上海专家团队在国际和国内也是最早根据抗病毒治疗的疗效提出自己认为最合理的抗病毒治疗方案。同时还提出了抑制炎症风暴的多种治疗方法,以及糖皮质激素的使用。"糖皮质激素的使用在我们的早期、中期和晚期治疗方案完全不一样,所以我们遵循'一人一策'。我们并不是一味地拒绝糖皮质激素的使用。"张文宏说,即使上海的糖皮质激素使用比例只占到9%,但这9%也确切实施"一人一策"。

基于不断地创新,上海的危重病人比例不断下降。从1月

20日晚国家卫健委确认上海市首例输入性新冠肺炎确诊病例，经过最初两周的摸索和经验积累，上海实现了重型/危重型病例占比，从22.9%下降到了7.4%——至4月30日新闻发布会止，此比例下降到只占3%，后来再进一步降低到1%以下。

"这些经验总结让我们对下一阶段的抗疫充满了信心。"

人类历史，有一点令人畏惧——是一个一直被"欺负"的人类疫情史。"人类是一直被'欺负'的，但中国的卫生系统已经浴火重生，我们已经有了处置的能力。"张文宏说。

人类还有一些具备牺牲精神的人物，他们讲述人类与传染病的关系——人类身边，永远存在着危险。缺乏的是危机意识，以及已经被历史证明的永久事实：针对传染性疾病的预防，人类从来没有万全之策。

"岁月是静好的，但风险一直在我们身边，将来我们还会碰到这样的事情。"2009年的墨西哥流感病毒、2003年的西尼罗病毒性脑炎和中国非典、1980年才战胜的天花、1918年造成欧洲2500万人死亡的流感病毒……传染性疾病与人类的战争从未停止。只是，每当灾难过去，人们便开始习惯性遗忘。

被治愈的非典患者，尚有后遗症无法康复，2020年的新冠肺炎又到眼前。

2003年,"非典"之后,张文宏便和他的导师翁心华教授,以及其他同行一起,撰写中国第一本关于SARS的呼吸感染专著《严重急性呼吸综合征:一种新出现的传染病》(上海科学技术出版社2003年出版)。他告诉人们:"新出现的传染病虽然被清除,但人类仍然缺乏对其的深刻认知。"他通过一个个例子,表达他的思想——"传染性疾病没有因为非典的治愈消失,被打败的疫情不知什么时候依旧会卷土重来。"

所幸,2020年的中国已经有了应对的能力。焦虑的张文宏,看到了希望,因为十几年前他便说:"哪怕传染性疾病再度出现,充足的防护设备也能给予医护人员应对的时间与抢救的机会。"

他的思想,总是被他朴素的语言精辟地展开,带着情感色彩,还有酒精和消毒水味道,有时也"粗暴",令人紧张。

"13000张床位,不断进入武汉援助的医生,足以消解武汉现在的疫情。"

"中国政府已经做好了长期抗战的准备。"

他分析抗疫的现实情况,告诉所有人,所有可能的结局——

最好:2~4周内,现有病人治疗结束,2~3个月内,全国疫情得到控制;

最差：世界范围内控制失败，病毒席卷全球；

胶着：病例数在可控范围内增长，抗疫过程会十分长，可能长达半年至一年之久。

他说的三个结局，被后来的事实全部证实——最好的结局发生了，最差的结局也发生了，胶着的局面，一点不差地继续在胶着。

张文宏承认，原来预估疫情4月份基本结束，后期再拖个尾巴，再控制一下世界的疫情，全球6月份也便能结束。他认为这样的预估是合理的。但他没有预判到，整个欧洲和美国会出现不可控的情况。

关于国际抗击新冠疫情，张文宏这样说："我们非常非常幸运，在春节期间，断然通过封城和全社会Ⅰ级响应动员，取得初步抗疫的阶段性胜利。一个多月过去，世界各国的抗疫过程，就像奥运会长跑比赛，前面一圈是看不出来的，后来，一圈一圈跑下来，各个国家、各个地区的抗疫成绩，慢慢就拉开了差距。一目了然。"

"我们非常非常幸运。"一个医学专家，从科学和思想深处，如此表达自己的"幸运"，其背后曾经隐藏着的是无穷无尽的焦虑和不安。

张文宏著名的"早餐牛奶鸡蛋论",引发刨根问底,被过度解读为崇洋媚外。此论换个说法是"早餐不能喝粥",源于 2020 年 4 月 15 日下午,张文宏出席一个防控新冠肺炎疫情讲座。他说:"你家里的孩子不管长得胖,长得瘦,喜欢不喜欢吃东西,这段时间他的饮食结构,你要超级重视。"

"绝不要给他吃垃圾食品,一定要吃高营养、高蛋白的东西,每天早上准备充足的牛奶,充足的鸡蛋,吃了再去上学,早上不许吃粥。"

有人认为,张文宏说的很有道理,只喝白粥营养肯定不够;但也有不少人表示,早上喝粥是中国很多家庭的传统习惯,如今不能喝了?我们喝了几十年了,好好的,怎么了?甚至有人说,"早上不许喝粥"这种说法,是不是崇洋媚外过头了?张文宏表示,很多人批评他,但其中这一点批评他不接受。"我只是针对病毒,针对病毒的抗体产生要靠的物质,什么物质?全部是蛋白质。"

张文宏说过许多话,常会激起评论者的不同反响,有时候甚至是水火不相容的看法,针锋相对。且不管张文宏是不是真的喜欢吃牛奶鸡蛋,真的拒绝吃粥。我们只需看到,他闲话不多,但表达的观点非常鲜明,非常确定。

他说,新冠肺炎病人由重症转轻症,最主要的一点就是要保证营养，尤其是蛋白质。这时候，如果靠粥和咸菜过日子，就麻烦了。"而且，中国人最喜欢喝鱼汤了，鱼肉也要吃掉，都是蛋白质。"他补充说。

另外，张文宏还强调，鸡蛋一定要保证，肉能够吃就吃一点，富含维生素C的蔬菜也希望能多少吃一些。

由此，又引来议论——张文宏一定吃得很好。

他其实吃得真不怎么样。在他的华山医院感染科主任办公室里，狭小的空间，地上放有两只硕大的塑料袋，里面装的是干巴巴的面饼。他的午饭，一般就是这个，佐以自制的调味酱料。他认为好吃。办公室里间是一个生活间，备有净水器和电磁灶。生活间的那一边，是他的老师翁心华的办公室。

此生活间，小而狭长，沿壁置条案，有一小锅，里面居然还剩有隔夜的面汤水。张文宏随手拎起锅子，到边上水斗倒掉，放自来水龙头下，冲洗一番。他手不沾水，一手拎锅子，悬空转几小圈——上海人叫"荡一荡"。他解释说，昨天下面，吃了忘记洗。"这个面很好吃的。是乡下来的病人送的。对，是他们自己擀面条烘制的。病人硬要送，也不是值钱的东西，我就收下了。我喜欢吃，好吃的。"

他与人一起吃午餐。很客气，到店落座，点套餐，跟人解析鸡肉与牛肉的营养差异。做完科普，给人点牛肉，给自己点鸡肉。

有人要采写张文宏，如实相告："文宏医生，我想写你的英雄事迹，但看来看去，你没有什么壮举，连武汉也没有去过。哪能办？"

张文宏说："我就是要告诉你，我不是英雄。我只是一个普通医生，还是一个很焦虑的、专门看感染毛病的医生。传染病大暴发的时候，这个医生特别焦虑，哪能有空去做英雄？"

有许多时候，最伟大的事，是由一群最平凡的人在做。奔赴前线的医护人员，其实本来就是平凡人。他们也会害怕，会焦虑，会不知所措，可是疫情在前，身负职责和使命让他们变得伟大。

他们比所有人都更早知道，抗击新冠肺炎举步维艰，在对病毒一无所知的情况下，可能会面临糟糕的结局，可在清楚所有后果的状况下，他们依然前行。一个不晓得前面有危险的人，去冲锋陷阵，那是勇士。一个明知前面险象丛生，还要往前冲，那是智者，更是英雄。

【文宏二章】

"一个'书呆子',碰到了一个腾飞的中国。"

1. 华山路

每个上午，上海华山医院门口的乌鲁木齐中路华山路，是上海几个拥堵路段之一。本埠市民或外来人，接踵而至，汇集于医院大楼。他们各自占据各大门诊室门口的座位，默然就座。病患或家属各怀心事，愁容满面，但依然会保持矜持，等待一次次麦克风和缓的语音播报叫号。间或，白衣医护人士穿梭于此——他们的身影总是美妙，来去无踪，带来一丝安慰，象征希望，也许是绝望。门诊分普通门诊和专家门诊。患者心底记着几个医生的名字，慕名而来。

那些从外地专程而至却没有挂到专家门诊号的患者，张文宏对他们真的很好，只要事先寻到他，转弯抹角也可，张文宏会给这些病人加号，让他们放心，有的放矢地前来。初步诊断后，可以确诊为重病患者的，需要立刻住院，华山医院一床难求，张文宏经常会为那些素不相识的外地人，不断打电话。张文宏面子大，一般都可以帮忙落实床位。有些患者需要随访，但外地人不方便随时来医院——这样的病患，张文宏会给他们留下自己的邮箱，通过电子邮箱及时给出诊疗意见。

大病之人，心里就会装着几个名医，将自己的人生托付。张文宏心里呢，总是会装着几个重症病人，职业使然。他再忙，自己主治的几个重症病人，总是在心里"盘"。张文宏说："看毛病跟写作有一点差不多，就是心里会一直在'盘'——'盘算'的意思。交关①治疗方案，就是一直盘，慢慢盘出来的。你说是'用心'，也没错。做什么事情都得上心，何况还是性命交关的事情。你说是吧。"

会诊和查病房，是张文宏日常工作的重头，特别是到重症病房去看病人，张文宏的同事都晓得，"哪天他说去，再晚也一定会去，而且不是走马观花，明显是预先做好'功课'才去的，对每一个病人的情况、指标了然于心，实事求是、严谨负责"。

是"盘"过的。

2020年7月29日，上午10点。张文宏准时抵达上海华山医院西院传染科病房查房。上五楼，在走廊，已有学生接过他的双肩包，同时将一件白大褂交予他手里，他一路抖开，往后甩，熟练穿上，扣上衣扣。边上的学生，已经向他汇报到第二个病人的状况。一步踏进医生办公室门，伴随一阵"张老师好""张主任好"的招呼声，狭长的办公室里，十几名医生全

---

① 交关，上海话，很多。

体起立，然后很快归位，坐回自己的办公桌前，中间留有一靠背转椅，张文宏一屁股坐上去，往左边转一下，右边转一下，跟两边的学生打招呼："你好像瘦了嘛。"他说的是一个女医生，这是张文宏的博士生，毕业留下来的。业务很强。说她瘦，是晓得，这几个月来，她特别忙。随后，张文宏指着毛日成医生，说，这个人要说一下，现在大家也认得他，去过武汉。

2020年1月21日上午10点，华山医院紧急动员，成立首批赴上海市公共卫生临床中心支援专家组。张文宏带队，感染科毛日成、呼吸科张有志、重症医学科李先涛三位副主任医师匆匆带上行李，从收到通知到入驻上海市公共卫生临床中心，不到4个小时，投入到抗击新型冠状病毒感染的肺炎疫情中去。

"有武汉旅行史，两天前发烧咳嗽，现在体温38℃，肺部CT提示有重症肺炎……"除夕夜，毛日成是在治疗新冠肺炎患者中度过的。张文宏记得，那天，上海市新增确诊病例13例。为了保证安全，这些确诊患者须得于当天下午或者晚上，紧急送往位于金山的上海市公共卫生临床中心。毛日成从询问病情、回顾流行病史开始，到制定治疗方案、完成报表，收治完所有病人，已经是大年初一凌晨两三点了。辞旧迎新。

华山医院感染科连续九年位居中国医院最佳专科声誉排行榜榜首。作为感染科副主任医师，毛日成在这里已经工作了十几年。每天接触病人无数，忙碌已成为常态。此次新冠疫情，是真正的一线，每天长达 16 个小时的工作状态，令人窒息。他有时候会担心自己扛不住，不知什么时候会倒下来。

除了收治新患者，他们每天早晚各需查房一次，询问患者病情、用药情况，制定或更新治疗方案。每天早上 6 点半、下午 4 点半、晚上 12 点半，完成三次报表，密切关注患者病情，随时上报患者情况。

2020 年初春的一幕幕，总是会在张文宏内心掀起波澜。张文宏环顾这一房间医师。这些学生、同事、下属……他对他们每个人的情况一清二楚，晓得他们身处疫情一线，所有的人都绷紧神经。那时候，毛日成实在困得不行，就往沙发上一靠，眯一会。张文宏看在眼里，心里想，这个人也不晓得自己到底可以眯多少辰光。毛日成对他说，凌晨 6 点，闹钟响起来，是他最痛苦的时候，感觉才刚刚睡下，又要起来了。

这便是上海抗疫最前线的医护人员最真实的生活。他们师生一场，战友一场，面对新冠病毒，在一线抵抗，身后是自己的城市，自己的国家。他们生死与共，是生死之交。一房间人集结待命，全因了这些人在初中高中时期的学科选择，都倾向于理科，物理化学，配上数学的头脑。任何选择都指向未来。生生死死，都已经在他们手里经过。感知生命力，见多了，也感知生命的平凡。于是，与生命有了一个约定。只要我还活着，我就是一个佑护生命的人。

毛日成说，眯着睡，人经常困似懵懂①，半睡眠状态，内心一个声音会唤醒他——责任重于泰山。每一个患者的生命，背后都是一个家庭，每一个家庭的背后，就是一个社会，一个国家，一个民族。

2020年4月15日，中午，华山医院总院感染科的会议室里，坐了一房间人。一面鲜红的党旗，挂在墙上，很醒目，也很严肃。

张文宏背着双肩包，一路小跑着进来，嘴里喊着："我来了，我来了。"

也是这样——他一边换上白大褂，一边与大家聊起来。不过，这天不是查病房。张文宏在上午结束了上海市公共卫生临

---

① 困似懵懂，上海话，形容睡眼惺忪、似醒非醒的样子。

床中心的查房工作后，马不停蹄，驱车赶回。最后一批华山医院感染科援鄂的同事、学生归来。张文宏有点激动。

自除夕始，华山医院分别派出四批援鄂队员驰援武汉，均有来自华山医院感染科的医护，他们是张继明、陈澍、徐斌、毛日成、孙峰、朱娴杰、徐惠、李瑞燕、孙莉、赵虹、周嘉杨、江晓慧、曹晶磊、乔乔。

70余天，艰苦奋战，昨日——4月14日，结束返沪后14天隔离的援鄂战士们，今天回到感染科大家庭。一场简单又温暖的欢迎仪式，等待战友。

"你们回来了，我就踏实了！全国疫情能控制好，上海疫情能控制住，全靠你们在武汉力挽狂澜，取得决定性胜利！感谢你们！"张文宏的开心，发自内心。他走向援鄂归来的战友们，逐一问候，拍肩，竖大拇指，眼眶里充盈泪花。

稍许平复一下心情，张文宏说："老张去了一次武汉，头发少了，话也少了！"张文宏邀请"搭档"张继明，共同主持欢迎仪式。张文宏是华山感染的"张爸"。"张爸"挂在口中的"张妈"，便是华山医院感染科副主任张继明。

张文宏说，这天，他推掉了很多会，为的就是要赶来参加"欢迎回家"这个会。这群人，对他来说是"最牵挂的人"，"最最重要"的人。

他对他"最最重要"的人的欢迎词,是这样讲的:"我当时也请战了,但没批准我去……你们去的人都是优秀的共产党员,讲都不要讲的,我们科室都是共产党员先上,不是共产党员也先上了。"张文宏一贯的风格,大家熟悉,会心一笑。

张文宏口中"最最重要"的人,其中有"华山感染"驰援武汉的六名医生,在结束武汉抗疫工作返沪前,他们六个人在武汉有张合影——孙峰、徐斌、张继明、陈澍、陈轶坚、毛日成。这六个人援鄂抵达武汉后即分手,分别就位于武汉不同的六个医院,直到归期定下,六位上海华山医院的医生,才归拢团聚,留了个影。

华山医院感染科青年医生孙峰与华山医院感染科副主任张继明,随华山医院国家紧急医学救援队于2月4日出征,奔赴武昌方舱医院,张继明任方舱医疗队队长。在武汉所有方舱医院"关舱"后,他俩又转战华山医院另一支医疗队所在的武汉同济医院光谷院区ICU,与华山医院感染科陈澍教授、抗生素研究所陈轶坚副教授"会师"。

张文宏说:"之前我说过,共产党员要先上,经过这次疫情后,我们党员和非党员都冲到了一线,党外人士张继明教授、陈澍教授都在武汉抗疫中起到先锋作用,非常了不起!但疫情还没结束，党员以后两次上、三次再上，依旧冲在前线，比如说——毛日成医生，可能就要再去上海市公共卫生临床中心战斗。"

华山医院党委副书记伍蓉也参加了欢迎仪式。她有感而发："一踏进感染科楼的会议室，就感觉到很温暖、很正能量。前几日，上海市委领导也至华山医院感染科考察张文宏主任的党支部建设工作，感受到华山感染能有如此深的底蕴、如此强的力量、如此大的影响力，很重要一点就是非常扎实、非常优秀的党建工作，以及非常优秀的党员。今天来看到我们全体感染科的医生护士相聚一堂，欢迎英雄凯旋，非常感动，也更坚信'华山感染'在未来会一如既往保持昂扬的劲头。"

张继明援鄂期间，瘦了十几斤，近两个月的时间，在武汉方舱投身救治工作。张继明说，自己 70 多天没开过电视机，现在，思绪还是常常会回到武汉那里去——那救治现场的点点滴滴，总是令人难忘。

"张妈"去武汉，压力大。"刚到武汉那晚，我们在火车站等了 20 分钟，有人来接了，但要去哪里，不知道。……到了一个大会场，才知道，这就是方舱医院，就是我们后来奋战的地方。"

"后来在光谷 ICU，我第一次见到在武汉的陈澍教授，差点认不出,他一点不像一个医生教授的样子,防护衣物是东拼西凑来的,就这样抢救病人,顾不上这么多了。"张继明回忆——在武汉,谈不上经历很多生死,却目睹了医务人员的伟大。面对未知病毒,他也会害怕,"很多人问我,最大的危险是什么,其实,最大的危险就是不知危险在哪儿。但我们是感染科医生,必须冲在前头,还得保证自己不被感染。"

让人感受武汉当时的紧张气氛。

武汉归来,张继明感慨:终于睡了一个好觉。理了发,把不少新冒出来的白头发剪掉了。

新冠"战疫"一打响,张文宏出任上海医疗救治专家组组长,张继明就成了"华山感染""大后方"的领头人,即刻开展医院隔离病房、发热门诊的各项工作,守住华山医院的防控底线。当自己和队友要出征武汉时,张继明在简短的出征仪式上留下一句话:"不辱使命,带着所有人平安归来!"

这样的初心体现在每个团队队员身上。华山医院感染科徐斌副教授,是出征武汉时间最久的。除夕夜,提前结束日本休假的他,随上海市第一批援鄂医疗队出征,直奔金银潭医院。

陈澍在"武汉日记"里,慷慨激昂地说:"现在已经进入最艰难的'斯大林格勒保卫战'时刻,我们稳住,占据阵地,转而反攻。"一个医生，此刻便是一个军团将领。他是感染科教授，华山援鄂第四纵队的"院感主任"，也是护士姐妹口中所说的"为大家顶天的高个子"。华山医院东院感染科护士长李瑞燕，带领的是护士姐妹，年纪最小的两名护士，1997年出生。两个小姑娘说："担心也是有的，但总感觉天塌下来就有人顶着，我们的陈澍老师，就是一名高个头。他会为我们顶天立地。"

李瑞燕感慨道："被派往并不非常熟悉的重症病房里工作，最初心中有担忧和恐惧，但是有个高的人顶着，比如说陈澍教授，我们不怕，他们帮我们做好'院感'工作，我们在重症病房最亲密地接触、护理病人，但仍做到零感染，真的非常了不起！看到自己护理的一个个重症病人慢慢转危为安，是在武汉最开心的事。"

天，最终没有塌下来，但"高个头"陈澍教授，还真顶着。此去武汉，他重任在肩，负责"院感控制"。不辱使命。陈澍教授交出"华山战队无一人感染"的成绩单。

谈及武汉"战疫"，陈澍教授说话克制："救活多少人不知道，但可以说的是，我们对每条生命都尽全力了，哪怕是逝者，在生命最后阶段，也一定是干干净净的，带着关心与温暖……离开的。"

3月26日，陈澍教授在武汉度过了自己50岁生日。一个迈入"知天命"的年纪，那天，他许下三个愿望：望罹患者得痊愈，望恐惧者得无畏，望往生者得净土。

在这场"战疫"中，护士姐妹和医生的工作同样重要。"你们这些90后，是我最心疼的人，你们还什么都不知道，就冲了上去，你们的爸爸妈妈肯定也很担心、心疼，我为你们感到骄傲，平安回来我就放心了！"张文宏对着台下的赵虹、周嘉杨两名90后护士，像深情告白。一个男人最容易动感情的地方，便是对自己家的女孩子。"在这场'战疫'中，医生有多重要，护士姐妹就有多重要。"

年轻的90后护士们，在武汉便许下心愿："回到家里，一定要和张爸拥抱！"

那就拥抱吧。今天，她们遂愿了。

华山医院内科护士长黄莺带伤参加那天的欢迎会。她坚持走上台，挨个抱着"自己家的孩子"，忍不住落泪："在武汉前线，你们用爱与奉献，创造了生命的奇迹。"

感染科护士徐惠，在武汉记录下点点滴滴救治细节，令人动容："病人老刘80多岁，我每天早上6点为他口腔护理、气切护理、导尿口护理、量体温、擦身、更换床单、吸痰、超声雾化……护理他的10天，我们是过命之交。我们走的时候，他也眼眶里满是眼泪,我知道,他舍不得我们。"

"这次疫情以后,我相信你们都长大了!学会了更多身为医者的道理,以后要继续努力做好每天的工作!"张文宏特意为"战友"准备了新出版的书籍《2019 冠状病毒病——从基础到临床》,挨个签名,亲手送给护士姐妹。

"如今,全上海,全中国都知道,华山感染是'党员先上',其实,我们不止'党员先上',男同志先上,还有人第二次乃至第三次上了。"张文宏说的便是毛日成。

1月21日上午,华山医院紧急召集成立首批赴上海市公共卫生临床中心支援专家组,由张文宏带队,感染科副主任医师毛日成是队员之一。在隔离病房内,毛日成每天工作16个小时,早晚查房、三次报表,总感觉刚躺下就又要起来了,密切观察、治疗患者,他一刻不敢放松。"作为党员,这是我的责任!"在上海公共卫生临床中心任务结束,经历短暂的隔离期后,毛日成医生忙碌的身影又出现在发热门诊。之后,他驰援武汉一线。

从SARS到禽流感,在重大公共卫生事件来临时,张文宏所在的华山医院感染科,始终站在"紧急应对"的第一线,这次也不例外。

他们仿佛回到一个多月前华山感染科的党员组织生活会,

支部书记张文宏带领戴着口罩的全体党员共同宣誓:"迎难而上,共同战斗!"

张文宏回忆,送行时刻,他是"强行忍住泪水",一个没去成武汉的学生,跟他抱怨——"张老师,我就洗了一个澡,没接到您电话,这个机会就没了!"

学生后悔至今。张文宏心里晓得,"整个科室,这时候是到了这个状态——义无反顾"。

张文宏说,他真的很佩服这次战役里的年轻人,"20出头的年纪,说冲就冲上去了,很勇敢"。言及"年轻后生",张继明悄悄告诉大家,在武汉期间,孙峰医生两次昏倒,依然坚持工作。

1988年出生的孙峰,是华山医院感染科青年医生,师从张文宏,自2020年1月底起,便投身发热门诊、隔离病房的救治工作。2月初,作为疫情防控最需要的专业人员,又是年轻的中共党员,他没有丝毫犹豫,2月4日出征武汉。

孙峰说:"疫情来了,大家都说国家在给老百姓'兜底',其实,我觉得,在我们科室也总有一个'兜底'的人,那就是张老师。"

孙峰了解自己的老师,知道张文宏老师时常为自己"兜底"。还在疫情前,有一次,张文宏因为走不开,在晚上临时通知他代为参加一个在外地的会议，第二天一早出发，时间很紧。"其实我就是感染科的一个普通医生。在我看来，这样的事情，张老师只要一个电话关照下来就行，后面的事，不用他操心。"但是，张文宏为他预定航班，规划出发路线、接机、住宿等事宜，以及在那里的工作如何展开，事无巨细，帮孙峰安排好，并在电话里再三叮嘱一遍。"他就是帮你什么事情都想得清清楚楚，这搞得我成了领导一样。你说这是不是暖男？"

张文宏在科室的工作能力，有目共睹，顶梁柱般，担当起整个感染科。在小事上，却细心周到。疫情暴发，猝不及防，孙峰随华山医院国家紧急医学救援队驰援武汉。临行前，张文宏拉住孙峰，对学生"兜底"，一二三四，面授机宜——去武汉后要注意的事，多观察武汉当地情况，看看武汉到底发生了什么，要"注意休息，防护、防护再防护"，"新冠疫情来袭，作为感染科医生，对病毒理解是最客观的，不会过度恐惧"。孙峰得师长计，循规蹈矩，用八个字概括援鄂经历：学科使命，责无旁贷。

华山医院感染科徐斌教授，经历过抗击非典、H7N9等挑战。他说得更为形象："疾病面前，相信没有一个医生会退缩，就像消防员看到火灾不是逃跑，而是冲在第一线。"

他同时强调，医务人员只有在做好防护的前提下，才能真正有效救治患者。而不是说赤手空拳上战场，把自己全然暴露在危险中。"作为感染科的医生，我们知道面前的危险和应对措施。这是一个科学的考虑，而不是一个冲动的行为。"

华山医院党委副书记伍蓉说，她时常思考——"华山感染为什么这么优秀"，党支部很"硬核"是重要因素。华山感染几代人不仅是专业知识的传承，也是文化的传承，学科的文化交叠着华山医院作为红十字医院的"红十字文化"——人道、博爱、奉献，华山精神就是红十字会精神，让"华山感染"人在每次重大事件里总是冲在前头。

2. 三代人

华山医院感染科，始于华山医院传染科，首创于1955年。由"传染"到"感染"，一字之差，跨越数十载，内含中国几代感染病学专家之智慧与奋斗。《中国新闻周刊》曾以《中国感染病学"华山"路：从戴自英、翁心华到张文宏》为题，做详尽报道。

2002年10月，翁心华当选第七届中华医学会传染病学分会主任委员，副主任委员有李兰娟教授等。以后，李兰娟院士接任第八届主任委员。他们的首要工作，是将"传染病学分会"改名为"感染病学分会"。

一字之改，却是从北京协和医院教授王爱霞开始，到北京大学第一医院教授斯崇文，到翁心华，三任主委接力之目标。

1949年，新生的共和国，医学界师从苏联模式，那时候，建立的"传染病科"，以治疗肝病为主。此时，业内有识之士已有认知——中国的感染病学科应该与国际接轨，与抗生素、公共卫生事业等结合，向"大感染"学科回归。

翁心华的老师戴自英，便是为此努力奋斗之先驱。

戴自英，出生于1914年，幼年丧父，青年时期家庭生活负担重，便认为医学院不像其他大学，毕业后无失业之忧：一名有真才实学的好医生,既可造福人群,又可受到社会尊敬。1932年,戴自英从上海光华大学附属中学毕业,以优异的成绩考入上海医学院。1937年赴北平任北京协和医院实习医生,继又担任一年内科住院医师。1938年,国立上海医学院(新制)医本科毕业,毕业时获得全班第一名。

他在协和医院的工作,获得内科副教授钟惠澜好评。1939年,他回到上海,在上海医学院红十字会第一医院内科工作,很快被提升为总住院医师、主治医师、讲师。30岁那年,戴自英担任医院的副院长。

1947年7月,戴自英赴英国留学。他本想去医院进修,但事与愿违,报到地点却是牛津大学病理学院。当时,中国流行学(流行病学)家苏德隆正在牛津大学攻读博士学位。戴自英的导师弗洛里(H. W. FIorey)是青霉素的发明者之一。苏德隆便劝戴自英,在这里安心攻读博士学位。牛津大学一年三个学期,学费昂贵,幸好弗洛里教授为他申请奖学金并免去学费。他以顽强的毅力,完成研究工作,1949年获博士学位。

牛津病理学院的条件不算好,新的仪器设备也不多,然而,一些病理学家、有机化学家、微生物学家、临床工作者密切合作,共同努力,在第二次世界大战期间取得划时代成就。弗洛里、钱恩(E. B. Chain)与最早发现青霉素的弗莱明

（A. Fleming）共同分享了1945年的诺贝尔生理学或医学奖。当时获得的青霉素产量很有限，常常需从一个病人的尿中回收，再提供给下一个病人应用。这些科学家严谨的学术作风给他带来了很大影响。

1950年4月，戴自英从英国绕道美国，然后经香港回上海医学院。1953年，戴自英任上海第一医学院内科教授，1955年，任传染病学教授、教研室主任，创建华山医院传染科。

7年后的1962年，翁心华从上海第一医学院毕业，入"一医"附属华山医院传染病教研室工作。教研室主任是戴自英，翁心华的大学老师徐肇玥为副主任。相比手术科室或心内科等，当时的感染科工作条件十分艰苦。有人问翁心华，他进传染科，"是主动要求去的还是被分配去的"。翁心华笑道："这说起来有个小故事。我实际上是1962年毕业时被分配在学校里当基础课老师，后来因故改分配到华山医院，人事科科长看到我个子高又是个男的，就想安排我做外科，但是我其实是想做内科，人事科科长很平易近人，当时正好有个已分配在传染科的医生想做外科，我就和她换了，很幸运地加入了戴自英教授的团队，并在这里得到了锻炼，从此和感染病学科结下了不解之缘……这也是我人生中最快乐的时光。"

传染科工作条件相对艰苦，算是全医院条件最差的科室。那时候，便是如此。翁心华记得，戴自英明确告诉他："传染科医生要挑得起担子，经得住考验，放得下名利，守得住清寒。"

戴自英主导下的华山医院传染科，自创建以来，便别具一格。其时，全国其他医院的传染科，基本实行苏联模式。华山医院传染科实行一种混合模式——既有苏联模式的专门收治传染性疾病的隔离病房，也有西方模式的收治感染性疾病的普通病房。

戴自英是中国临床抗生素学奠基人。1963年，戴自英在上海主持创建中国首家抗生素临床研究室。戴自英的研究生，后来曾任华山医院感染科主任、华山医院党委书记的张永信回忆——全国首创，意味着独步于国内这一学科领域。初始，举步维艰。举个简单例子——抗生素领域涉及许多细菌名与药名，出自拉丁文，发音独特，当时在中国上海，即便是学外语的人，因少有接触，读音不准。戴老师的原版英式英语，令学生诸多羡慕，模仿学舌，却难以真正做到学之用之。张永信探问戴先生能否录音。先生欣然应之。随后，先生将常用细菌名等口述慢读，个别有点特殊的词语，复述复读之，遂成独版"戴自英拉丁文细菌名与药名录标准语音"。后来此盘正版磁带，被同学们反复翻录。

华山医院感染病学科的整个亚专科建设是国内最齐全、与国际接轨最紧密的。这是因为，一开始他们就是两条腿走路，由感染科和抗生素研究所两条线组成。"有了这两块，你的感染科才真正能叫作感染科。"华山医院现任抗生素研究所所长、感染科副主任王明贵说。

1978年，中国进入新时期，改革开放令各行各业翻天覆地。中国医学，正逢其时。得益于改革开放，国外医学先进技术的引进，包括诊断技术、仪器设备的引进，以及国家在药物研发和政策方面的大力支持，中国医学随着科技和社会的进步，逐渐走向世界医学的行列，如肿瘤、器官移植等领域。微观层面，是感染病领域。翁心华认为，这个时期，中国感染学科有三点变化，足以称道：

一是感染学科医生队伍井喷式扩大。翁心华回忆："1978年以前，感染科基本是各个医院里条件最差的地方，相应的工作人员也少，而改革开放以后，感染学科逐渐受到国家重视，学科地位逐渐提高，工作环境也越来越好，感染学科医生的队伍也扩大了。尤其是2003年SARS暴发后，国家领导更加体会到了公共卫生安全问题的重要性，特地把以前的传染病院做了很好的发展（如空间拓宽）。"

二是学科发展模式逐渐清晰。1978年以前，我国感染病学科模式主要是照搬苏联的模式，之后一些留学欧美的老专家又引入了欧美模式，经过风风雨雨的40年历程，我国的感染病学科参考国外经验，创造出具有中国特色的感染病学科模式。

三是新的诊疗技术及药物的出现，助力感染性疾病防控。改革开放40年以来，得益于新的医疗诊疗技术及药物的出现，一些经典的传染性疾病得到很好的控制，有的已经消灭，如鼠疫、天花等。新的诊断技术的出现，以结核分枝杆菌的筛查为例，从最初的痰涂片镜检、纤维支气管镜检、结核菌素皮肤试验到结核抗体检查，又到结核分枝杆菌特异性γ干扰素释放试验（IGRAs），筛查方法越来越先进、敏感。药物研发方面，以乙肝抗病毒治疗为例，从最初的副作用较大的普通干扰素逐渐向长效干扰素发展，而核苷（酸）类似物（NAs）的出现，更是给对干扰素不耐受的慢性乙肝患者带来了福音，随着药学技术的进步，病毒耐药株的出现，NAs也在不断完善自我。

翁心华长期从事临床工作，是国内首先提出用吡喹酮治疗脑囊虫病的医生。吡喹酮——一种驱虫药，可以用于血吸虫、绦虫、囊虫、华支睾吸虫、肺吸虫、姜片虫感染的治疗，但是对于脑囊虫病，却缺乏治疗的历史资料。翁心华对此有独特记忆，印象深刻。

"我曾经收治了内蒙古的一个女干部,查体发现全身皮下(包括头脑里)多处有囊虫导致的结节,患者主诉头痛非常厉害,颅压高,但是当时我们一点办法都没有,眼睁睁地看到这个病人很痛苦地走了。"翁心华不无惋惜,"和猪肉绦虫一样,囊虫也是把人作为中间宿主,那么其关键点在哪里?这种只能看着病人痛苦而作为医生的自己却无能为力的感觉,真的很难受。当时吡喹酮已用于治疗血吸虫病,我就想那么它是不是也对脑囊虫有效呢?后来我遇到一个武汉来的铁路工人,也是这个病(脑囊虫),给他用了一个剂量的吡喹酮后,患者就突然出现高烧头痛,这个现象很奇怪,但也让我陷入深思——患者用药后高烧头痛,说明这个药可能起作用了!我们知道,虫体死亡后释放的毒素才会使患者出现这些症状——这是一个非常好的启发。后来我们发现在国内其他地区,也出现了很多这种病例,而有了第一次治愈脑囊虫病的经验,我们又收治了很多这类患者。与此同时,我们科另一位教授制定了吡喹酮的用量,做了非常好的临床观察,为脑囊虫病患者的治疗开创了先例,还得了卫生局的科技进步奖。当然,后来随着我国卫生条件的改善,这类病的发病率得到了很好的控制。"

1984年12月,戴自英退休。徐肇玥教授和翁心华教授先后接棒,担任华山医院传染科主任。翁心华担任科主任后,他有意识地请戴老师发表文章，引起讨论，为学科转型做准备。

戴自英提出，厘清"传染"和"感染"的概念，正本清源。国内译为传染病的"infectious disease"，在国际上被称为感染性疾病。虽然两者均由微生物或寄生虫所致，但感染病的概念大于传染病（contagious disease），还包含非传染性的感染性疾病。

这一认识逐渐成为共识。1999 年，第六届全国传染病和寄生虫病学术会议一致通过了学科更名的决议。更名需要获得民政部的批准。经过三年报批，终于在翁心华的主委任上获得批准。

翁心华说，学科名称的改动，实际上是学科走向的变革。"这种拓宽是学科发展的必然趋势，也是我们与国际接轨的必然要求。"

2003 年，SARS 暴发，肆虐全国，时任上海市卫生局的刘俊局长立即召集会议，组成感染科、呼吸科、ICU 等多个领域的专家组，时任中华医学会传染病学分会主任委员的翁心华，临危受命，担任上海 SARS 防治专家组组长。SARS 肆虐全国期间，上海地区无一例医源性感染。仅有的 8 个 SARS 病例，均来自北京、广州、香港等疫区。当时大家对 SARS 的认识都很模糊，作为当时上海感染界的主心骨，翁心华同他的两个博士生张文宏和章晓冬，第一时间（2003年5月）出版发行国内最早的一部关于SARS的专著——《严重急性呼吸综合征：一种新出现的传染病》，介绍SARS抗争中的经验与研究成果。

翁心华说："春季是流感、肺炎的高发季节，普通的感冒发热、肺炎可能都要作为SARS疑似病例考虑隔离，这样就加大了流行病管理负担。所以我当时就坚持一个原则：必须有流行病学病史——患者必须是从疫区（北京、广州、香港等）来的，如果符合SARS的诊断标准，那么对病人加以隔离和治疗就是正确的方针。"

翁心华治病救人，也教书育人。翁心华说自己此生有幸："我比较幸运，带的学生学习都比较刻苦勤奋。张文宏，在病原学方面的研究比较突出；卢洪洲，在艾滋病研究方面做得比较突出，后来他在埃博拉、出血热领域也做得非常好；朱利平，在真菌感染方面做得比较突出，他现在还是国际人与动物真菌学协会（ISHAM）的会员……另外在病原诊断、抗菌药物应用等方面，我们都有一些专家专门在做这些工作，各自有各自的平台。"

翁心华注重对知识和经验的梳理，自2012年起，翁教授及其团队每年都会出一本疑难发热病例汇总的书籍——《疑难发热病例精选与临床思维》，翁心华希望能通过这种方式，将经验分享给更多的青年医生，让他们少走弯路。

医学学科划分越来越细，感染学科也逐渐细化。总是需要有那么一些人，他们不仅专注于自己的研究领域，对其他领域也有涉猎，而这样的专家，往往成为某领域的"大家"。翁心华便是中国感染学科领域之"大家"——不管是结核病、乙肝、脑膜炎，还是HIV（艾滋病病毒）及真菌感染，各种感染性疾病，他都有所研究，甚至对血液、风湿、消化等其他学科也有所涉猎。又由于他总能抓住蛛丝马迹，找到患者发热、感染的根源，因此又被称为感染界的"福尔摩斯"。

说到自己这个"雅号"，翁心华摆摆手："这个是笑话，为什么呢？因为我每次去看病都带着电筒或者带着棉签，然后我每次给病人查体都要打着电筒照他的口腔，翻开他的眼皮，观察他的皮肤状态等，看上去像在破案子。所以他们就开玩笑地说我像福尔摩斯探案。"

翁心华说："现在医生都很少挂听诊器了，发现一点小小的体征，就觉得是什么病。譬如有的医生，一看患者高烧，上下眼皮有瘀点，就断定为感染性心内膜炎。还有一些医生，又过度依赖于诊断设备。那么当病理诊断和你预想的不符合的时候,怎么办?诊断设备只是辅助手段,对疾病的认知需要医生的逻辑思维,这种思维须建立在医生的耐心问诊、细致观察以及综合分析临床资料的基础上。"

查房制度是戴自英先生传下来的传统。那时候,只要不外出,戴自英一定每周查房,且查房前一天,要看病人资料、做功课。1966 年后的一段日子,常规诊疗受到冲击,此传统一度中断,但很快至 1970 年代就已恢复。翁心华说,以前,和自己一辈的教授,都会一起查房。这些年,不少人不在了,或者身体不方便了,就成了他这一个"老头"还在查房。

即便现在,查房前,其他医生还是会先通过科里的"微信群",各自上报疑难案例,每周选出其中最疑难的一至两个。其中不少是从全国各地转过来的疑难病例。到周四上午,翁心华先到科里的会议室,跟大家一起做病例回顾分析。科里的医生、进修医生和学生,多时七八十人,少时五十来人,会议室坐得满满的。大家汇报、小结一番,集体回顾诸病例,再一起到病房里去看病人。病房小,只有主治医生等在里面,其他人轮流进病房观摩。

"感染界的福尔摩斯",便经常如此这般地以自己独门绝技,做"发热待查"。华山医院感染科主任医师朱利平说,遇到病人不明原因发热,医生通常压力很大。翁心华告诉他们,发热待查就像爱情故事一样，主题是永恒的，但每个故事都不同。对待发热待查，要像探索爱情一样，有好奇心，压力就能转化为动力。

朱利平记得，有个病人发热一个月，一开始被诊断为风湿性心脏病。翁心华在大查房时，翻看病人的眼皮，发现眼睑上有一些小瘀点。他便肯定地说，这不是风湿性心脏病，怀疑是感染性心内膜炎。随后，病患确诊，用药三天后出院。

朱利平说，自此之后，科室里医生都学会了翻眼皮这一招，居然以此诊断出多例感染性心内膜炎。于是，翻眼皮成为一门绝技。不熟练的医生，有时把病人眼皮翻肿，也翻不开。翁心华笑道，这翻病人眼皮，也是个技术活。

2011年11月29日，一个14岁男孩的家人抱着一丝希望，慕名来到华山医院感染科门诊，被收治入院。这个男孩已发烧16个月，左下颌痛，右大腿痛，两年来，在家乡江苏和上海的多家医院辗转，都被诊断为"慢性骨髓炎"，做了多次手术，用了数十种抗菌药物，但病情仍在发展。男孩来的时候，左下颌骨消失，左颊凹陷，右下肢打着钢板。

翁心华到现在还是对这一"发热一年有余、伴下颌骨破坏"的病例记忆深刻——对其进行详细问诊和查体，听了病史汇报，看了病人，再次仔细询问了病史，他分析："我觉得这个病人不像我们一般看到的骨髓炎患者，我觉得可能是血液方面的疾病，于是请了我们医院几个血液科、外科、骨科的专家一起讨论，他们也都觉得这个病例很特殊，但病理读片还是认为这个是慢性骨髓炎的表现。我们并不同意病理医生的诊断，把片子拿到上海市的血液病诊断中心进行讨论，结果那边病理科医生就非常负责地找到了一个特殊的细胞，最终这个疑团解开了，这个男孩患的是'朗格汉斯细胞组织细胞增生症（LCH）'。经过对症治疗，这个男孩的病情得到了好转。"

此病例令诸多从医几十年的医生感叹——这个男孩患的是血液科的病，隔行如隔山，感染科医生可能根本想不到，就是血液科医生，也很少能想到，因为这个病太罕见、太不典型了。翁心华之所以能做出正确的判断，是因为他的内科学知识很全面，是用老前辈医生那种大内科的整体思维来思考。这种通过多学科讨论抓住疾病本质的临床思维，让年轻医师学到很多。这便是"探案"与"破案"之过程。

翁心华说："感染病是一个非常大的学科，有的时候遇到的病人千奇百怪，疾病好像也不局限于这个学科，骨科、泌尿科、血液科、消化科等都有可能涉及，这就要求临床医生要有很扎实的基本功，同时又有很好的逻辑思维，以及独立思考的能力，不要别人说什么你就觉得是什么，即便有人已经下结论了，你也要全面分析这些诊断到底是否符合自己的想法。"

问及如何看待医生这个职业，翁心华毫不犹豫地说："如果再选择，还是会选择当一名临床医生，一名感染病领域的临床医生。当然，现在好多学生都不愿意学医。其一是，医学专业学习时间长，至少要花七年时间才能毕业，而其他学科的学生这时候都可能抱孩子了；其二是，医学生往往课业繁重，念书多，科目多，压力大；其三是，现在社会对医生的尊重和认可度不够（当然这也有个别医生专业度不够或不称职的原因），医患关系往往被社会误解。因此现在很多孩子不愿意当医生，尤其是医生的孩子。但是，我相信随着社会的发展，医生这个职业和教师一样，是受人尊敬的职业，这是一种必然。因为在任何社会都是这样的。我们这一代，我年轻的时候，在苏联留学，大家对医生（包括护士）都很尊敬，教授查房的时候，所有患者为了对其表示尊敬全体起立。另外，当时念书非常好的学生，大多报考医学专科。"

随着计算机技术的发展，大数据、人工智能逐渐成为各个行业的热门话题。翁心华看得明白："到2030年，站在科技发展的浪潮上，医学肯定也是随着科学的发展不断进步，其医学分支感染病领域也是一样。我们那个年代，非常重视病原体检测，随着科技的发展又出现了很多新的方法，譬如分子生物学和基因检测的方法。"

"感染界的福尔摩斯"翁心华,后来成为张文宏的导师。翁心华凭借细致询问病史的诊疗"诀窍",解开无数疑难杂症的秘密。而"患者入院先询问病史,要重新问、仔细问",也成了华山感染科一贯传统。

翁心华刚接任中华医学会感染病学分会主任委员,便遇到重大突发公共卫生事件的考验:SARS来了。

2002年11月16日,第一例病例在广东佛山市发生。2003年2月,上海拉开了防治SARS的序幕。

上海市医学会向上海市卫生局推荐,由翁心华来担任上海市防治"非典"(后期改称SARS)专家咨询组组长。2003年3月底,翁心华刚从澳大利亚参加学术会议返回上海,即收到任命。

专家咨询组由上海市卫生局牵头,由20位来自感染科、呼吸科、临床微生物、流行病学、重症急救等方面的顶尖专家组成。

几乎与此同时,上海第一例SARS患者出现了。3月27日,一位从香港回来的女士来到上海一家区级医院发热门诊就诊,随即转入上海定点收治SARS病人的上海市传染病医院。4

月2日,被确诊为SARS。

SARS病人中有一名北京来上海旅游的57岁女患者,对她的救治是最困难的。她的肺部出现继发烟曲霉感染,情况危急。当时国内有两性霉素B可以治疗烟曲霉病,但副作用大,专家组认为,患者当时的身体状况难以承受。华山医院感染病学科终身教授、时任抗生素研究所所长的张婴元提出,可以使用伏立康唑。

《中国新闻周刊》曾报道,伏立康唑是专门针对深部真菌感染的新药,当时还未获批进入中国。SARS期间,辉瑞公司向中国捐赠了一批伏立康唑。该药上海无货,经市领导亲自批示,向北京紧急求援。20支伏立康唑由东航运抵上海,送至隔离病区的医生手中。这位女士用药后很快康复出院,成为上海最后一个出院的SARS病人。

疫情中,中国(含香港)累计7000多人感染,死亡649人。其中,北京、广东、香港感染人数均超千人。而上海市仅8人感染,2人死亡,其中7人为输入性病例,仅一例属家庭继发性感染,无一例内源性感染,医务人员没有出现一例感染。

之所以有这样的成绩单,翁心华觉得,跟他们牢牢坚持流行病学史有关。

2003年4月14日，卫生部公布了SARS的五条临床诊断标准，包括五个方面：流行病学史、发热咳嗽气促等症状和体征、早期白血球计数不高等实验室检查结果、肺部影像学改变病变、抗菌药物无明显效果。4月20日，卫生部下发调整后的诊断标准，不再强调流行病学接触史，只要同时符合第二、三、四条标准即可诊断为疑似病人。

4月20日晚8点，上海市卫生局局长刘俊在上海市疾控中心紧急召集会议，研究调整后的诊断标准，上海市专家咨询组成员悉数到场。

翁心华明确提出，不太同意删掉"流行病学史"，对于确诊病例和疑似病例，都应坚持流行病学史。这个意见得到与会者的一致赞同。"刘俊局长是非常有能力的一个领导，他非常支持我们专家的想法。"翁心华说。

会议一直持续到11点多才结束。从上海疾控中心出来，正下着大雨。翁心华记得，这天下雨，不是倾盆大雨，是"倾缸大雨"。他搭车，专家组成员、长征医院传染科主任缪晓辉开车。雨势太大，挡风玻璃上的雨刮器来回飞快，仍看不清前方路况，后来竟不知道开到什么路上，车逆向行驶，上了一条单行道，开了一段距离，才发现不对，没有办法，继续向前开。此行坎坷。

第二天上午,刘俊把翁心华和专家咨询组副组长、复旦大学公共卫生学院教授俞顺章请到位于上海市 120 急救中心的指挥部办公室。当着翁、俞二人的面,他打电话给卫生部,说明上海对于诊断标准的意见。

电话的另一头,并不完全同意。但由于经过专家组讨论形成了结论,刘俊、翁心华、俞顺章都很坚持。对方表示,如果上海坚持意见,需要提交情况说明并签字,要承担以后的责任。刘俊问翁、俞二人的意见,二人均表示愿意承担责任,当场签下情况说明。

不久,5 月 3 日,卫生部再次修改诊断标准,重新将接触史作为第一条标准。

SARS 诊断标准变化的这一"插曲",被外媒关注,有"上海沿用自定的苛刻标准诊断 SARS,令疑似病人数字保持低水平"的质疑。在当时的防疫形势下,上海方面则否认有过不同标准。真实情况究竟如何,历史可以做出判断。

如今,翁心华觉得,可以澄清了。他说——当时他们确实承担了一定的风险,但大家都认为,坚持这样的筛查原则对于上海 SARS 防控很重要。因为春季是呼吸道疾病多发季节,患者出现咳嗽高热、肺部阴影等症状十分常见。如果把这些都作为 SARS 疑似病例隔离,无疑会加大流行病管理负担,真正感染的患者可能住不上院，因此要严把关口。

后来，在上海市科委的支持下，专家咨询组成员、复旦大学公共卫生学院院长姜庆五带领SARS流行病学研究课题组，共从疫区采集了近千份血清标本。检测结果表明，在SARS流行中后期，北方有些地区已被临床确诊为SARS的病人中，有一半左右体内没有SARS病毒感染的依据，即存在"过度诊断"的现象。

张文宏参与这次SARS防治工作，从"重视流行病学史"中得到深刻启发。SARS疫情期间，张文宏与翁心华坚守于治疗"大本营"，筛查疑似患者。他按照翁心华的要求，对国内外所有相关资料进行梳理。5月，两人合著的176页的《严重急性呼吸综合征：一种新出现的传染病》出版，是国内最早一部介绍SARS的专业书籍。

张文宏说，坚持疫源地接触史，是传染病防控最重要的精神内核。"你如果把网撒得太广，反而捉不住真正的大鱼。"这次新冠肺炎防治，上海的防控策略，追根寻源，其实和2003年SARS时是一样的——把来自重点地区的人群和相关接触者"看好了"，就能控制住。

新冠肺炎疫情暴发前,每周四,照例是翁心华大查房。翁心华习惯脖子上挂听诊器。他走在几十位年轻医生前面,先生个子高,有卓尔不群之感。老远,大家就看见,翁先生查房了。

多年来,翁心华一直致力于搭建平台,为现代感染学科布局。

感染科全然不是受人追捧的热门科室。工作有危险性,收治的病人多来自贫困地区。临床医生待遇却偏低。翁心华长期从事临床,在早期"诊断"和培育临床医生上,翁心华有自己的独门秘诀。1993年,翁心华第一次招收硕士生,报考者中没有达到录取分数线的。

那年3月18日,淮北市人民医院心内科主治医生卢洪洲只身来到华山医院进修。因为心内科进修人多,要排队,一时没有轮上,便进了传染科。这期间,他报考了上海医科大学(华山医院当时为上海医科大学附属医院)心内科硕士研究生。翁心华知道,卢洪洲参加了考试并过线,就问他愿不愿意转到自己门下。"小医生"卢洪洲见识过每周查房被前呼后拥的翁先生,对之仰慕,能得先生青睐,当即答应。两人立刻打车去研究生院。卢洪洲算搭上车了——成为翁心华的第一个硕士生和博士生。

1999年，卢洪洲博士毕业，翁心华考虑在科里加强新发传染病研究，而新发传染病绕不开艾滋病。翁心华手里有一个去美国做研究的机会，便问卢洪洲愿不愿意去做艾滋病研究，卢洪洲接受了。经过闻玉梅院士和翁心华的共同推荐，他来到美国范登堡大学做博士后。

2001年，在美国的卢洪洲对于是否马上回国犹豫不决。一天，他收到翁心华一封长信。

翁心华在信里说，这是自己第一次给学生这样写信。信中，他分析了传染科这批年轻人各自的特点和发展方向，认为卢洪洲很有闯劲，希望他能回国从事艾滋病方面的研究，一定会大有作为，在行政管理方面也会有所作为。

卢洪洲说，当时他有过继续在美国待下去的想法，接到翁老师这封长信后，此念不再，按时回国。"翁老师是一个睿智的人。他就像是一个'总策划'一样，进行着布局。每个人都有自己的方向，有自己的亚专科，通过努力在自己的领域里都能成为医学大家。"卢洪洲说。

翁心华发现张文宏，是擦肩而过的事情。只是，"擦肩"的时候，翁心华没有放过，捉牢了张文宏。

1996年，张文宏还在上海医科大学中西医结合专业攻读硕士学位。有次,来华山医院传染科实验室串门,见一位朋友,走廊里,与翁心华打了个照面。翁心华叫住这个活跃分子,问几句,聊上了。这年轻人聪明,思维活跃,知识面广,反应快。先生直截了当,邀张文宏转到传染科。张文宏说,我以后还要读博士的。翁心华说,正好,你就在我们这里读博士好了。张文宏说,好的呀。事情就这样说好了。

经翁心华安排,张文宏进入传染科,于肝病专家邬祥惠教授门下,攻读博士。翁心华是导师组成员。张文宏跟着翁心华,做结核病课题,因此,也是翁心华的博士生。

上世纪90年代,传染科医生收入比较低。新上海人,白手起家。张文宏求学,就业,恋爱,结婚,生子,年轻人的个人生活处于紧张状态。他回顾来路,在世纪末会有个停留,会有记忆——一个医生对于自身的身体或精神的记忆,总是真切。

张文宏说起,华山医院感染科,曾经在做临时用房的"铁皮房"里。

"感染科不大有钱的,你知道吧。但在90年代,我们感染科在全国医院里,还是算比较'狠'的。属于顶尖水准。许多毛病,其他科室看不了,是我们帮着看的。所以,我们实际上不缺病人的。但感染科再怎么样，在综合医院里，不说嫌弃吧，总是不会太受重视。一度，医院还有想法让我们感染科搬到金山去。那时候，翁心华主任不肯。整个90年代，有10年时光，我们感染科要造的楼，一直没有盖好。有一段时间，连简易房都没有。我们就到处跑，随便寻地方落脚。黄浦区传染病医院待过，另外还在武警部队医院待过，在虹桥路那边。有些时候，一个科室的人，会分散在几个地方，但在华山医院，还是给了我们一个病房，收治病人。的确有许多病人需要我们感染科。医院就每月给我们感染科三万元，发发奖金。我们科室的人因为分散，碰不大上，这样下去，队伍几乎要散了。那时候，很多人离开了。"张文宏说，"年纪轻的人，都走了，上海人也走了，留下来的，都是'乡下人'。上海人聪明来兮的，有能力另外创业或者出国的都走了，当时留下来的，基本上就是老实巴交的，我也算是老实人。"

2000年以后，有了临时用房——"铁皮房"。于是，"我们在临时用房里度过了一段艰难时光"。张文宏的表达方式，打开一个90年代城市创业者的心扉。90年代的物质主义，社会上的奢靡之风，构成那个年代青年的无尽告白。2001年前后，30岁出头的张文宏也想过——改行吧。他找到翁心华，提出辞职。

张文宏说："翁老师对我说，很多事情，你只要熬过最艰苦的时候，以后总会慢慢好起来的。我觉得他讲得挺对。"

翁心华话不多，总能说到张文宏的心底里。张文宏说，他有几次，就是听翁心华的话，决定了自己的人生。上一次，张文宏听话，进感染科。这一次，张文宏听话，坚持了下来。随后，到2003年，SARS来了。

此前，张文宏赴香港学习，回来后从事临床工作已有两年。因为病房拆迁，2003年，张文宏就申请了赴美哈佛大学医学院做博士后研究的机会。"那时候，是他们聘任我的，因为他们需要我这样做过基础科学研究的临床医生。给我的钱还不少，一年三万五美金。2003年，这笔钱真的蛮诱惑人的。"

年轻人初闯的时候都是蛮难的。张文宏自己说，没有什么钞票，感觉人生的失败，好像都在那会了，都很失败。第一，1993年本科毕业，分配到医院感染科，同时考研究生，调剂到中西医结合专业，去了以后，学了3年，3年以后觉得，中医很深，要学30年差不多。入门太晚。中西医结合科希望他读博士，但是张文宏想想还是上班，要有固定收入，不然没饭吃。就不再读博士，回到感染科上班。

2003年得到美国的博士后机会，在美国做基础研究，可以有一份不低的收入。那边的老板甚至还希望张文宏长期留美。34岁的张文宏当时几乎就这样决定了。

张文宏说:"2003年,SARS来了。翁心华先生过来,那时候,他已经快65岁了,还是党支部书记,对我讲——你看,SARS来了。你么,又来了这个(美国工作邀请函),还那么多钞票……怎么办?我晓得先生的意思。我现在做党支部书记,我会讲'共产党员先上'这样的话。那时候,他是党支部书记,他不跟你说这个,他跟你说那个。书记找你谈话,你还是小青年。什么意思,我懂的呀。"

张文宏真的很听翁心华的话。不过,张文宏还是说了自己的一个心思——我说到底,我想做医生的,SARS来了,我们不能说走就走,否则对于感染科医生来说,回想起来会一辈子遗憾。

年满65岁的翁心华,在完成与SARS一战后,退居二线。时任华山医院党委书记的张永信兼任传染科主任。张永信上任后,提拔张文宏当主任助理(2004年后被任命为副主任)。

2006年,张永信退休。院里考虑,暂不设主任,由副主任主持工作。翁心华向时任华山医院院长的徐建光建议——万万不可,堂堂华山医院感染科,没有主任,会影响科室在全国感染学界的地位。最终,医院采纳了翁教授的意见,比张文宏资历深的施光锋教授担任华山医院感染科主任。

2010年8月，华山医院靠近乌鲁木齐中路边门的五层小楼——感染楼——正式启用。感染科从居无定所的"角落科室"，一跃而成为华山医院硬件条件最好的科室。感染科领导层再次面临换届。当年，在新楼里，举行了一次由全科室老教授、医生、护士参加的民意测验，医院派人来监票。投票结果，张文宏当选为新一任感染科主任。翁心华说，是全票通过。

张文宏说，很多跟他差不多或者能力更强的人都出国或者"下海"了，给了他一个锻炼的机会。

翁心华在华山感染科的承上启下作用举足轻重。1997年，朱利平博士毕业。翁心华找他谈话。翁心华说，从趋势看来，以后免疫力低下人群会越来越多，激素治疗、化疗、器官移植……都有可能带来机会性感染（指一些致病力较弱的病原体在人体免疫功能降低时造成的感染）。因此，除了细菌和病毒感染，真菌感染是一个重点方向，我们要派人来关注这样一个方向，你看你是不是能够出来做这个重点关注？

现在，朱利平已成为国内真菌研究的顶尖专家。他说，自己很庆幸。"碰上翁心华老师，确实是高人，这样的布局，多少年以后，我才能够慢慢体会到。"

张文宏说，感染科疾病分布于全身，因此要成为一个优秀的感染科医生，只熟悉一个人体器官相关的疾病是不够的，需要具备整体思维能力和多学科合作能力。

"如果每个医院都有这样一批具有整体思维和公共卫生思维的感染科医生，国家就有了第一道防线。每次出现传染性疾病，在蔓延之前，就会被这些有专业素质的医生给识别出来。如果做不好，我们国家就会一直处于风险之中。"张文宏说。

张文宏深切体悟自己的"华山路"，同时，感悟国家的"华山"之路——中国感染学科和国家公共卫生体系的建立发展。

在上海历次重大公共卫生事件中，感染科医生承担起重要责任。2003年，翁心华担任上海市防治非典专家咨询组组长；2009年，卢洪洲担任上海市甲型H1N1流感治疗专家组组长；2013年，卢洪洲任上海市流感（H7N9）防控临床专家组组长；2020年，张文宏担任上海新冠肺炎临床救治专家组组长。

翁心华到现在还记得，1962年或1963年，他刚进科室，徐肇玥带着科室十几个人去戴自英家做客。戴自英家客厅墙上什么都没有，只挂着他的牛津大学博士学位证书。足见郑重其事。戴自英刚从青岛出差回来，送给每人一个国光苹果，这在当时属稀罕之物。其时，戴自英初识翁心华，像对后生一般，看着他,说:"刚进来的呀?不要着急,慢慢做。"

现在,翁心华希望,戴自英教授在天有灵,能看到今天——他们"华山感染"几代人,"慢慢做",做到现在这个样子。

3. 传承

翁心华说，传染科的工作条件很艰苦，先前，肝炎一直是主要传染病，因为经常要接触肝炎病人，必须频繁洗手，老师告诉我们，至少洗三遍。冬天的水是刺骨的冷，手都洗热了，水还是冰冷的。但是在传染科工作，我还是觉得非常快乐。那是因为，我们华山医院感染科的科室氛围，一直非常好。我的前任戴自英主任，是牛津大学毕业的博士生，副主任徐肇玥教授，他们不仅医术精湛，而且为人非常谦和，他们二人配合得很默契，搭建了一个很好的学科平台。

戴老是我们的偶像。他的临床思维能力超过常人，疑难病人到他的手上，都有方法解决。"文革"结束后，戴老恢复工作，全国各地的进修医生都来我们科学习。小小的办公室里坐满了人，大家都想跟着他查房、学习。他经常受邀去全国讲课。有一次，他到北京的一座体育场讲合理应用抗菌药，年近70岁的他一口气从早上8点讲到12点，整整4个小时，没有稿纸，更没有幻灯片，台下时不时响起掌声。

戴老还是一位医学教育家。华山医院设立博士点后，第一批共有8位博士生，有内科，也有外科。当时他虽然正担任副院长，但每个人的博士论文他都仔细阅读、修改。学生们都非常敬佩。

戴老的威望不仅来自他的医术与学术水平,私底下他是一个很真实的人,我很佩服他的为人。

当年,为了治疗血吸虫病,戴老住进农民家里。那里没有自来水,也没有厕所。留英归国、家境优越的戴自英先生,连上海人家的老式马桶都没坐过,农村艰苦的条件,真不知道他是怎么熬过来的。戴自英先生却对人笑着说,做传染科医生,就是要与最穷苦的老百姓打交道。

20世纪五六十年代,四环素是一种常用的抗生素,但生产四环素需要消耗大量的粮食。当时我国粮食供应很紧张,而四环素的耐药情况及不良反应很普遍。戴老对四环素类抗生素进行了系统的再评价,并建议国家限制四环素的使用。这个提议在当时是非常有胆量的,也很有魄力。最终,行政部门采纳了他的意见。

翁心华从戴自英先生手中接棒,一直带领学科向"大感染"的方向努力。2002年后,全国许多医院的传染科相继更名为感染科,翁心华起了重要作用。从"传染"到"感染",一字之改,意味着整个学科研究范围的扩大,以及与国际潮流的接轨。

翁心华说:"1999年,第六届全国传染病和寄生虫病学术会议在上海召开，北大第一医院的斯崇文教授是当时中华医学会传染病与寄生虫病学分会的主任委员，我是副主任委员。我们在会上提议将这个学会更名为'感染病学分会'。经过3年报批，终于在我担任主任委员时获得了批准。我很幸运，大家把功劳记在我的头上。其实这不是我一个人的努力，而是几代人的努力。"

面对新冠病毒，有过与SARS病毒斗争经历的翁心华说："新冠病毒的传播力显然比SARS病毒要强，防控难度更大。今年1月24日除夕那天下午，我去疾控中心参加上海市新冠肺炎临床救治专家组会议，那天距上海首例患者确诊才4天，就已经有20个确诊病人，而SARS的时候，上海半年只有8个病人。17年前，我是上海市防治非典专家咨询组组长。17年后，张文宏成了上海市新冠肺炎临床救治专家组组长。'华山感染'微信公众号上的每一篇文章，我都会仔细读，有时候，我也会跟张文宏聊聊我的想法，但谈不上什么指导。"

在除夕那次会议上，翁心华便说："张文宏的能力比我强，肯定比我做得好。"他告诉张文宏："我和我们科都是你的依靠，你不要有顾虑，冲在前面尽力去做。"

对如今"走红"的张文宏，翁心华心里明白：无论满分是几分，我都给他满分。我们华山感染科的传统就是讲真话，做真实的医生。医生要有与大众沟通的能力、传播医学知识的能力，更需要有讲真话的勇气。讲真话，不是哗众取宠说大话，而是要基于专业主义与科学精神。

传承于此。

在华山医院感染科，主治医师虞胜镭被戏称为"大内总管"。有人管她叫"主任助理"，她不好意思——这只是叫着玩的。但她的确"管得宽"，心里有话直说。她对一众追逐采访张文宏的媒体记者说："千万别神化'张爸'，他就是一个科室主任，不会对一个学科的发展有多少了不起的作用。他也就是比较真实，没有架子。这次能够火起来，大概主要就是因为大家听官话听腻了。"

翁心华看张文宏，则更为"实际"——早在张文宏担任科室主任后，在科室利益分配方面，他做得很公平。"蛋糕做大了，大家都有得吃，这是他的一个原则。"

2010年时，科室仅有床位约70张。床位资源紧张，上一届时，有的教授不被安排分管病床，翁心华很痛心地说，这等于浪费掉一个人。张文宏积极争取病闲，床位增加到213张。

张文宏说，由于缺乏人手，很多科室都不愿意要或难以要到病床，但"在我这里我就不怕"。因为每年来华山感染进修的医生达到了近两百人，全国各地的病人都会来，目前有85％为外地病例，不缺医生，也不缺病人。

张文宏上任后，提出主治医生的临床任务重，应该拿更多的奖金。因为教授有资历，可以通过会诊等输出医疗服务的形式获得更多的合理收入。他还提出，出现医患纠纷时，如果不是责任事故，需要赔偿的话，低年资医生不用出钱，而由科室赔偿，相当于科室共同担责。

通常，研究生想留在顶级三甲医院，竞争很激烈，一般有不成文的惯常做法——主任的学生，容易留下来。张文宏为此设计一种毕业生选拔机制：学生打擂台，导师回避，由本科室和其他科室的教授、院领导进行评分排名。

2010年，张文宏接任华山医院感染科主任。然而，翁心华等老一辈高超的临床诊疗水平，却让张文宏深感压力，觉得很难做到能与老师比肩。"翁老师对疑难病症的诊断水平可谓'神乎其神'。这完全基于他丰富的临床经验和对疾病的了解所形成的本能的一种反应。我们这个学科翁老师如果退休了不来查房，是不是水平会大幅度下降？"

所以，张文宏上任以后，一项主要工作就是大幅度地把科学研究的能力转化成临床诊断能力，"一定要在技术层面做到跟国际前沿技术零距离接轨。一些疾病即使不能凭经验来判断，也能用高精尖的科学技术来弥补"。

张文宏对于技术储备和基础研究的重视，也源自他在香港大学、哈佛大学做访问学者时的经历。2001年，张文宏前往香港大学微生物学系进修，时常待在袁国勇教授的实验室里，看他们如何进行传染性疾病的研究。当时香港的整个病毒监测、细菌监测技术都处于国内领先水平，包括2003年的SARS病毒，就是由港大袁国勇团队率先检测出来的。

这让张文宏坚定了华山感染的学科技术发展必须在该领域始终处于世界领先位置的想法，这样才能保证在突发公共卫生事件的关键时候有所担当。这次新冠疫情暴发期间，"华山感染"的技术优势让全科在处理新冠疫情时举重若轻。他为此自豪：

"比如这次新冠肺炎，上海申报的第一株新冠肺炎病毒就是我们与CDC一起合作完成它的基因测序的。在新冠肺炎的诊断技术上，我们跟国际上毫无差别。我们掌握了国际上目前的最新技术与检测手段，而且我们的病种比国际上大多数的医院还要丰富。所以在这方面，我们具有极大的信心。"

一代又一代的接力传承，奠定了"华山感染"在中国感染学科举足轻重的地位。如今，它连续九年蝉联中国医院最佳专科声誉（感染与传染专科）排行榜第一名。

翁心华在非常艰苦的环境里，几十年如一日，践行自己的初心。"翁教授这一辈子，最喜欢的就是临床，他对临床永远是充满热忱，带着学生们做了一系列疑难杂症的病例研究，所以，他的言传身教对学生的影响很大。"张文宏说起自己的导师翁心华先生，颇多心得，"我很少看到翁教授对自己的学生发脾气，但为了给下属争取利益，他会跟领导吵架，他做一切都是为了整个学科的发展。"

张文宏待人接物的态度，深得其师之精气神。

张文宏，在某种程度上，已经是华山医院感染科团队的一个对外"形象大使"，张文宏的同事、感染科主任医师兼急诊科主任陈明泉说，华山感染科的基调深沉，不推脱、有担当，自有内生力量，我们不管其他因素，只想把自己的本事练好，只求手上的病人健康。

陈明泉身体力行，对华山医院感染科的实践有真切感知——强调精准诊断，是华山医院多年间积累下来的传染病防治经验，"你如果把网撒得太广，反而捉不住真正的大鱼"。关注重点地区人群——上海对新冠肺炎防治的策略，和2003年防治SARS的时候是一样的。

从1月21日起，华山医院先后派出5批16人支援上海市公共卫生临床中心的临床救治工作，还有4支医疗队273人前往武汉，是上海派出队员数量最多的单一医疗机构。

"华山医院感染科厉害啊，就是张文宏教授那个医院吧？太好了！"华山医院医疗队回来说，这是他们在武汉经常听到的一句话。

其中毛日成、张有志、李先涛等三位首批战斗在上海公共卫生临床中心的专家，在隔离观察期满后，又转战武汉，进驻华中科技大学同济医学院附属同济医院光谷院区ICU，这里收治的病人都是其他病区转运来的危重症患者。

3月17日，华山医院20名医疗队员离开武汉返沪。从上海市市长调任湖北省委书记的应勇，来为他们送行，动了感情："之前我在上海送你们，现在我在湖北送你们回去。开慢点，注意安全。"

一路上，武汉公安民警列队致礼。武汉交警个个热泪盈眶，见此，很多队员也忍不住泪眼蒙眬。

那天，在ICU病区的张有志、护士长汪慧娟等，依然和253名队员一起坚守，等到病人清零的那一天。

陈明泉是在2019年12月初，从感染科圈内人那里，听说一则不明原因肺炎的消息。出于专业敏感，他预计可能是新病毒出现，但事关重大，陈明泉不敢下判断。加上冬季是流感高发季节，他决定先把准备工作做好。

12月2日，华山医院急诊科启动了发热疾病排查；12月4日，启动针对传染病防控的准二级防护。

尽管当时大家对病毒的认识粗浅，但通过呼吸道传播的途径明确。急诊科医护人员戴上了口罩、帽子和手套。"当作一个流感对待，毕竟冬季也是一个流感季节。"

防护物资也同步开始储备，从防护服、口罩、手套，到抗病毒药物，可供2周至3周使用的物资，均一步到位。

急诊科行动迅速，但是医院层面从常态到防疫的转变是一项庞大而复杂的系统工程。绝大多数医院的常态，如诊疗流程、人流管理、建筑布局，都不是为一个传染性极高的呼吸道疾病准备的。

复旦大学附属华山医院医院感染管理科主任杨帆在接受中国新闻网采访时坦言，从上到下需要医务处、护理部、院感科、各临床科室、后勤保障部、人力资源部、宣传部门等多个部门联动。

到了1月20日，全院的防控工作正式开启。当日，国家卫健委高级别专家组组长钟南山确认，新型冠状病毒存在人传人现象，上海市也宣布发现首例新冠肺炎病人。Ⅱ级防护随之启动，急诊科医护人员在原先戴口罩的基础上，戴上了面屏、护目镜。

华山医院发热门诊，平时接诊量为60人至70人，1月20日那一天，一下子迎来160名患者，翻了一番还多。华山医院也确诊首例新冠肺炎患者，是一名从武汉执行任务返沪的消防员。

"人一多就不安全，万一医生护士感染，医院就要关门了。"陈明泉忧心忡忡，向院领导请示——启动急诊发热预检。一方面防止病人在急诊大厅聚集，一方面将诊断关口前移。

时近农历新年，新建一个发热预检隔离区，从人力和物力的角度来看，皆非易事。医院工作人员开始动用各种私人关系，从江苏常州一个项目工地，找到彩钢板。货车连夜发往上海，同时，自各处"借"得留沪工人7人。

1月24日，除夕上午7点，材料、工人进场。11点，建筑主体安装完毕，开始调配分体空调、排管布线。总耗时5个小时，一个空气流通的独立急诊发热预检区建起，将发热和不发热的患者物理隔绝，筑起华山医院的第一道新防线。

陈明泉后来知道，他12月初所听闻的"不明肺炎"消息，和新冠病毒并无直接关系。他所做的工作，只是做好基本防护。但一要敏锐，二要自我防护，这是华山医院急诊科常年实践总结出的两条经验。

在感染科的专业排名上,华山医院是全国第一,当仁不让。华山医院感染科强调精准诊断:如果病人被误收,"没病的进了隔离间,反而被感染了"。

基于诊治不明原因发热的长期临床经验,华山医院将发热的标准定得很宽——只要自己感觉发热,或者高于平时体温,就可以去发热预检,不拘泥于电子测温计的数字。

绝大多数患者在发热预检区会被拦下。两个高年资护士值守,负责流行病学调查,标准时时更新:从是否去过武汉、去过湖北,到是否去过境内重点地区,如今则是境外、重点国家或地区。

发热预检是第一道防线,一支由感染科医生组成的院内专家组,时时监控着留观患者的收治——发热门诊医生负责采集信息并上报,6人至7人组成的专家组,24小时随时待命,决定是否收治患者。"很多医院做不到这个,一是责任感,二是有没有专家的人员配备条件。"陈明泉说。

轮到陈明泉作为专家组成员值班时,"晚上两三点也一直接到电话,要帮门诊医生看影像。我老婆都被吵醒了,让我到客厅睡"。陈明泉对《财经》记者回忆道。

院感科主任杨帆,则将这个过程形象地比喻为"抓特务"——人人都有嫌疑,医院要提高防护级别,加强对每个病人入院前的甄别。

近两个月实践，一共有 8000 多名患者接受发热预检。大部分患者在预检时因为不满足流行病学史，被筛下；1000 多名在发热门诊就诊，其中留观、疑似的有 400 多位；最终确诊 6 名。

陈明泉现为华山医院感染科主任医师，华山医院急诊科主任，教授，博士生导师。大学毕业后，一直从事感染性疾病的临床、科研、教学工作，多次赴香港中文大学威尔斯亲王医院、哈佛医学院麻省总院访问学习，曾援非抗击埃博拉。

"传染病确实会变得越来越狡猾，因为致病的病毒和细菌在不断地求生。但我很欣赏南非前总统曼德拉说过的话：生命的伟大不在于永远不跌倒，而在于跌倒后总是能爬起来。人在与传染病的斗争中可能会暂时处于劣势，但人类最终一定能战胜它，这个信心一定要有。"这段话，是他的恩师翁心华教授常常对学生说的。

他也是翁心华教授的弟子，一直对老师说过的一句话，满怀感激。"老师说，学生从哪个学校毕业的不是最重要，研究生阶段的学习更需要后发的力量。我看中的，一是天分，二是勤恳，三是敬业。老师对学生特别好，有一次，一位师兄为了取标本淋了一场大雨，结果得了严重的肺炎，老师知道后，特意烧了一锅红烧蹄髈送去慰问。"

陈明泉是我国援助塞拉利昂防控埃博拉出血热第三批公共卫生师资培训队专家。2015年1月21日,离沪抵京,在中国疾控中心接受严格的行前集训,领受任务后,1月27日上午从北京出发,到达塞拉利昂首都弗里敦(Freetown),会同第二批公共卫生师资培训队完成师资培训的收尾工作,并负责继续推进三个行政村的重点培训工作,全面开展包括病例调查、密切追踪和管理、社区动员与宣传、常见传染病监测与诊治等工作,还担任队员的保健医生,制定队员在塞时的疟疾防控措施。在圆满完成为期两个月的埃博拉疫情防控救治任务并经过三周的医学观察后,于4月21日返沪。此次上海共有两位医务人员获得表彰,另一位是上海疾控中心传染病防治所的吴寰宇主任医师。

华山医院呼吸科副主任医师张有志,除夕,作为专家组成员,支援上海市公共卫生临床中心,元宵节后,再被派往武汉。2月10日,进入同济医院光谷院区,和另外218位医护人员一起,整建制接管重症监护室的30张床位。所收的病人都是其他病区转运来的危重症患者。

华山医院支援武汉医疗队总指挥、副院长马昕介绍,截至3月21日,医疗队一共给5个病人上了ECMO,其中有4人已经成功脱机，12位病人成功拔管，脱离呼吸机。

ECMO俗称"人工肺"，通过将患者静脉血引出体外进行氧合，再将氧合后的血液输回体内，患者的心肺可以得到休息，等到免疫系统、心肺系统等恢复后再撤机。

但ECMO并非神器，比如有基础疾病的患者的肺部恢复并不乐观。"不是每个医院用上了人工肺都能把人救回来。"张有志告诉《财经》记者，华山医院的秘诀是医生不出病区，做到实时监测——在国家指南的框架下，更积极、更提前，对每个病人了解更深，做到关口前移。

因为医护人员的体会是，新冠肺炎患者的病程进展极快，很容易急转直下。张有志对《财经》记者回忆道，一个女病人在查房的时候状态还正常，医生刚走，突然氧饱和度就下来了，"如果没有医护人员在，病人马上就走了"。

与实时监测相对应的是，医护人员的工作强度极高。"我们进ICU污染区是6小时一个班，我了解没有一个医院像我们一样，他们一般时间更短，或者医生不在病区里面、有事再进去。"张有志说，"但是时间越长，医生对病人就有越深的了解，需要补什么、补多少，都很清楚，把有利的措施前移，反映到指挥部时也更精准。"

最繁忙的时候，医疗队负责的30个病人中，有27个病人气管插管上呼吸机，同时有两个病人上 ECMO，8 个病人进行血液透析治疗。

多学科救治，是"上海方案"里的重要诊疗经验。张文宏多次说，上海的救治方案，就是多学科协作，集中全市优质资源。方案就写在病人身上。

马昕介绍，219 位医疗队员中有 34 名医生，70％来自重症医学科、呼吸科和感染科，另外还带来了心内科、血液科、消化科、内分泌科、风湿免疫科、外科医生。

张有志对《财经》记者举例道，有两位肾脏科医生专做血液透析，可以在病人炎症风暴时，用透析的方式将炎症因子过滤出去。炎症风暴是新冠肺炎患者从重症向危重症转化的重要原因之一。还有一位血管外科医生，因为外科医生对于通路建立和关闭更熟练，而使用人工肺就需要在体外建立循环通路。

每个人穿防护服 1 套、隔离衣 2 套、手套 3 副，再加口罩 2 个——基于新冠病毒通过呼吸道和接触传播的特点，华山医院感染科为医疗队全体成员量身定制防护措施。

驰援武汉和上海公卫中心之前，医护人员重点学习疾病相关知识，以及如何加强自我防护。华山医院重症医学科护士长汪慧娟，常年在重症监护室工作，经历过 SARS 时期的急诊，但穿脱防护服,是第一次。

防护太过严实,加之工作压力大,一些医护人员的身体状况同时面临挑战。汪慧娟在工作中曾经总是感到胸闷,她对《财经》记者说,每天最舒爽的时刻,就是脱下防护服的那一刻。

对于护士来说,新冠病人的医疗护理本已复杂,而且没有护工帮助,生活护理也是项大工程。在同济医院光谷院区支援的护士季雯婷说:"进舱后,我的护目镜就开始起雾,然后就彻底看不见了,护目镜上滴起了小水珠,身体也在不停地滴汗,我只能从水珠正好划过的缝隙看清楚眼前的东西,就凭着这些角度,换补液,吸痰,打针。"

没有人希望医护人员"硬撑"。张有志告诉《财经》记者,医护人员一旦有不适,就立即出病区,医疗队准备了当班的、备班的医护人员,其他人可以立刻顶上来。

关心一线医护人员,也是张文宏始终坚持的。1月29日,张文宏决定让从2019年年底起一直奋战在一线的医生全部换岗,换成科室里的共产党员。他的"大实话"引发了网友的大量转发:这一批都是了不起的医生,在对疫情的风险性、传播性、致病性一无所知的情况下,就把自己暴露在病毒前面,人不能"欺负"听话的人。

其实大家都忙。张文宏忙，两个眼圈墨黑。陈明泉也没有休息过一天。

这是一个抗击过非典、埃博拉等烈性传染病的团队，他们知道如何维持平衡：良好的心态以及充足的睡眠。就像张文宏所说，要抵御新冠肺炎，最有效的药物只有人的免疫力。毕竟他们还要继续战斗。

这里有一支党员队伍，历经千锤百炼。2003年SARS时期，翁心华担纲上海专家治疗组，率领上海医生打赢那场看不见硝烟的硬仗。17年后，学生张文宏挂帅，传承前辈师长风范。

疫情初期，才发现苗头，张文宏第一时间宣布："华山感染"病房全部腾空，留给可能出现的隔离病人。当晚，感染科49名医生通宵达旦转运病人，为可能到来的"防疫战"做最充足的准备。极短时间内，他凭借精湛医技和成熟经验，优化就诊流程，制定病人留观标准。

哪类病人需要留观、哪类病人可以解除留观，制定标准后，张文宏说："按照这些标准来，出了事我来承担！"掷地有声。

"没有防护，你可以拒绝上岗！"上海"战疫"开始，张文宏为医护人员画出一条严格的"红线"，感染科年轻医生定心：

"'张爸'护着我们,我们更要卖力干!"

"让医生放弃所有的生活,扑到工作里面去,本身是一个不人道的做法。对于很多普通人来讲,也就是一份工作而已,你不能用'高尚'去绑架别人。"

春节期间,疫情当前,同事的父亲生病了,内心纠结,想向张文宏请假,欲言又止。张文宏得知详情,说:"放心回去吧,新冠防控等你回来可以再加入。"

同事安排好父亲后,转身冲回抗疫前线。

仁爱之心,造就其手下49名精兵强将。他们上前线,"张爸"打理后方,解决后顾之忧。张文宏用心帮助前线医护人员建立信心,总是以发自内心的目光注视他们。他看到他们的付出,他替他们发声。

他说前线医护人员最需要也最缺乏的是"防护、休息、良好的工作环境"这三点。"如果跟不上,就说明没有把医务工作者当人,只是当机器。"

他划重点,还敲黑板:"有一个很容易被忽视的团队,就是我们的护理团队。你认为我们的医生有多重要,我们的护理姐妹们就有多重要。"

通晓人情世故,冷暖相知,但不圆滑;常以赤子之心,讲肺腑之言。上海市政府参事、华山医院运动医学科带头人陈世益教授说，每年的华山医院各科主任年终总结会，张文宏的发言总是最让人期待的环节之一，"都是干货！非常精彩"。

一次科室日常工作排班，引发万众瞩目。李发红医生是与三位主任共同参与的"排班管理者"。他们连续数小时，完成号称"史上最难的排班表"——从最年轻的住院医师、主治医师一直到副高医师、主任，党员积极报名，非党员也并肩作战在一线。

"我们都是一支团队，很多小姑娘在这个阶段经过历练，成了钢铁女战士。"感染科副主任张继明一一道来：艾静文，自己的孩子那么小，连夜在医院里工作；金嘉琳，索性就睡在医院里……

张文宏对自己团队里的医生们，关怀备至。他查房时，有心帮助病人建立对团队主治医生或年轻医生的信任。哪怕是实习医生。"这个很要紧的。你不好让病人只记得你一个人，只相信你一个人，这样下面的医生怎么办？你说是吧。我也要帮助自己团队的精兵强将建立自信。"张文宏说。

张文宏有意识和病人特别是新来的病人聊聊，说说笑话，套套近乎，让患者初入病房的紧张感松弛下来，一边适时将主治医生"隆重"推出。因为是浙江人，如果遇到浙江同乡或者邻近地区的病人，张文宏会讲本地话，像平时做科普一样。这时候，张文宏不会纠结于深奥的医学原理，更愿意用形象的比喻和比较生活化的例子跟病人解释病情，解释用药。一次在华山西院查房的时候，他对一个20多岁的女孩子说："你想加大剂量，我理解，我也考虑过，但我有一点很担心的，你不知道吧，我告诉你，如果因为用药太猛，把你好看的面孔毁了，这如何是好？你毛病看好了，面孔难看了，有什么意思呀？"

张文宏特别强调"逻辑"，一次在科内，讨论病例，蹦出一句"女孩子，重感性，男孩子，重逻辑"。转头看见身边是某某，医学博士，女性。张文宏立即认真补充道："但是，某某例外。"众人笑起来。

平时工作中，张文宏对大家既有关心，也有要求。科室里的同事、学生们，喊他"张爸"，这样的称呼里，包含情感。张文宏情感细腻，却不轻易表露。"我自己不觉得，其实我在我们科里的沟通方式，都是非常直接的，根本说不上'暖男'不'暖男'的。"

"有时候我也会讲讲他们。比如像'逻辑'问题。"张文宏说，"那天，我说的是实情，我要求医生看病，多了解情况，多跟病患接触，这有好处，帮助你分析判断，这样的分析，当然要有逻辑推理。有些医生不是我带的博士生，我会照顾他们的心理。如果是我带的学生,我随便讲讲没有什么关系。"

他随即掏出了手机,打给一位同事沟通工作。他语速极快,两分钟后就结束了通话。"我们在几分钟里面,要沟通很多很多信息,一般哪有空照顾你的情绪?在我们科里,没有'情绪'两个字,说话非常简洁。但适当说几句,带开玩笑性质的,活跃一下气氛,也好。在我们这里基本上就这样,工作节奏很快,一分钟里面要讲四五件事情。但正是因为能这样互相之间非常信任,所以人跟人之间没有交流的损耗。"

高效的沟通,反映出张文宏所带领的华山医院感染科团队,有惊人的默契度,高度的自觉性。

1月23日,"华山感染"的重症团队随上海第一批援鄂医疗队出征。其后又分别派出了三批"华山感染"精英,驰援武汉。留守上海的张文宏在出任上海市新冠肺炎临床救治专家组组长之外,带领"华山感染"团队,还要做很多事情——除了和疾控中心一起完成第一株病毒基因组的测序之外,华山医院感染科在确诊新冠的第一时间,便依托自己的实验室,建立起整个检测系统。此举,为防疫赢得时间。

"我不会等大家慢慢建,在全国只有疾控具备检测能力的时候,我们自己早已经全部建了。"张文宏说。

不仅沟通效率高,团队还注重信息共享。疫情期间,华山医院感染科兵分三路：一个团队对接国际，把最新的科研成果写成文章在国际上发表，给全球抗疫提供最新的研究发现；另一个团队在公众号"华山感染"上向公众开展疫情科普；还有一个团队，整理完成中国第一本专业的新冠病毒书《2019 冠状病毒病——从基础到临床》，融合到现在为止基础的研究、临床的研究、诊断、治疗、共识等。

翁心华曾有过一个形象的比喻，将感染科医生比成了"消防员"。张文宏解释道："这是这么多年来感染病医生的职责所在，因为总归会有传染病暴发的时候，冲在前面的都是医护人员。"事实上也的确如此。

2003 年，SARS 暴发，翁心华刚从澳大利亚参加学术会议返回上海，即收到任命，担任上海市防治 SARS 专家咨询组组长。他坚持的"上海标准"，让上海实现了仅 8 人感染的奇迹。

2013 年，H7N9 禽流感病毒来袭，张文宏团队主动接触 10 余病例，并蹲守实验室一个多月进行测序研究，最终确定感染源，及时发现 H7N9 人传人风险，把病源扼杀在摇篮里，使疫情得到及时有效防控。

2014 年，非洲埃博拉病毒暴发，张文宏组织感染科医生第一时间报名，亲自带队远赴非洲参加救援，参与当地疫情控制。

2020年，这次新冠肺炎疫情中，除夕夜，华山医院感染科副主任医师徐斌等人参加上海首批医疗队，出征武汉。

而现在，张文宏进一步认为，当"消防员"还不够，感染科医生更应该做"卫士"。

"消防员是着火的情况下去救火，这就滞后了。现在新冠肺炎这个火把全世界烧得一塌糊涂。我们的医生去武汉，这个就是消防员。"张文宏解释道，"但是如果更早一点，在这个病毒还没有蔓延、暴发之前，就集中地把它给识别出来，消灭掉，发警报，这就是一个卫士的作用。"

事实上，感染科医生不单是"消防员"和"卫士"，还是一支"平战结合"的常规部队。

张文宏曾在演讲中提到，自己是个非常焦虑的人，所以特别适合做感染科医生。焦虑是现代人普遍的状态，但感染科医生特别焦虑的原因和感染科本身具有极大的不确定性有关。

"第一，每一个病来自各种不同的病原体，所以一旦对不同病原体的识别能力不够，这个病人生存的机会可能就会很少。第二，在感染性疾病里，经常会出现一些突发的事件，像这次的新冠疫情。"张文宏解释道。

选择这个行业就意味着选择了负重前行,因此他积极地接纳了自己"焦虑"。

"没有焦虑就没有准备。我一直在想,如果这次新冠疫情在上海发生,我们会怎么做?你必须为这个事情做准备。"

张文宏认为,只有在技术上和配套医疗设施上的"冗余",才有面对例如此次新冠疫情之类"公共卫生突发事件"的底气。"所以'焦虑'就势必会成为像我们这种感染科医生的主要特征。"

回顾数十年的从医经历,张文宏觉得自己是幸运的一代。"个人的发展,事实上都是在国家大的发展框架下去进行的,我们60后的成长正好与中国刚刚腾飞的时间完全契合。而走在我们前面的像钟南山院士、李兰娟院士等一批人,国家复兴刚刚起步的时候,这些学科是他们领导的,他们是很辛苦的,所以我们跟跑的这批人是非常幸运的。对于我来说,只不过就是一个'书呆子',碰到了一个腾飞的中国。"

4. 相遇

在华山医院感染科，张文宏从 30 多岁起，便有"张爸"之称。他所在的华山医院感染科，无论是不是党员，"人人争先，个个肯干"。

年门诊量超过 14 万人次，年接收转诊患者逾 2000 人次，华山医院感染科接收的病人之多，面临的病情之复杂，在业内，有目共睹。

几代"华山感染"人，不懈努力，刻苦钻研，多年蝉联"中国医院最佳专科声誉排行榜"冠军，成为许多传染病患者心目中"最后的希望"。

张文宏说："我们几代人，在'华山感染'，是一种生命记忆。"

充满感染力。这种感染力，来自干劲和奉献。他们互相感染。

2018 年 9 月 2 日至 2018 年 12 月 2 日，华山医院感染科创办"扶贫攻坚，健康同行"——肝炎防治技术骨干培训基地。此为"扶贫"项目。来自全国各地的 15 位进修医生，在华山医院感染科度过 3 个月学习生活。

他们是这样回顾与张文宏和"华山感染"一起度过的 3 个

月,被感染,扩散——

相遇

2018年9月2日,从西部踏入上海,带上翁心华教授的关切和"肝炎防治与健康促进"项目领导的嘱托,大家在热情洋溢及轻松欢快的氛围中加深了对彼此的了解,提出了共同的期待与愿景,为新一期的肝病培训班拉开了序幕。

相知

华山医院感染科一直是个遍布了"武林高手"的地方,在整个培训期间,学员们充分领略了每位华山老师的风采。培训可以分为四大招:

01 病理到临床,全新视角,解读肝病

疑难肝病的确诊离不开临床医生丰富的诊治经验,但更不可或缺的是病理医生的精准判断。病理医生在国外被称为Doctor's doctor(医生中的医生),而在"华山感染"肝病团队中,就有着这样一位病理大师中的大师。他就是复旦大学上海医学院教授、全国著名肝脏病理学家,胡锡琪教授。他洞幽察微,见微知著。肝脏病理对于临床医生、对于不同疾病的认识尤为重要。胡锡琪教授精彩的讲解,让各位学员大呼过瘾。

02 知识串联，化零为整

整合已有知识无疑可以取得事半功倍的效果。培训班另辟蹊径，将病理——临床——实践——探索的一次模块串联，帮助学员们理清故事脉络，二次深入挖掘每个有意义的病例。感染科各位老师轮番上阵，给学员们上演了肝病诊疗的十八般武艺。

03 教学相长，互补互助

培训班设置了3次辩论赛，全部由培训班学员参与，针对现在国际上对于肝病方面具有争议的议题进行了热烈的辩论，并由"华山感染"的老师们进行点评和总结。学员们不仅带来了国际指南和文献的最新论点和看法，还结合自身地域特点和实际情况对每个话题进行了热烈的讨论，也让华山的老师们了解了更多肝病治疗方面的难题。

04 临床实践，学以致用

课程之外的更多时间，学员们跟随着华山的老师们在临床第一线摸爬滚打，过招疑难危重病例。翁教授的高屋建瓴却又细致入微的点拨，令学员犹如醍醐灌顶，胜读十年书；张文宏教授幽默的言语和跳跃的思维，令学员开拓国际视野，把握感染病的诊治精髓。

惜别

相聚的日子总是短暂,一眨眼 3 个月的培训班已临近结束。

2018 年 11 月 26 日,"扶贫攻坚,健康同行"——肝炎防治技术骨干培训基地项目举办了闭幕式。华山医院感染科的张文宏、张继明教授分别致辞,"肝炎防治与健康促进"项目领导对培训班进行了总结,并为各位学员颁发了证书和具有"华山感染"特色的纪念品。

大家从西部而来,汇聚于上海华山医院感染科,现在又将各自回归。相聚的时光虽然短暂,但是"华山感染"给各位学员带去的收获会长久地留在各位的心里,并由各位学员继续发扬光大。

写在分别时——

感恩华山

恩师情义胜天涯,

殷殷希冀璧无瑕。

幕幕旋转眼含泪,

暂别长记亲似家。

【文宏三章】

"这些都是医者本分罢了。"

1. "张爸"

2020年3月26日，18点30分。张文宏行色匆匆，赶回华山医院感染科。

他中午参加一场国际视频连线会议。这是上海市政府临时安排的"上海——马来西亚抗击新冠肺炎疫情视频交流会"。他无法推辞，会场设于浦东金桥的华为公司视频会议室内。中午12时30分，张文宏赶到。视频这端是张文宏与上海卫生领域专家，另一端是中国驻马来西亚大使馆、马来西亚卫生部官员及马来西亚全国20多家医院的医生。

其时，新冠疫情呈现全球多点暴发态势。应马来西亚方面请求，经我驻马使馆和上海市外办协调，举行本次视频交流会。"我们国家疫情比较严重，已经确诊1796例，其中19例死亡。"马来西亚卫生部副总监希山沙·穆罕默德·易卜拉欣忧心忡忡。

在一个半小时的视频连线中，上海市公共卫生临床中心医务部主任沈银忠、同济医院呼吸科主任邱忠民，与马方医务人员就疫情形势、防控措施、救治方案、相关药物等进行交流。"对马方现有治疗流程有什么建议？法匹拉韦的作用是什么？什么时候可以使用激素？如何保护卫生工作者？病人出院判断的标准是什么?"马来西亚医生急迫地提出一个个问题,并用纸和笔,埋头做笔记。

马来西亚国家卫生学院临床研究中心主任吴碧彬说:"我们从这次连线中获益良多,感谢上海市外办与上海市卫健委的支持,提振了我们抗击疫情的信心。"她建议,在未来几周内,上海专家能与马来西亚再次进行连线,给予马方更多的支持。上海市外办表示,愿与马来西亚继续保持沟通,加强国际防控合作,共同抗击疫情。

"之前我们在抗击疫情期间,得到马来西亚政府与人民的大力帮助。"中国驻马来西亚大使白天说,作为朋友与伙伴,中方充分理解马来西亚面临的情况,并愿意尽我所能提供帮助。"朋友有难时,中国人不会袖手旁观。"白天介绍,中国政府对马来西亚的物资援助几天内就会送到,其中包括马方急需的呼吸机。"我们会与马来西亚一起抗击疫情,直至取得胜利。"

同日,16时,上海专家连线中国驻爱尔兰大使馆,向当地华人华侨留学生作疫情防控视频讲座;20时30分,上海专家向加勒比岛国特立尼达和多巴哥卫生部官员介绍新冠防疫经验。而在之前,上海专家向巴拿马卫生部官员与当地医院分享防治经验。

在这之前的3月17日，中国驻德国杜塞尔多夫总领馆邀张文宏以视频连线方式做专题讲座，在线详解中国与全球疫情防控问题。此次连线，问答一体，几乎是一堂完整公开课。认真做笔记，相当于手头有一部"新冠预防知识读本"，死记硬背后，基本可以避免感染新冠肺炎。还可以做个"赤脚医生"，走街串巷，宣传新冠防控，有理有据。有海外关系的，可以照本宣科。

有人问道：目前的欧洲，特别是德国北威州采取的这种防控措施，从我们的医学原理上讲，它是否科学、是否有效，或者是否真的是在对症下药？德国目前的医疗卫生系统能够应付新冠肺炎的这种蔓延的趋势吗？按照目前的这种防控方略和增长幅度看，会不会出现超载？

张文宏事先做过功课，他说：这是非常重要的问题。我查了一下北威州的疫情，截至昨天（3月16日）确诊数是2744，而且最近还在增加。它的增幅都是每天同比大幅攀升。这个增幅比较快的原因，就是第一次暴发点以后，病人现在散落在各个地方。这个时候最关键的一个节点就是要采取隔离的措施，如果不采取任何的隔离措施，后面日子会非常难过。但是现在的隔离措施，北威州跟当时上海对比最大的区别，就是人们还在上班，就是人口之间的流动还存在，这是唯一的一个风险点。但是因为默克尔总理说了60%~70%的人都会感染这句话，事实上她把最坏的情况告诉了大家，整个德国已经引起了重视，也是因为讲了这句话以后，现在采取的措施才能落地。接下来，是不是有潜在的病人，现在还分布在各个地方，就取决于：第一，我们在工作的环节当中，是不是真正地贯彻隔离措施，比如说德国或者英国，年轻人下班以后，有没有跟往常一样到酒吧去喝几杯，聚会。第二，大家都知道这件事后，上班的时候，大家也会保持社交距离，社交活动也会减少接触。那么在这种情况下面，我认为这种隔离是有效果的。

这两天增加的病人都是在措施采取之前已经感染的。所以要看采取措施14天以后，它的增速和传播速度。按照现在感染的人数，你不能去预测今天采取的措施有没有效，采取的措施对发病率的影响是滞后的，滞后的时间点就是14天。如果14天以后效果不好，德国就得提高应对的等级。如果应对等级不提高，接下去德国也会面临一个问题，重症病人会增加，（考察）重症病人再增加以后，医院可能就应付不了。它的极限是什么？像呼吸机资源的配置可能也会受到影响。但是我相信德国罗伯特·科赫研究所的科学家们每天都在做监测，如果监测到的数据与防控等级不对应的话，他们一定会采取更为积极的手段。

来这里之前,我还做了一些对重症病人的救治医疗数据的初步收集,(考察)重症病人的数量跟床位数的相关性。就是说德国现在是不是有足够的病床数来提供给重症的病人,也就是前面提到,80%的人事实上根本不需要住院,只需在家里隔离。我们最担心的是重症病人不能住院。我这里比较了一些相关数据。就目前患病人数,德国的床位冗余度还是比较大的。

那么,什么时候需要做出调整?如果病例数大量增加,预计冗余可能会被消耗掉,这时就得采取更加强势的防控策略。

有人问道:德国现在对检测采取了非常严格谨慎的方式,为什么在检测问题上采取目前的这种做法?会不会因为控制检测范围,或者没有放开检测的力度而使更多的潜在的病患依然在水下?

张文宏答:关于新冠肺炎的检测,国内也不是一发烧到医院就给你检测新冠肺炎,不是这样的,除非是来自疫区的人,或者有聚集性发病的患者。

上海也只对特殊人群检测,即高危的人群,我们定义为疑似人群。在上海我们只对疫区过来的人,比如对现在国外发病率特别高的地区来的航班进行检测。原来武汉病人很多的时候,我们只对武汉过来的人进行检测,并不是对所有的发烧的人进行检测。对所有发烧的人进行检测,在医疗资源上是个巨大的浪费,这是第一点。第二点,检测有时候会产生假阳性,你认为是的,但是可能不是的。假阳性对人也是一个伤害。第三点,在国内我们是应收尽收,早在检测阳性之前就开始对疑似病人进行隔离了,所以在国内只是对疑似病例做检测。任何一个人跑到医院说,我发烧了,我要做新冠肺炎的检测,实际上是没有的。所以中国也不是每个人都过来检测的。问题在哪里呢?如果对想做的人都进行检测,费用是很贵的。如果所有人有事没事都去测一次,就会发生医疗资源挤兑。一万个人去检测,当中有一百个人是重症的,这一百个人就可能看不上病。所以我阐明一点,在中国不是说发烧就给检测,这是不实信息。中国只对从病例高发区来的人检测。如果是跟病人有密切接触的,直接就隔离观察了。德国的隔离跟中国的隔离也不一样。中国的隔离是集中隔离,德国的隔离是居家隔离。如果大家有一点点伤风感冒就去检测,挂号、预约、看门诊,或者到急诊直接去排队,急诊间就已经要排 4 个小时队了。

北威州现在有约 1791 万人,到今天确诊病例约为万分之一。但这个季节发烧的人是很多的,所以就意味着大量的检测是没有意义的。你叫医保怎么给你支付?这个钱很贵的。大量的人去医院咨询排队,然后真正重病的人检测不到了。

重症病人检测不到,病情又很重,势必要滞留在急诊间,然后会造成什么呢?急诊间内的传播、医务人员的传播,那就不得了了。

德国在疫情期间,采取的方式是确诊的轻症患者居家隔离,北威州不少留学人员都是合租,所以对此问题特别关注。有人问:德国的这种居家隔离方式科学、合理吗?会不会带来一些我们意想不到的蔓延和扩散?

张文宏说:这个得考虑两个问题。第一个问题,这样的病人是不是需要治疗?我明确地告诉你,这种轻症病人,早期的治疗价值不大的,因为在现有药物中并没有一个药物能一吃就好。事实上大多数(80%)的轻症的病人是自己康复的,可以在家隔离。那么空出来的床位留给谁?留给重症的病人!轻症患者是居家隔离,还是在医院隔离,这是一个分歧点。有一个问题,如果都在医院隔离,医院有这么多床位吗?没有!没有这么多床位,那居家隔离会不会引发更大的疫情呢?那就看居家隔离做得好还是不好。如果是非常有效的居家隔离,就是有效果的。第二个问题,很多跟患者住在一起的人,等到确诊的时候,这些人事实上已经跟患者接触了,甚至已经感染上了,那他在家多待一天、少待一天，有什么区别呢？中国为什么不居家隔离？如果采取居家隔离，我就明确告诉你，有些居家隔离如果不成功的，后面就会出来新的病人。出了新的病人，如果是轻症的，问题还不大。如果重症的就要送到医院去救治了。所以只有居家隔离的成功率能够到达一定的程度，才可以作为必然之选。中国人口多，人均住的地方太小，居家隔离，造成中国家庭内的传播人数就会非常大，这个人数不下来，中国的疫情就不能按所希望的那样在 2~4 个月内结束。所以居家隔离方案在德国可能是合理的，但德国政府也可能会改变，比如说采取建设集中隔离点的方法等。

留学生多为合租用房，日常生活中的有效的防控，包括共用厨房、共用卫生间等，似乎是个问题，一旦有疑似症状，怎么办？

张文宏说：这种情况下，没有最好的办法，只有更好的办法。为什么说没有最好的办法？因为条件所限，最好的办法是分开住，但做不到，所以说，没有最好的办法。说到合租，自然是有条件单独居住，风险会小很多，如果做不到，那就要降低风险，保持跟他人的社交距离，不在一起吃饭，就可以降低风险。合租是否有风险，与共用厨房没有关系，共用卫生间也没有关系。你只要保持好个人的卫生，手经常洗，错开使用厨房，衣服洗好了烘干，就没有问题了。烘干是最好的灭菌方式。

有人提出，听说一些中药是有疗效的，德国能不能特事特办，在非常时期允许进口中药？

张文宏对此的看法是：事实上，关于中药在德国的广泛使用，一般是要遵循一个对等的原则。今天德国对进口我们的中药，就像我们对进口它的西药一样。在欧洲，包括德国对中药进口是有严格的管制的，就是要对药品进行严格的检测。截至目前很多中药都不在它允许进口的范围。所以在这样的情况下，要想让大批量的中药进到德国来，短时间内是不可能的。

说说戴口罩的事情——在德国，没有倡议普通人戴口罩。

对此，张文宏告诉大家：普通人戴口罩到底有没有效？肯定是有效。如果没有效，为什么医生要戴口罩呢？第一，就是感染风险的问题。感染是与我们所有人都相关的事情，做不做防护与你的感染风险有直接关系。如果感染风险大，我们都要做防护、戴口罩。如果感染风险小，就需要评估戴与不戴口罩的利弊有哪些。

欧洲人平时从来不戴口罩，但在日本，即使平时不生病，街头也有很多人经常戴口罩，这是习惯。如果今天在德国，满大街的人都戴口罩，会让人觉得好像是世界末日一样，对普通人的精神会造成极大的压力。因此，决定民众是否戴口罩，就需要判断戴与不戴口罩的利弊。好处足够大，才需要戴口罩。好处不够大，就如我前面所讲，戴口罩是为了防止别人传染给你，而别人传染给你的概率极小，让整个城市的人都戴口罩，无非就是防止病毒传染给你的这一点概率，那么还是否需要戴口罩呢？如果有感染症状了，应该马上戴口罩，在家里也应戴口罩，因为呼出的气体中有可能存在病毒。此时戴口罩，防护效率就很高，戴口罩可以预防自己将病毒传染给别人。第二，就是医生为什么戴口罩？如果我今天在欧洲接诊的不是新冠肺炎患者，戴普通口罩和 N95 口罩的防护效率是同样的，就不需要戴 N95 口罩。但是面对高度疑似新冠肺炎的病人，需要戴 N95 口罩，因为风险增加。比如你走在马路上，接触一万人当中可能只有一位新冠肺炎的患者，这么低的概率，即使你接触了这一万人，与新冠肺炎患者面对面说话就被感染的概率还是很低。对于这样防护效率极低的措施，代价是让整个城市的人都戴口罩，欧洲人就无法接受了。为什么中国人就可以接受呢？原因之一就是亚洲人，比如日本、韩国的民众本来就习惯戴口罩。另外一个原因就是很多处于潜伏期的感染者，佩戴口罩就不会传染给别人，防护效率很高。这种做法的好处是什么呢？中国希望能够把风险降到最低，如果大家戴口罩没有觉得不舒服，此时就戴口罩，没什么病人之时，就摘口罩。新加坡就不戴口罩，因为新加坡认为相较于全国700万人口，感染者只有几百人，发病率与德国一样，因此新加坡不戴口罩。进行评估之后，才决定戴与不戴。无论是防护他人传染给自己还是防止自己外传，可以肯定的是戴口罩还是有效的，无非是防护的效率和习惯问题。

最后一个问题，很简单——我们中国人在德国，要戴口罩吗？

张文宏说：我认为戴口罩有作用。戴口罩能够解决的事，还可以通过改变自己的行为来解决。第一，如果疫情发展很快，感染人数增多，此时戴口罩的防护效率就会提高。第二，按照目前德国的情况，一定要保持社交距离。如果上学，可以错峰搭乘公交，或骑车上学。在工作环境中，讲话保持一定间隔距离，可以用信息技术手段解决的问题，就不要当面接触。第三，德国民众本来也没有佩戴口罩的习惯，建议大家不要试图去改变他们的观念。第四，我们可通过改变自己的行为方式积极预防。比如华人圈内有人群体活动不戴口罩,吃饭的时候距离较近,这样的话,还要抱怨德国人不戴口罩,就不大对头。与其去说服罗伯特·科赫研究所,让大家戴口罩,还不如从改变自己的行为开始。希望大家能够理解德国人民的想法,他们的想法是有他们的道理的。在德国,按照德国的做法去做。如果不认同德国的做法,可以从改变自己的行为做起,比如减少社交,增加交往距离,错峰采购等等。

清清爽爽。仿佛与你面对面交谈,望诊切脉,推心置腹。

这一天 21 点,张文宏受中国驻美国大使馆崔天凯大使的邀请,给在美国的留学生和华侨华人做一个视频直播讲座。一般个人应邀参与的视频连线,张文宏会在他的华山医院感染科主任办公室进行。趁之前一个时间空档,正好回来看看科室同事。只是,这个时候,谁也不知道张文宏有没有吃晚饭,在哪里吃的晚饭。

"'张爸'来了。"科室同事看他穿好白大褂,戴上口罩,走进来和大家打招呼。口罩戴着,无法看到他的笑颜。眼睛有黑眼圈,是一对笑眼。同事、属下、学生可以从这对笑眼里看出——"张爸"心情尚好,有压力,但不摆在面孔上。只有在查房,会诊,讲一些要紧的事情时,"张爸"会严肃。这时候,他不是笑眼,是眼光正视,犀利起来,盯牢人看。

全中国的人们,已经习惯看张文宏的这双眼睛。

"张爸"来做啥?阮巧玲医生说,疫情来临,老师更忙。看不到他时,他应该在金山上海公共卫生临床中心,要么在本市各地督导防控工作。只要在上海,"张爸"总是力争隔一天回一趟华山感染病房。"每次他回来,会将最新消息带给我们,指导我们开展后续工作。让我们倍感鼓舞"。还有,阮巧玲医生发觉,"'张爸'应该是不睡觉的,无论何时你给他微信,他都会回"。

那是做科普——华山医院感染科微信公众号"华山感染"——成为民间爆款时。无数微信网友每天醒来,盯着公众号更新,看张文宏团队对疫情的最新解读。阮巧玲说,张老师牺牲有限的睡眠时间,经常通宵达旦,写作疫情分析文章。"一旦关注、长期感染……"有权威理性的数据分析,也有调皮诙谐的病例解读,连续10天,"华山感染"科普推送阅读量接近2700万次,最近几乎每篇都是10万+,最长一篇,点击量已超过1000万了。

早在这次疫情初期,张文宏就关照学生,拉一个微信群,及时跟进、分析疫情。一直跟着张文宏做精准诊治平台的艾静文与师姐喻一奇,以及其他6个师妹,都在群里。

当时，全国各省首例确诊的病例，都要先做出全基因组测序，交国家卫健委审核。上海市疾控中心承担这项工作，同时让华山医院的感染科做平行实验。"华山感染"做出测序后，先交上海市疾控中心。最后上交国家卫健委的，正是这个版本。张文宏和他的团队，做的不仅仅是在上海救治病人，还要服务于全国，特别是武汉和湖北。

张文宏带着这个团队，开始在"华山感染"微信公众号上持续发表疫情分析文章。一开始都是张文宏自己写，后来写疫情复盘、国际疫情分析的文章，需要大数据，便转由张文宏出思路，艾静文负责落地，组织师姐妹们找数据、资料，先写出初稿。最终稿，大部分由张文宏亲自执笔，因为其他人"没有那个笔力"。

"华山感染"微信公众号，是由虞胜镭在 2014 年 9 月注册。因为注册为个人号，所以每次谁要发文，都要让她扫码。公号维护，没有专人专职，王新宇、虞胜镭等一些年轻医生，自己写文章，自己排版，没人干涉，年轻人当家作主。当然，也没有报酬。

张文宏也"投稿"。2017 年，张文宏在乘坐的飞机航班上，写就《如何成为一个发热待查高手》。这实际上是他为华山医院感染科开办的为期 3 个月的"发热待查和感染病学强化训练课程"授课文案。这篇出手于几万米高空的"巅峰之作",行文天马行空,病理案例又近距离贴地,仿佛上海人说的"量热度",一只手就贴在人的额头上,体感十足。开场,张文宏如此道来:

有没有可能成为一个像翁心华教授(人称感染界的福尔摩斯)这样的临床高手?是花时间,不断地参加各种会议?是买无数本病例书,和疑难病例死磕?是把网络上下载的PPT都学习一遍?

还记得我们上中学语文课,有一篇《卖油翁》的文章,就是说要成为高手就是像倒油瓶,"唯手熟尔"。我们都知道,只要勤学苦练,就能得到结果。但通过看很多病人,就能成为翁心华教授那样的高手吗?

No!这种方法不靠谱!因为很简单,中国医生的病人数量全世界最多,为什么没有都成为翁心华教授这样的看病高手呢?

成为高手有套路,但是很难。

其实,这里有一个成为高手的套路。不过大家不要以为是什么捷径,我下面揭秘的不会是什么心灵鸡汤。

你以为拉小提琴就是一首曲子拼命练习吗?不是,这种练习叫傻练。什么叫真正的练习？是把大的那个知识体系拆碎成为一个一个小模块，成为一个一个小的知识罐头，然后分头去练，这叫练习。

我们在看一个具体的疑难病例的时候，就是让大脑的神经元同时激动起来，逐渐形成一个神经网络，时间长了你的大脑沟回就和真正的高手越来越像了。

为什么非要到华山医院感染科来训练呢？很简单，这里有200张床位，70%的病例是来自全国和周边地区的疑难病例，这里有独立的细菌/抗生素病房，真菌病房，重症感染监护病房，中枢神经系统病房，病毒和肝炎病房，综合发热待查病房，有和临床实时对接的分子诊断实验室。这里的平均住院天数是6天，那就意味着如果你愿意，理论上将会有机会在3个月的时间内和1000个病例过招，6个月的时间内可以和2000个病例过招。如果你愿意在每个病例上花上5个小时，那么你就积累了10000小时的有效训练。

但是……

事实上这是不可能的，6个月，180天。大家都不是不吃不睡的神仙。可能你学习的时间顶多只有1500小时，也就是说，和300个病例过招。这可能不能让你成为一个绝世高手，但至少可以独立面对各种复杂病例了吧?

电影《一代宗师》里面的一句话就是这个意思,"功夫就两个字,对的站着,错的躺下"。练功夫,就是需要给你即时反馈。

写到最后,张文宏坦陈:"今天的标题叫《怎样成为一个发热待查高手》,这我承认有点标题党,是虚晃一枪。因为表面上谈的是学习发热待查诊治的方法,但其实我谈的是做一个优秀临床医生的真相。"

而这正是每个"感染界的福尔摩斯"真正追求的……

几年来,"华山感染"公众号一直在稳定地更新。文章和排版像模像样,初始,阅读量仅几千。没有毛病的时候,没有人会关注生毛病的事情。疫情前,毛病有点起势,关注数突破25000。疫情暴发,公众号将张文宏的"把党员换上去"的视频推上,当天,关注数猛增13万。至3月,已破83万。阅读量最高的《WHO:大众如何预防新型冠状病毒》,阅读量达2043万。

网络世界,微信流转,各色人等,七嘴八舌。在华山医院感染科，有关"公众号"的话题，多有交流沟通。闲聊时，有人说起，现在微博上有文章，对张文宏不利。张文宏冷眼说："现在黑我的人蛮多的，我现在微博基本上都不看，不用理会。"过一会儿，张文宏还是会屏不牢，把别人的手机拿来，一个人翻看起来，一边看，一边说，哦，这种文章大家一看就晓得，荒谬。瞎讲有啥讲头啦。没事。

有人问，关于"无症状感染者"主题的微信公众号文章写好了，当天是否推送？张文宏说，此题目敏感，要仔细看过，还要先了解钟南山院士、李兰娟院士等各方说法。"网上还传言说我跟钟南山院士之间有矛盾，实际上我们关系很好，经常通通电话。"

张文宏说，"我其实并不是一个公众人物，只是一个专业人士，疫情结束以后，在专业领域，还是会继续发声。"

回到科室，张文宏像回家一样。谈及自己爆红，"张爸"直言："实非我所愿。其实，我只是一名普通的医生。家人也跟着被关注，他们睡眠受到了影响。"

感染科副主任邵凌云，与张文宏共事 20 年有余，不解："那些视频走红，社会上都疯转，我还有些想不通，'张爸'他平常就是这样的呀！"

有何想不通。那时候你认识"张爸",人家不认识。人家都是刚刚认识的。便说"张爸"的称谓,有年头,有来历。"这个绰号,老早就有啦。"邵凌云说,"'张爸'30来岁的时候,就已经是'张爸'了,这个'爸',便是科室里的事情,他样样都要关照好,一起外出,坐车子,谁先下谁后下,他都要管到位。你说他是不是就像家里的爸爸一样?"

张文宏长期执业于华山医院感染科,太平日子,全上海全中国,有几个会来挂门诊、挂专家号的?只有同事、学生,晓得张文宏,既有医生果敢干练,又有"大家长"的细心周到。

"很多人看了网红视频,谈起院内医护'排班',以为我们科室是不是之前的'排班'有矛盾。"邵凌云解释,"这可真是很大的误解。我们团队,凝聚力强大,有张主任在,像定海神针一样,我们都不慌。"

在"华山感染",主任张文宏外号"张爸",病毒研究室主任与科室副主任张继明外号便是"张妈"了。这次,张继明是华山医院第三批援鄂医疗队的队长,他与第四批的队长李圣青、护士长张静一道,成了华山医院的"全国卫生健康系统新冠肺炎疫情防控工作先进个人"。

作为十多年的默契搭档,"二张"经常保持着热线。不过晚上十点后,张继明很少给张文宏打电话,因为晓得平时张文宏睡得早，一般早上四五点起床，每天早晨六点多就到医院。所以有一种说法——考他的研究生，有问题要问，都在早上六点半。那时点，他脑子最清醒，有问必答，过时不候。但疫情暴发后，张文宏的日常作息节奏完全乱了。有时候赶稿子睡得很晚，所以经常出现黑眼圈，就不足为奇了。

与在美留学生及华人华侨代表视频连线，是通过央视新闻平台进行的。张文宏现场释疑解惑。

张文宏本色表达，轻松诙谐、深入浅出，这样的对话风格，甚得在美留学生及其家长、华人华侨好评。细致聆听，与之前的"德国杜塞尔多夫"连线，还是有所区别。源之于两地留学生所处国家不同，生活背景差异。其时，美国抗疫初期，尚未呈一副烂摊子乱象。张文宏表达如下观点：

1. 美国检测速度非常快，显示了美国的科技力量。检测快，降低了传播速度。

2. 美国人年轻人感染多，因为年轻人不戴口罩，社交活动多。

3. 美国的 ICU 病床的数量在全世界都是高的，所以就算在美国得了重症，也可以得到很好的治疗。

4. 欧美人都不喜欢戴口罩，是他们的文化决定的。你在美国要求别人都戴口罩，他们很难接受。加州得病率大约万分之一。为了这万分之一的概率，让美国人戴口罩，不仅效率低，而且他们很难接受。

5. 无症状携带病毒不是主流。

6. 在人群聚集的地方，戴口罩是必要的。还要保持社交距离。

7. 美国各州在早期抗疫不同步，这是正常现象。

8. 上海的防疫是 shut down，武汉是 lock down，上海没有完全封闭，居民生活影响小。

9. 隔离和检测都做得好，韩国很快控制住了。

10. 美国现存医疗资源和生产能力都很强。多长时间能控制住，要看他们采取哪种方式。我个人觉得美国政府会采取最合适的政策。

11. 就算留学生买的是最便宜的保险，这个新冠也是覆盖的。

12. 中国两个月经验，对美国是有帮助的。80%的人可以自己熬过去的。目前为止还没有确切的有效药品。20%的人需要氧疗，需要去医院。5%的重症更需要去医院。以美国的医疗体制，他们知道自己的极限是什么。意大利发生了医疗挤兑。

目前纽约的呼吸机配置是充足的。美国的 ICU 床位超过德国。

13. 发烧了，就多吃有营养的东西，鸡蛋牛奶等。要休息，不要哭泣。

14. 呼吸困难，走楼梯困难，就去医院！年轻人大概率没有问题。如果碰到住院困难，找大使馆。

15. 是否空气传播，要排除其他因素。洗手比口罩重要！99%的病人都能找到传播源。空气传播的概率非常低。密闭空间比如病房给病人插管时有空气传播。如果担心，电梯里戴口罩。电梯按钮用牙签。

16. 回不回国这个问题压力好大，要回来的，不需要三级防护（护目镜、防护服、头盔），穿得像太空人一样没有必要。N95 口罩就可以了。

17. 机舱高风险。保证长时间戴口罩。最大的风险是登机前。

18. 上海每天海关进入几万人，海关服务有时会有不到位现象。但海关能做到现在这样的服务已经不错了。

19. 去超市挑人少的时候，保持和别人一米以上的社交距离。回家以后立刻洗手。不戴口罩也没问题。保持社交距离，不要聚众吃饭。

20. "宅"和对生病的恐惧，会保护好你。

21. 学生问：纽约大学患病的学生得到了很好的治疗。需要购买什么药物防御？张文宏答：目前为止保健品没有作用。张文宏补充说：不外出闲逛比囤药强。华裔医生自己都不吃保健品。不一定要吃。氯喹的作用还需要临床数据验证，不建议服用。最好的药物是多喝水，多喝牛奶，不出去混。年轻人，这个时候不要到处瞎混。

22. 收到信件处理完，要洗个手。上海350个病人，都是有传染源的。所以，其他途径的传播概率很小。

23. 美国医疗条件和人员素质是没有问题的。体制问题，各州防疫不一致。但是他们的防疫是有数据模型推算的。峰值到来之前，宅在家里，不要聚会，勤洗手。全球疫情发展何时终结，事实上取决于控制得最差的国家，而不是控制得最好的国家，也就是大家常说的"木桶效应"。

张文宏是个医生，留过美，对美国的"现存医疗资源和生产能力"，心知肚明。他对美国社会的"不喜欢戴口罩"了如指掌，所以再三关照，"不要瞎混"。但美国政治，显然超出他的专业范畴，无法预判，"美国医疗条件和人员素质是没有问题的",但美国政治出问题,后来如此"野豁豁"①,没有人会想到。3月22日,福奇在接受《科学》杂志专访时,被问道:"你最近怎样?"福奇博士答:"有点精疲力竭。除此之外,我感觉还挺好的。我是说,目前来看,我还没感染上新冠病毒,也还没被炒鱿鱼。"

疫情暴发以来,这样的视频连线国际抗疫医学交流活动,接踵而至。中国积极向世界各国分享抗疫经验,专门建立疫情防控和临床诊治领域的在线"知识中心"和国际合作专家库。至3月26日,已通过远程视频的方式,与100多个国家和地区举办近30场技术交流会议。其间,张文宏马不停蹄,频繁现身,有"民间大使"之称。世界各国或地区,如英国、法国、德国、孟加拉国等,都有国际连线,只要安排得出时间,张文宏都积极参与,通过网上答疑,给全球华人和留学生提供及时指导。

---

① 野豁豁,上海话,形容言行出格,不着边际。

2. 常识

这是疫情期间,张文宏典型的一天。他几乎总是踏着时钟的一个一个时间点上,行进于这个城市的几条规定线路。在几个地点现身,做一些事情。误差以分钟计——最常规的是,早上6点,如果是在上海家中,离家出发,先驱车一个多小时,到金山上海市公共卫生临床中心查房,协调新冠肺炎患者的救治。下午或者傍晚,尽可能回上海静安区华山路乌鲁木齐路的华山总院。然后,披星戴月,回金山,为第二天早上争取点时间——在防控指挥部东楼,他的单人标房,落脚。疫情初期,他常在此地落脚,过夜。所有的会议、视频连线、媒体活动、报告讲座,诸如此类,穿插其间。

车上,张文宏开手机导航。他的讲述,或者与手机里的对话,经常被"林志玲"语音导航打断。问他——这些路线你几乎每天在走来回,为何还要开导航?张文宏答,我开车的时候,脑子还要想许多别的事情,根本没有时间和心相[①]来记路。像认路这样的事,交给导航了,不会走冤枉路。说着,"林志玲"语音又响起来。过后,他问——我们刚刚说到哪儿?

[①] 心相,上海话,心思,兴趣。

语音导航。再前面说什么？他与对话者努力回想。想起来了，我在打电话，有个项目申报，我们科的，可能过了申报期限，请管申报的"有关部门"负责人帮忙。这种事体，我也有求于人。我张文宏不是神通广大的，什么事体都搞得定的。好在，这些"有关部门"，都是熟人，大家客气的，有商有量。碰到我有求于人的事情，我也会说话寻寻开心，说要请人吃饭。诸如此类。人之常情呀。

日常生活里，社交圈子是不是很大，三教九流各色人等——做医生嘛，接触社会方方面面，结一张社会关系网，驾轻就熟。张文宏说，我人际关系很简单的。的确，如果要有一张属于自己的关系网，做医生的得天独厚，社会上什么人都有可能来求你。但你要晓得，这样的人际关系，那些应酬，会耗费你许多时间，耗费你许多精力，耗费你许多感情。有什么意思呢。年轻人，要出去"瞎混"，还好说说，我这样年纪的人，没有必要了。人际关系，说到底，保持距离，保持清净，这个是最要紧的。你帮得了别人的，不要推辞——你是医生，救人是本分。你要人家帮忙的，是真的有事情，那就不要怕难为情，态度诚恳，请求人家帮忙。人家对你基本上也是了解的——你平时的为人，大家看得见。人家帮得了你的，一般不会拒绝。这时候，搞点社交，还来得及的。平时嘛，专注于人际关系，弄得太吃力，太伤身体，或者搞出很多事体，就没有什么意思了。

重起炉灶，开始一个新话题。

3月30日，下午4点多，张文宏回到华山总院，先去往二楼重症病区查房。然后，他抓住艾静文等几位年轻医生，开个短会。艾静文是主治医师，疫情期间，是张文宏"抓差"最多的人，除了看病救治，还客串张文宏助理——协助处理文案、对外沟通、媒体联络等事务。

有许多时候，张文宏忙得像一根绷紧的皮筋。如果是常人几乎要崩溃。张文宏不会。他细致有加，忙里偷闲，经常弄点情趣出来，调剂气氛。华山医院感染病中心和复旦一所实验室一起，向法国巴斯德研究所捐赠一万个咽拭子。打包，装箱，贴纸。疫情当前，大有人发思古之幽情，在人类互相伸出援手之际，录古诗以怡情。张文宏唤人，取"笔墨"伺候。助手送上黑色马克笔与A4白纸。张文宏一笔一画，行文古朴，自右向左，录苏辙诗：

"艰难本何求，缓急肯相负。故人在万里，不复为薄厚。"

其间，张文宏想起，之前自己手书致中国驻美大使崔天凯亲笔信，遂关照一个年轻医生——明天要么将此信亲手交给上海外办的同志，要么让外办的人来取走。至于此信如何送达崔大使手上，他不晓得。

崔大使对张文宏百忙之中为在美留学生及华人华侨现场答疑释惑，专门写信致谢。信中，崔天凯称赞张文宏，"您的科学态度、务实精神、基于专业知识又'接地气'的解说，对于大家全面认识问题、做好有效防范、避免不必要恐慌，都极其有益、十分及时"。信中，大使还表示，张文宏亲率党员上一线的行为，"是我们学习的榜样"，"我和使馆的同志们会守好我们的岗位，打赢我们的战斗"。文末，崔天凯表示，自己出生在上海，疫情过后，争取能回到家乡看看，并拜访张文宏。

张文宏同样以传统书信体，用华山医院专用信笺，亲笔拟就、誊抄一封回信。张文宏在信中说，大使的信给人"见字如面"的感觉，字里行间从容而温暖。"谁能想到（此时）竟是当前的国际抗疫局面最为纷繁复杂与艰难的时刻呢？您在此时展现如此温文尔雅但又坚定不移之决心，彰显了中华民族的文化魅力。"

张文宏称赞崔天凯在疫情中坚守岗位，"您的话语不仅仅安慰了在美的留学生，更是安慰了这些留学生的父母"，"崔大使现在就形同他们的父母，时刻守在他们的身边"。

张文宏还表示，美国的疫情还在蔓延，如有需要，复旦大学感染病防治团队愿意为海外学子开放网络咨询通道，为留学生们提供可靠的解答，"这也是一份来自您家乡的问候"。同时，张文宏希望，抗疫胜利时，崔天凯一定要回家乡，"一起在您家附近的小酒馆里把酒言欢"。

4月30日，国务院联防联控新闻发布会上，张文宏表示，看到崔天凯大使的信后，"我非常高兴。我为我们的科普工作感到非常自豪。这并不仅是因为大使给我写信了，而且是觉得我可以帮到在海外的学子、侨胞。大使给我写信，就是告诉我，这些科普工作稳定了他们恐惧、焦躁的情绪，而且让他们了解了防疫知识"。

5月初，有媒体报道，中国驻美大使馆收到张文宏给中国驻美大使崔天凯的回信。这封书信走了传统的邮路，颇返璞归真。大使期待，未来在上海某个小酒馆，两人把酒言欢，"古今多少事，都付笑谈中"。

张文宏说起此事，连称——崔大使的字老好看的。大使是1952年生的，老派人。他晓得，自己不算"老派"，写的字，不管如何，是努力了。"现在是，这么难看的字，也拿出来了。"私下里，张文宏自嘲。

医生提笔书写，病历处方写多了，习以为常，总是要拿出来给人看的。张文宏就"拿出来"——捐给上海图书馆。4月

23日——世界读书日。上图策划展览"砥砺前行——2020年各界名家抗疫寄语手稿展"。2月初,上海图书馆馆长陈超便向张文宏发出书写寄语的邀请。张文宏执笔,在上海市公共卫生临床中心住地,用便笺,书写寄语"冬将尽,春可期,山河无恙,人间皆安",拍照发至上图。当日,即被大量转发。后得知,上图是要一本正经办展览的,张文宏特地用毛笔和墨汁,重新书写一份。这是上图在此次布展前收到的最后一份寄语原件。好看难看,无所谓。张文宏一定对崔天凯大使的一手好字印象深刻,遂将大使亲笔感谢信原件,一并捐赠。

2020年3月31日,上午,张文宏照例去金山公共卫生临床中心查房;午后,没有午休,参加两个连线活动。他的博士生、去年毕业留在华山医院的李杨,一直陪在身边。在李杨设置网络连线的空隙,张文宏喝杯咖啡。做完第一场与复旦的专场连线后,确定下线,李杨再来帮忙连线另一个场子。

张文宏退一边,从自己硕大的双肩包里,掏出领带系上,这是准备与"台湾中天新闻"连线,对此类重大的视频连线,张文宏有点讲究,正装亮相。近年来,他参加类似活动,着装基本是金色纽扣的深蓝色西装,配若干件衬衫。这身行头,凑近看,西装左肩胛至前襟边沿处,长期与双肩包背带摩擦,显旧。

连线结束后,他启程,去上海市疾控中心参加一个会议。会毕,晚6点钟敲过,开车回华山总院。一边开车,一边用外放打电话。不算违反交通法规。遇堵车,点踩刹车,一边捏手机,一边看上面的文档。过了堵车路段后,正常行驶,将手机交给副驾驶座上的李杨。李杨读,张文宏听。

再遇到红灯,张文宏打哈欠了,头在方向盘上靠一靠,左手抱胸,右手拇指食指在两眼之间揉压——做学生时代的眼保健操第二节"挤按睛明穴"。他疲惫至极,垂首,闭眼,问李杨"无症状感染者"的研究进度,再追问——要联系的人是否已经联系。

晚7点,回到华山总院。

有许多时候,张文宏的状态很疲惫。于是,便有他"咖啡续命"一说。

他喝咖啡。在他的华山医院感染科主任办公室里,紧挨办公桌的,便是一只咖啡机,他打电脑的时候,胳膊肘时不时会碰上咖啡机出水口。他说,这只咖啡机——老好的,一只口子出来浓咖啡,一只口子可以放出来稍微淡一点的。他这样说着,喝一口咖啡,像煞做咖啡系列产品代言。

"现在人家注意我的生活,连喝咖啡这样的细节也不放过。他们的意思就是,我老吃力的。忙一点又有什么奇怪的。"张文宏反倒有些奇怪,"你选择了这个行业,就是选择了负重前行。"比起那些在武汉一线作战的医护人员——你觉得如果要关注,谁更值得被关注?

有采访的记者,想要探寻他的个人生活,张文宏立即叫停:我们医务人员只想救好病人,不需要讲自己。

张文宏气定神闲,态度不卑不亢,来自他自身以及所带领的华山医院感染科的实力。

张文宏是个医生。医生的情感是不是比较细腻?更注重细节?问他,一边看他的表情,面部反应。他也看牢你。当问他问题他又不大想回答的时候,他就这样看牢你。这是职业医生的样子,就像在对你说:我是医生,只有我来看你的毛病,你看牢我做啥?

还可以吧,他回答。不得要领,但他会做给你看。

一个人的语言魅力,在于他讲给你听的是生活常识,而常识自有其魅力,在于"一听就懂,没有人会反驳"。张文宏的话语里有许多重要科普,太常识,常识到是幼儿园的小朋友水准——新冠不仅完全可以预防,而且预防方式简单:保持社交距离、洗手、戴口罩。

"我没有看到哪个人这三点都做得特别好,还被感染的。"张文宏给人一颗基本常识的定心丸。你再听不懂,听不进,你连幼儿园小朋友也不如。

说点大的,中国只是采取了最适合我们的方式。张文宏此说法,有别于通常的"我们可以被人抄作业"。低调得太多。心态不同,张文宏表达的是对常识与科学的态度。哪个国家不想在短时间内抗疫成功,过太平日子。但不是每个国家的民众都能配合得非常好,不是每个国家都有以"人民至上""生命至上"为执政理念的政府,不是每个国家的政府都能够这么说话算数,有说得到、做得到的行政执行能力。放眼全球,基本上没有哪个国家可以如中国那样——说闷就闷,说屏牢就屏牢,说上一线就上一线,说捐款就捐款……中国这作业,不是随便可以抄得出来的。

疫情严酷,人易动感情,情绪波动。捐款捐物,人之常情。但也有人比拼,甚至非议不捐助的明星、企业家。张文宏的意思——算啦,这没有什么好攀比的。学生呆在宿舍里学习,Boss让员工安心呆在家里,都是贡献。"你老是给我们捐什么东西,捐这个,捐那个,其实我不需要的,你只要自己的员工在隔离点或者自己在家里工作,你就算他上班嘛,那你不是也对社会做了重大贡献？所以这个节点，全国没有一个人不做贡献。"

世上最神奇的，不是传说中的神乎其神之物，而是常识。最令人感动的，也是常识。

常识有多种形式，表达也多种多样。钟南山院士是楷模，万众敬仰，连同钟南山院士八十多岁高龄还有一身肌肉。张文宏说，你们别期待啊，在我这儿估计看不到肌肉。运动很好，但太累了。买过几次健身卡，一年去两三次，还有一次用了几个月，健身房却关门大吉了。钱被卷走。如此，没有肌肉。

我就爱看"无聊"的连续剧，不会太费脑，让自己可以很快放松下来。

说的也是常识。就像发生在自己身上一样，大家十分体悟。

提倡分餐制，张文宏竭力推广——分餐制解决了公众一起吃饭，把口罩摘下来以后该怎么做的疑问，是非常重要的，给生活恢复常态化提供了"武器"。

张文宏说，分餐是一个概念。比如说豆沙甜汤，每个人用自己的勺子去舀，那这锅豆沙汤团，就是一锅洗调羹的水。但是，我们在外面觉得恶心，在家往往就不觉得。还有，拿自己筷子给别人夹菜，在中国认为是好客的表现。张文宏指着同台出席论坛的复旦大学上海医学院副院长吴凡诙谐地说:"你说,如果吴院长给我夹菜,我到底吃呢还是不吃?"

张文宏科普——新冠肺炎疫情大部分是通过呼吸道传播,但唾液里有大量的病毒,所以这次疫情有很多情况就是一家人得病。因此从流行病学的角度来说,分餐制是很重要的事情。最可怕的是什么?是别人用自己的筷子给你夹菜。

张文宏当然会说点专业的给你听:"我们读的这个专业,知识面很广,涉及吃饭喝酒,睡觉做梦。所以对用餐的卫生标准更严格。你看到的是菜是酒,我看到的全是病毒细菌,还要夹给我吃,怎么可能?现阶段,吃饭用分餐制,是我们可以做到的。所以分餐制不是倡导不倡导的问题,是你一定要做的事情。你今天不分餐,就是裸奔,很危险。想想就很可怕。睡觉也不踏实。"

复旦大学上海医学院副院长吴凡说,不能封锁生活,生活要缤纷多彩,两者要平衡。公勺公筷分餐制,就是找到平衡点。中国的传统习俗,关系好才一锅吃,分餐感情在哪里?其实不然。吴凡表示,分餐不仅防止传染,还涉及营养问题。分餐好处,吃多少,都在眼前,看到总量,也看到不同菜的搭配。品种上有概念,总量也有控制,对摄入优质蛋白有所帮助。

在大家的想象中，医生博士专家学者都是一派温文尔雅彬彬有礼的样子。张文宏说，不是的。专家到了这份上吧，我看了，脾气没有一个好。每个人都极端自信，吵架是经常的。大家看到医生都是文质彬彬，那都是假的。水平越高的医生，脾气越大。但是有一点，每个人都抱着对病人极端负责任的态度，否则我们吵什么呀，你好我好大家好，对不对？最后达成一致，怎样对病人最有利就怎样去做。

张文宏最让人听得进的一段话，是他对"老实人被欺负"的理解。他说，像我们在社会上，大家经常感觉老是被人欺负。事实上，年轻人成长的历程难免会一路坎坷。等你自己资历变高了以后就要善待比你年资低、权力没你大的人。我们被人欺负的时候，基本上可以做的事只有两件：一是人家怎么欺负你，你就怎么欺负别人，此不足取；另外一个是多读书，成为境界更高的人。当你境界更高，就可以正确对待社会上的竞争，你也晓得善待他人了。

善待他人，是一种做人的基本道理。也是常识。有很多地方、有很多方式可以善待他人，这取决于你是多高地位，有多少权力。张文宏说，我是科室主任，"不欺负老实人"，在我这个不到五十个人的地方，我可以做主，可以做得到。我不是非常鼓励大家加班加点，这本身也不怎么人道。我们没有理由叫

"听话的人"不管自己的家庭,在这里无休无止地工作。除非你热爱得不得了,但对很多普通人来说,它也就是一份工作。你不能用"高尚"这些词来绑架别人。医护人员最需要什么?张文宏说,他们最应该有免于受伤的权利。但放到大社会上,我不能保证老实人不被欺负。社会法则里,没有什么"老实人"的明确界定。在自然法则里有弱肉强食,但是我们人类社会应该努力去避免。

人们听得进张文宏讲话。张文宏心里晓得——这事儿出来,因为我懂这事儿,所以大家喜欢听我的。你以为大家爱听我讲话啊?等这个事情过了,大家该看电视的看电视,该追剧的追剧,谁要看我啊?等疫情结束,大幕落下,我自然会silently(安静地)走开。

张文宏之语,大道至简,都是简单的词儿。他说,我讲话,你听得进去。如果全部是我们医生之间说的那些话,你听进去也没用,你不懂。讲给你听的话,是你听得懂的。但你不要以为这些都是常识,小朋友也懂得,你懂了,就不当一回事儿。是啊。都是俗词儿,没有什么特别风雅,当然也无伤大雅。

3. 仁心

3月26日晚,张文宏回到华山医院感染科,作为党支部书记,在很短时间里,开了个支部会议。然后在发热留观病房查了一次房。他召集负责医生,详细了解病人病情、生命体征、用药情况及情绪状态等。常规的查病房,但他一样全神贯注,还不忘安抚留观病人。

周岘医生,曾跟着张文宏抄方。他看到过张文宏一张别样的"处方"——一对年过古稀的老年夫妇来看门诊。张文宏询问病情后,发现老夫妻俩年事已高,听力下降,腿脚不便,身边无年轻人陪伴。于是,取一处方纸,翻过来,在背面一笔一画地写着——

"1. 先去挂号收费处缴费;2. 去1楼抽血;3. 下礼拜一再到1楼拿报告;4. 下礼拜一拿到报告后到××号诊室给我看;5. 不要再挂号!"

众人皆知,医生写病历写处方,字迹潦草,俗称"天书",是医生写给医生看的,病人看不懂。为了争取时间接诊更多的病人,张文宏的病历书写得也快,甚至有些潦草,一般人基本看不懂。但这一次,不一样。

周岘医生称:"张老师平时门诊病历写字还是很快的,字迹也有点潦草,但他写给老夫妇的这张便笺上,字写得很大,很清楚。那一刻,我就被老师暖到了!"

张文宏待病人很好。刘其会医师说,三甲医院的门诊,向来嘈杂拥挤,但恰恰是在这个不足四平方米的空间内,张文宏用实际行动诠释什么是"好医生"。

他查病房问诊的时候,大多会坐在会议室中央,听汇报,一边在想。仿佛在想象病人的样子,或者病毒的样子,还有对付病毒的方子。

病案逐一汇报,症状分析,病情趋势,其间有诸多逻辑推理——讨论用药剂量,甚至还包括病患与家属心理、家庭成员、社会关系、家庭经济状况分析……一番"纸上谈兵"后,张文宏要去病房。

"我要去看一看。"他说,"我们医生经常讲要做'临床',什么叫临床?就是临近病床。"在他眼睛里,每一个病人都是有新意的——他的意思是说,没有两个完全一式一样的病象。来一个,是一个。

2013年,一名男孩在苏州被查出患罕见腰椎嗜酸细胞肉芽肿,历经手术和13次放疗仍然高烧不退、昏迷不醒。

束手无策的当地医生辗转联系到正在出差的张文宏,希望张文宏"过来看看"。张文宏连夜赶到苏州医院,为男孩"看看",他提出调整用药,并帮助孩子转到华山感染科住院治疗。终于转危为安。

时临春节,孩子因为用药敏感,引发双脚剧痛,再进华山感染科病房。张文宏主动帮助联系各科专家前来会诊,一次次地调整用药。

某夜,患者睡着了,陪护的家属睡眼惺忪,懵懵懂懂看到张文宏的身影,他们都不敢相信——这么晚,大专家张文宏还会来查房。

张文宏说,我过来看看,看到孩子病情稳定后,我就放心回家。

前几年,某男去外国沙漠地区旅游回来,手肿如蹄。投医华山医院感染科。张文宏晓得,感染科"怪病"多,大多数看也没有看见过。眼前便是一个。轻轻触摸其手,此人疼得眼泪直流,说话带喘。"看着心里非常难过。"张文宏说。病人告诉张文宏,曾辗转去美国诊治,那里的医生会诊后说——截肢。老干脆了。心有不甘,再回来,求医,边说边哀求:"帮帮我,我不想成为残疾人,家人还指望我。"

张文宏说——你这是马拉多纳的上帝之手啊。是一只冠军的手哦。人家左手摸右手,没有感觉也要白头偕老。你如果一只手没有了,另外一只手摸不着了,白头偕老也要完结了。就为这，我也要保牢你的手。

病人一听，忘记疼，笑起来。

"有点像创伤弧菌引起的。"张文宏心里有点底。抓紧时间，时间就是"一只手"。他与同事们连夜加班，做无数次的求证，最后，次日上午便证实病因，探讨医疗方案，对症下药。患者的手奇迹般地保住了。病人复诊的时候，连声道谢。张文宏说，不用感谢我，是你的左手太太舍不得跟你离婚。你现在摸上去，感觉老好的。

病人再次被逗乐，说，医生是再生父母不假，是千年难觅的"超级红娘"也对。

有病人，知识分子，喜翻书，会"百度"，自己身上的毛病，先按图索骥般地自查。看医生，什么都要问，要"知情权"，什么都要弄得一清二楚。张文宏带着团队医生去查房，老先生问肺炎重症的医疗过程，用什么什么药，是否有效，其他什么药，是不是更有效。医生见其"很懂"，便很专业地解释一番，言毕，老先生摇头——我一句没听懂。张文宏一旁插话："就是现在临床试验结果没出来前，试用药就是你的女朋友，等结果出来后，你就知道她是不是你的老婆了。"

老先生听后，笑出声："我懂了，我懂了，就像我跟我家老太婆谈恋爱，没有结婚之前，一切不作数。"

查病房至尾声，像一次涤荡一切的清扫。"扫帚不到，灰尘照例不会自己跑掉。"疑难杂症也许还是有疑难，病毒犹存，细菌还在，但先可以做点什么，杀菌消毒。收起一点眼泪，点起一点希望的火苗，成为慰藉病患和家属一个方法。不要轻信手到病除，或者药到病除。大多数可以看好的毛病，其实不算毛病，是人体本身的免疫力丧失，再得到恢复，医生不过是帮助做到了恢复。大多数看不好的毛病，人体本身的免疫力衰减，直至医生也无法恢复。

类似生死之间的话语，医生不一定都会说给人听，其实平时已经说过很多，听者没有毛病的时候，万众一心，听过算数。但现在我们要记得，什么叫"仁心"——这是尊重每一个生命，既不俯视，亦非仰视，以真诚的心态，平视世间万物。

用不着数据，也不是全写纸上的病例或处方。每个人都是活生生的、掌握着自己的编年史的个体。他们是人民，是国家，是整个地球。

关于查病房，有一段子——张文宏查病房，事毕，有记者从旁询问："这次查房还顺利吗？"张文宏回道："你吃完一顿饭，会问自己今天吃饭顺利吗？"

家常便饭。张文宏如此硬核喊话，底气十足。在日常医疗救治中是如此，疫情暴发的非常时期，亦如此。此等自信，源之于"我们团队，医生护士都很优秀，经验丰富，非常令人放心。短短几天时间，已经梳理形成了大量的流程、标准，同时根据国家发布的最新指南不断地在更新，部分也是为了供同行参考"。

张文宏还说："其实也不是非要我查房，但我为什么坚持一有空就去病房？主要是为了给我们的团队鼓鼓劲，加加油。"

私下里，张文宏说："我喊出一线岗位全部换上党员，没有讨价还价。我自己呢？我要为我讲出的话负责，也就是，要做出样子来。"

许多年来，医生拿红包，似乎天经地义。说老实话，身患顽疾，病家给主治医师递个红包，有许多时候，也讨了个心安。许多人还为送不上红包犯愁。这是事实。

张文宏是这样看待这个事情。"我理解病家的心情。但作为一个医生，无论红包多厚，我都不会因为它毁坏掉医生的形象……"

话似乎讲得太严肃。张文宏又说一句："很多病人其实经济并不宽裕，本应把钱用在治疗上。"

这话真的不是口头说说的。几年前，张文宏接诊一个男孩——脑外科手术后合并中枢神经系统感染。华山医院感染科会同相关科室医生精心准备治疗方案。男孩病情得到控制。张文宏查病房，他一贯做法是——看病情，也看病人的心情。这一次，他发现病人与家属似有不悦。不解，细询之，病家道出真相——原来病人是家中小弟，其治疗费超出预算，将其姐上大学的一万元学费给开销了。由此将造成姐姐辍学。

不读书，这哪能可以！张文宏当场与参与救治的华山医院神经外科主任医师秦智勇商议——就一万元的事儿，我们俩包揽下来，如何？我捐 5000 元，你也捐个 5000 元。

张文宏当然心里有数——秦智勇，这人心肠好，跟他开这个口，出 5000 元，非伤筋动骨，不会回绝。秦智勇医师当即说，你先给上一万元，我马上打 5000 元给你。这两人一拍即合。好人合伙一道做桩好事，岂非快意。张文宏记得，两人前脚讲好，后脚张文宏还未回到自己的医生办公室，手机转账信息通知——5000 元到账。

有老年病人出院。一家子，提大包小包，要赶火车，在华山医院门口候车。张文宏开车出院门，看到后立刻按下车窗，"快点上来，我送你们去火车站"。病人一家老小感激不尽。

"那病人的老家是盱眙。"张文宏记得，"当地盛产小龙虾，后来还专门快递送到华山医院。有时候病人看好毛病，送点水果鸡蛋之类的土特产，我还是收下的。人家也是一番心意。再说也不用很多钱。你看到我办公室地上放的两大包面饼，也是农村人送的。农村人用他们自己朴实的劳动方式来向你表达朴素的感情。你硬要拒绝，我觉得不大好。这正是农村人好的地方。所以，我对农村人一直老好的。"张文宏说这话，态度严肃认真。

唯大英雄能本色，是真名士自风流。张文宏自有其抱朴守拙之古意，朴实无华，名士之风，景而仰之。网络世界，万人称颂，互联网上，通常做法是——点赞，留言。其中不少是张文宏曾经的病人或病患家属。他们会想起来——

"十年前张主任给我孩子看过病，不但医术好，人也非常绅士儒雅暖心，一边看病一边夸孩子聪明，让我们不要紧张。知道我们是外地的，还主动把自己的手机号留给我们。"

有人称张文宏为"神医""仁医"——一场疫情，公众熟识张文宏，已如自家亲人一般。街谈巷议，见识其对疫情的精准分析，领略其口才风采。张文宏和他的话语，他的人品，甚至相貌特征，均为谈资。是一个热点。网友讲述——一个偶然的机会，旁听得知张文宏医生经手一治疗案例，啧啧称奇。

"病家不用开口，便知病情根源。说得对，吃我的药，说得不对，分文不取。"现代京剧《沙家浜》台词，流行于半个世纪前。剧情与医家无关，乃中共地下党县委"程书记"，为解救受困于沙家浜芦苇荡的新四军伤员，扮行医郎中，至春来茶馆，与阿庆嫂、沙奶奶接头暗语。那些上了年纪的网友，便是在咖啡店闲聊，不经意间，聊起张文宏，随口念白，兴之所至，起唱腔，西皮二六："病情不重休惦念，心静自然少忧烦，家中有人勤照看，草药一剂保平安。"故事由此，细细道来——

当年黑龙江"插队"同学，多年前大病一场，不幸中之万幸，死里逃生，称其运气好，命大，逃过一劫。其实当时病重，自述肝腹水已压迫至胸腔。原来担任主治的主任医师，束手无策，一帮"黑兄黑妹"，深为担忧，似乎此番在劫难逃。事情反转，是有一位国外回来的主任医生，接手治疗。数月后，竟硬生生地将此病患从死亡线边缘拉了回来。这些年来，活得很好，忙里忙外，一点看不出是鬼门关里转了一圈回来的人。老同学透露："你们可知，给我治疗的医生为谁？""是谁？""乃张文宏也。"众人惊道："张文宏不是华山医院感染科的吗？""我的肝病正是属于感染科的。"同学说，原来自己所在的医院主治的主任医生，最后想到张文宏，力荐，并当即联系张文宏过来会诊。张文宏接了电话，说正在开会，会后即到。下班以前,张文宏如约而至。还记得,那时候,张文宏是骑自行车的,从华山医院到与华山医院有协作关系的地段医院来。过来以后,闲话不多,当场查看各种资料,安排查体。对病患说,按我的办法治疗,有50%治疗成功的希望。病家暗喜,又存疑,一般碰到这样的疑难杂症,医生不大会打保票,百分之五十的保票也不会打。张文宏敢这样讲,对一个濒临死亡之人来说,几乎是重生之曙光。就此可以看出,张文宏之坦诚、自信。不同凡响。接着,张文宏医生开处方,吊上各种药物,还关照,每天要检查排尿数量,排尿够数量了,就有希望了。另外,张文宏告诉病家,尽可能弄一些球蛋白针剂。张文宏说:"我这里只有两针,今天先用上,其余的,希望你们通过一切办法去搞。"张文宏最后关照,要准备持久战,这是一场大战役,论持久战,晓得吗?就是先战略退却,然后战略相持,最后战略反攻。到了反攻阶段,光明就在前面了。一番幽默之语,同时鼓舞人。令病家感动万分。按照社会通行惯例,也是对张医生的真心感谢,病家取出红包。不料,张医生一口拒绝——

你们治病买药需要很多钱,你们给我红包,老实说,我也会交给医院纪委的。对我来说,这只是增加我们医院纪委工作的一个记录,有啥意思呢。对你们来说,这是救命的钱。张医生如此坦诚，病家作罢，心里还是忐忑，不知张医生能否尽心尽力。啥人晓得，自张文宏接手后，除了忙于华山医院日常工作，每隔一天，准时骑着自行车过来查房。从未耽误。有一天，张文宏便说——第三阶段也胜利了，大功告成，你可以迎接解放了。病家看到一片光明。待张文宏走后，其他的医生告诉病家，你们可晓得，此次治疗成功，全靠张医生，他开出的处方，用药剂量之大，换了其他医生，想都不敢想。人说，艺高人胆大，由此可以看出张文宏医生的精湛医术。网友留言道：

"这是发生在我身边的事，我觉得一定要将它写出来，以颂扬张文宏医生，也颂扬一大批在医疗战线类似张文宏医生的医护人员。原来我准备的题目是《神医张文宏》，后来一想，这只是颂扬了他的起死回生的精湛医术，还不能包括他的医者仁心的医德，我想到，在抗疫期间，他一句将第一线的医护人员都换成共产党员，感动多少老百姓，也激励多少共产党员的责任心和不忘初心。这一句话，不是平白地喊出来的，是他内心的真诚表达。'水管子里流的是水，血管里流的是血'，这一刻，我对他在疫情中能喊出这样的口号，更能深刻理解，也升华了我对此文标题的认知。所以我决定用《神医和仁医张文宏》，不仅颂扬张文宏医生的精湛医术，更想赞扬他医者仁心的医德。"

作者还特意备注：我是旁听者，由于感动，就写了这篇小文，如有不实之处，文责自负。

网友说的这个故事，引众人好奇，又发掘出张文宏另一个故事——有人在电视台的一个节目里，看到有中国援非员工，得怪病，求医不得。无助之际，张文宏所在团队的卢清医生得知，判断这可能是一种罕见的感染性疾病，随时有生命危险。后经张文宏如福尔摩斯一般的推理、验证，得出患者被"布氏冈比亚锥虫"感染，随后，他们从瑞士日内瓦进口特效药，在72小时之内，患者得到救治。

有一位网友，挂过张文宏的门诊，留言称："我因为长期发烧，去看过他的门诊，他直接给我说，你没病，你就是最近生活有点不顺。"

另有女性网友，在"被医生误诊是一种什么体验？"的问答里，提到张文宏——家人在被误诊后，转院至华山医院，主治医生恰好是张文宏的学生——"我们的主治医生更赞，效率高又很专业，同样没架子，他给我老公做腰穿，一直开玩笑拉家常，又说让我老公改变生活习惯戒烟戒酒"。网友接着说：他们（整个医疗团队）都很优秀，听病人说他们都是张文宏教授带出来的，百度一下，搜索出的只是说——很厉害的感染科教授,病友口碑更好,我们病房有个家庭条件很差的,张教授免了很多检查费。五一劳动节那天放假,张教授还过来查了房,病友看到他都很开心很激动,毕竟是救命恩人。听病友说,大年初一他也会过来看病人。

这些温暖人心的事,张文宏经常在做,但他总说:"这些都是医者本分罢了。"

三十多年前,有个医生到上海徐家汇枫林桥,进上海第一医科大学,查询本人研究生考试成绩。校园内徘徊,正遇冷空气突袭,气温骤降。此医生便找到学生宿舍避寒,在楼梯口,碰到一位学生模样的,此同学看对方面孔陌生,晓得是外面来咨询的学生,冷得有点吃不消,忙回宿舍内,取自己毛衣送给素不相识的"准同学"。

现在晓得,这个送毛衣的学生,是张文宏。

"我将牢记尽管医学是一门(严谨的)科学,但是医生本人对病人的爱心、同情心及理解有时比外科的手术刀和药物还重要。"此语出自希波克拉底誓言,每个医学生读书辰光便奉为圣言。对张文宏而言,贯穿于他每一次问诊,及至整个职业生涯。

有许多时候,张文宏很严肃。他的学生多有领教。"病人的要求,我们就要尽全力去做!你耽误一两天也不行,赶快给我出方案,出结果,什么时候出,现在就定下来!"

"你在做全国耐毒药结核多中心研究,现在病人就在你身边,我们为什么不给他最精准的治疗?"

在华山西院查病房的时候,分析一个脑部感染的病人病情发展态势,张文宏忽然发问:"你们有谁知道这个病人是怎么到我们华山医院来的吗?"众人不解,面面相觑。"我告诉你们,他是自己开车从杭州到上海来的。这只有我晓得。但这说明什么?说明一点,他之前的病灶,没有明显症状。做医生,当然是看病,但更要紧的是,看人——看这个病人,理解他,尽可能地了解他的全部。"

这便是"张爸""凶"的时候。在学生的记忆中,这些刻骨铭心——"张爸"凶,百分之九十九是因为病人。学生就此也记住,"张爸"眼里,"病人永远是第一位"!

2018年初,重症病房曾发生一起抗耐药菌交叉感染事件。之后,很长一段时间,张文宏查房时,总是手拿着手机,看到什么,随手拍照、录视频,一番操作。有护工在给病人翻身擦背时未按规定穿好隔离服,他录下来了,发给护士长周蕾。他随后下死命令——绝不允许耐药菌感染病人发生交叉感染。不然……他要采取严厉措施。所谓"严厉措施",后来他常板着脸,一句话挂在嘴上:"扣三千块钱。"

挂在嘴上。实际上从没有人真被扣过钱。

张文宏在科室还有一句话经常挂在嘴上,那便是"有谁想当主任的,赶紧提出来,我当个老教授就好了。看门诊,看专家(门诊),皆可"。感染科的每个医生护士护工,听得耳朵出茧。

自诩"老教授"的张文宏,看门诊,独有妙招。

疫情之前,张文宏的常规是,每周一,出华山医院总院的特需门诊(挂号费318元),半天。每周四,出感染楼里的专家门诊(挂号费50元),半天。这两个门诊,均限号,每次20人。张文宏想多看点病人。2018年,他在周一下午,主动给自己加了一个普通专家门诊。普通专家门诊不限号,挂号费为50元。来看病的,85%以上都是外地人,感染病又是一种"穷病",张文宏最见不得这些人为了挂号被医院门口的"黄牛"宰——作孽啊。他接诊,看毛病,第一件事情,便是提醒病人——下次来复诊时直接找我加号,不要挂号。

他还有"分身术"——同时在两个诊室摆开门诊接诊,各配有学生从旁相助,他从门诊室后面的医生通道,两边跑。张文宏脑子活络,脚头也快,两间诊室都不耽误。效率翻番。

艾静文读大学，是临床八年制的。大六的时候，实习轮岗，随张文宏出门诊。有时碰上病患难缠，便没有心相，嘴上嘀嘀咕咕。"老教授"张文宏心相好，告之："你知道中国人平均工资是多少吗？这百千把块钱，你也许觉得没什么，但对这个人来说，可能就是很大一笔钱。"

"感染科的岗位是很艰苦、很危险，但必须要有人去做。因为这不仅关系到一个病人，一个医院，还关系到一个城市，甚至一个国家。"张文宏说。一位同事这样点评张文宏——

"他就是个'超人'，为病人，为团队其他人都可以安排得妥妥当当，最后才会想到自己。"

"我只是你们工作中的匆匆过客，而你们是我的人生转折。"很多患者给华山感染科送过锦旗，这一面，被张文宏留下来，挂在了墙上。他经常会看上一眼。

同为复旦大学教授的著名作家王安忆——当然是中文系教授——回忆一次担任本校研究生面试考官的经历。一个报考临床医学的女生说，安乐死是一种"奇怪的人道主义"。王安忆问，是因为关系到亲人的感情吗，女生说："生命本身就有价值。"王安忆希望，本校不要错过这样的考生。

有许多人喜欢将王安忆与张爱玲作等同比较。王安忆对此女生以及"生命价值"的肯定和珍视,是她觉得自己与张爱玲之间的根本不同之处。"我和她的世界观不一样,张爱玲是冷眼看世界,我是热眼看世界。"

张文宏是临床医生,也是一个"热眼看世界"的人。他说过,他对每个疑难病例,都会在心里"盘"。有许多时候,他便是这样在"盘算"——思想。语言会变少,思想就出来了。这是他的原话,也是他的经验之谈。经验是需要反复思考来夯实的。所以,他对于如何走出狭小的生命体验这样的课题,不会太焦虑。令其焦虑的是,作为医生职业的"临床"——面对生死在自己手中翻云覆雨之间,一双热眼——对生命价值的肯定和珍视。一个作家与一个医生不谋而合。

临床经验就是这样。他在内心"盘算",并非仅仅是推进治疗,而是完善治疗,以及沉浸于此的感同身受。对于医生来说,张文宏与大众有超强共情力。这是他得到大众热烈欢迎的关键。他大多数的语言,是在梳理自己工作和生活中感悟到的东西,以及由此产生的困惑,但有些时候,纯粹与写作一样,为了完成一个精彩的叙事。医学叙事与文学叙事一样,将生活和一个人恢复到原来的样子,也就是健康与快乐的样子。

4. 瑞安

1969年,张文宏出生于浙江省温州市瑞安县。

县城,城乡接合,农工商学混杂。动荡年代,辅以三教九流、五行八作人等,构成一种农商为本的城镇生活。

张文宏的父亲,本城某工厂的"技术员"。有点出类拔萃。"我父亲是浙江大学毕业的,也算知识分子,但那时候,在我们小县城,没有什么职称的概念,一般就叫'技术员'。我母亲,是个普通的小学教师。他们都是老实人。"

城镇一户老实人家,由工而学,由教而知识化、革命化,而后,以求学之路的故事为主线——张文宏标记自己少年青春记忆的地标,是瑞安一个叫城关镇的地方。一个记忆宽泛的小镇——老街、小桥、平房、院墙……一些地名——小东门街、水心街、文化巷、道院前街、堂横巷……"打铜担"穿街走巷,一路发出很独特的声音——嘭哧、嘭哧……去了来,来了去;脚踏车,手扶拖拉机,夹在慢吞吞的行人当中;街面房子和道路,整日湿漉漉;常年雨量充沛,还有台风;一番雨过,江头绿涨。这是张文宏曾经生活的一片区域。有许多时候,甚至不是一个地域概念,更像是一种生活方式。

瑞安有山,有海,有江,有河,有湖;主客交集,水光山色争妍。人物关系自然交织，于张文宏童年生活，纵横密布；有故事，有话语，诗情画意。单就"瑞安"之名，起于祥瑞之地，成于文化之功。千年文脉，人文渊薮，大家垂范，素有"东南小邹鲁"之誉。

清嘉庆《瑞安县志》载："天复二年有白乌栖县之集云阁，以为祥瑞，更名瑞安。"清乾隆《瑞安县志》载："唐天复二年有白乌栖于集云山，诏改安固为瑞安。"梁沈约《宋书·符瑞下》记："白乌，王者宗庙肃敬则至。"

白乌，白羽之乌，自然界所罕见，历代史书常有提及。白居易诗："此乌所止家，家产日夜丰。"比白乌作瑞物，赋予祥瑞之意。《东观汉记·王阜传》记："甘露降，白乌见，连有瑞应。"

1976年，张文宏入城关镇第一中心小学，开始其求学之路。这一年，中国结束"文革"动乱。百废待兴。

城关一小——如今的瑞安市玉海中心小学，其前身，可追溯至1902年，由孙诒让倡导，书法家池志澂、乡哲洪炳锵创办的县城西南隅蒙学堂，校址设在所坦街关帝庙；1931年，被定为县辅导小学之一；1940年，迁往马西桥宫，改名城厢西南镇中心国民小学；1950年，定为瑞安县城区西南示范小学，校长许冶荪，腾出自家住宅作学校分部；1956年春，与城区东南小学合并，改称城区第一小学。此时，学校已具规模，设分部

5处，46个班级，3000多名学生；1963年，学校划分为城关一小和城关四小（今虹桥路小学）；1980年，一小更名为城关镇中心小学。学校从2000年改称安阳镇小，后更名为玉海中心小学。

一个小学堂，百年校史，数风流人物。名人校友榜上，可以看见这些名字——中华人民共和国国旗设计者曾联松，中科院院士孙义燧，著名发明家温邦彦，科学家张世演，博士生导师邵汝椿、周筱阳，高级工程师王监三、陈引亮、缪成夫，全国劳模洪景椿，男高音歌唱家张梓轩，著名歌手李慧珍，年轻一代的名家有——博士、学者张文宇、张文宏、陈增淦。

1976年至1981年，张文宏接受人生启蒙教育。小学毕业班主任兼语文老师周筱玉，概括儿时的张文宏：勤奋、好学、专注、上进、聪慧。

2019年1月，张文宏携家人回乡探访，与昔日老师们重聚。这是他离开家乡许多年以后，重回母校。他说："无论走到哪里，我都是玉小人！"他用粗水笔，在一张白纸上留言：

祝玉小的同学们　努力学习　成为国家的栋梁！

81届校友　张文宏

2019.1.1

一年以后，疫情暴发。玉海中心小学发动全体师生积极参与抗击疫情行动，"张文宏校友"是他们的榜样。体温测量和登记、隔离留观室、物资储备、卫生保健室建设、校园安防措施等，一应俱全。还有"张文宏启蒙学校医疗救护志愿者联盟"，非常醒目。更有"玉小"之小同学，给"张文宏伯伯"写信。言语稚嫩，童心纯真，可感可亲。人道疫情无情，人有乡情，藕断丝连。须时常相忆，旧词便换新诗，赋就时，复寄吴笺。

敬爱的张文宏伯伯：

您好！

这段时间，我常常在新闻上看到您，看到您戴着口罩，给大家讲有关新冠肺炎的事情。

我悄悄地告诉您，我很怕这个新型冠状病毒，好几次晚上做噩梦都梦到这个"戴着王冠"的病毒，真希望它可以早点消失！还有，我听钟南山爷爷和您的话，一直"闷"在家里和疫情作战，寒假去北京旅游的计划都取消了。

现在，我们都在家上"空中课堂"。有一节数学课，只要我们算对算式，电视里就会发出"嘭"的一声，消灭一个病毒，我觉得有趣极了。还有一节课，老师让我们画一幅消灭病毒的图画，我画了戴口罩的您，写上"武汉加油"，并把它做成了一只小口罩。

昨天，妈妈说，我们瑞安市所有得新冠肺炎的病人都出院了。我听了开心地跳起来。妈妈还说，病人都治好出院，不仅是因为我们瑞安的医护人员很厉害，还因为您是他们的后盾。我虽然不大明白"后盾"的意思，但我想一定是很厉害的词语，是"英雄"的意思。我想，我们不久就可以回学校上课，还可以和好朋友一起玩耍啦！

说了这么多，不知道您还记不记得我。去年您回母校探望，我还是一名一年级的新生，您告诉我，要好好学习，长大以后为祖国做贡献。现在我真正明白"做贡献"的意思了，我要向您学习，以后也做一名英雄！

敬祝：身体健康，万事如意！

玉海中心小学二年级曾子轩
（指导老师：项怡华）

小学毕业后，张文宏以优异的成绩进瑞安中学读书。此中学堂，创始于1896年，百年历史之重点中学，培养出诸多院士，我国国旗的设计者曾联松，也毕业于此。

百年前，瑞中校训为"甄综术艺，以应时需"——1896

年3月，瑞安中学创办人，年近五旬的孙诒让，亲笔写下这八个字。

此宗旨，百年树人，影响数代瑞安后生。

1884年，中法交战，瑞安沿海戒严，孙诒让与里人筹办团防。1894年，中日甲午战起，孙诒让负责瑞安筹防局。战败，痛心疾首，谓："时局多艰，此后恐无复仰屋著书之日。"山河破碎，最怊之念，读书著书。

1895年，马关条约签订。孙诒让闻之激愤，力倡兴儒救国之论，撰《兴儒会略例》二十一条并叙。

如此世道背景，他觉得，以往所读之书，恐无力解决新问题——他将瑞安算学书院改为瑞安学计馆，以致用为本——"甄综术艺，以应时需"。此为瑞安中学前身。

便有无数小镇后生，踩在先人肩胛上，往前走。

有人自称是张文宏高中同学的孩子，在网上留言回忆："张文宏是城关镇的，不住校。我爸住校，爷爷去世时我爸耽误了几天，他主动过来给我爸补习。"张文宏亲口证实："这个人讲的是对的。我有个同学，家里有事情，奔丧去了。回来后帮着给他补了课。他们农村来读书的住学校，我们镇上的，不住校。"

张文宏读高中，毕业时只有四个班。两个文科，两个理科。那时候，没有民办学校，没有出国留学。上世纪 80 年代，高考是他们走出去的唯一机会。

张文宏说："我父亲也算知识分子，80 年代，中国进入邓小平倡导的改革开放时期，知识分子慢慢就有了职称，我父亲从技术员变为工程师，后来再做个副厂长什么的，管生产。我读书的确是蛮好的。如果读书不好，我可能就在瑞安，顶替父亲进工厂。那时候，有子女顶替父母进工厂的政策。我哥哥比我先考进大学。我如果考不上大学，也就顶替父亲进工厂，搬砖头。我读书的时候，身体不好，有哮喘毛病。身材单薄，肯定没有什么肌肉。你叫我怎么去搬砖头？只有好好读书。你说是吧？"

张文宏青年时期的模样，的确有点瘦弱。生涩之相，青葱岁月，跑步带喘的样儿。说"哮喘"，张文宏说："我生病，不好怪我的，是那时候的医生，没有看好我的毛病，后来自己做医生，先把自己的哮喘毛病看好了。"

很难说，张文宏是否因为要看好自己的"哮喘"毛病而确立学医的志向。但张文宏立志学医，做一个看毛病的医生，与"甄综术艺，以应时需"的瑞中校训，与瑞安百年来的乡学习俗，有密切关联。

玉海，得名于玉海楼——坐落于瑞安古城东北隅，是中国东南著名藏书楼之一。清光绪十四年（1888年），由太仆寺卿孙衣言创建，庋藏古籍甚富。薪火相传，瑞安人心有灵犀：第一，要读书；第二，学以致用。

玉海楼由东往西，自金带桥起，沿忠义街，均有明显的地标建筑——林庆云宅、利济医学堂、心兰书社、陈葆善宅等，十余处古迹和历史建筑，分布于这条历史文化街区。自古至今，此地聚居名人雅士。历朝经代，碎步之间，旗亭酤酒，常发思古之幽情。小城尘封往事，文气浸润，书多文笔，记镇东街西。

瑞安建县，忠义街尚无型。至汉末，安乡侯蔡敬则，有功于民，去世后，吴帝孙权赐谥"忠义"，乡人建"忠义庙"祀之，因以名街。

利济医学堂，系陈虬、陈介石、陈葆善等为推行改良维新主张所办的我国新式中医学堂。创办于清光绪十一年（1885年）。办学十八九年，对中医事业的发展起卓越作用。陈虬，奉乡哲先贤学以致用，身体力行，手订《习医章程》，培养优秀中医师三百名有余。利济医学堂由此为中国第一所采取欧美办学制度和方法开办的新式中医学校，集教学、医疗、科研为一体。

学堂于 1896 年创办学报《利济医学堂报》,是师生倡议变法维新,开展医学争鸣的园地,深受各界重视。利济医学堂,由门屋、厢房、主楼、中草药圃组成,建筑风格中西混合。主楼面阔五间,西式构筑。与宋都桥、矮凳桥、塔桥、塔儿头……相辅相成。

如此点滴,记载忠义街兴衰遗痕,浓缩千百年来瑞安历史、文化乃至情感,一山一水,一城一池。一个地方的人,总有一种精神衣钵,历代相传。

旧友回忆,张文宏高中时期,便有意于医学——想当看毛病的医生。张文宏和他的家人——一家子老实人,耳濡目染,觉得这是一条实实在在的人生之路。瑞安人骨子里心得,读书有用。

1987 年,张文宏高三毕业,考进上海医科大学(现复旦大学上海医学院),十三年本硕博,专修临床医学。一个青年"从小镇来到了大上海"。

这一年,瑞安撤县建市。城关镇,为瑞安市政府所在地。

上海医科大学的前身,可以追溯到 1927 年,在上海吴淞创办的第四中山大学医学院,这是第一家由中国人自办自教的医学院,创办者颜福庆,中国近代著名医学教育家,也是耶鲁大学第一位获得医学博士的亚洲人。1952年更名为上海第一医学院,1959年被教育部确定为全国16所重点高等院校之一,最早的一批海外归国的医学家都集中在这里。1985年更名为上海医科大学。2000年,院校改革,上海医科大学和复旦大学合并办学,后又改为复旦大学上海医学院。

张文宏说:"我一个乡下人,当时能够冲到上海来读书,也是蛮激动的。"他用一个"冲"字,诠释奋力冲刺之心。"知识改变命运",在瑞安,文风兴盛之地,体力不好拼智力,也是硬碰硬的。

2019年高考,浙江省高考考生31.5万人,复旦大学上海医学院在浙江的招生名额仅三人,都属于八年制本博连读的临床医学专业。

选择学医,张文宏也许真的经过深思熟虑。他说,在中学里,我一直担任学习委员,好像是个"书呆子",但也不全是。其实我语文挺好的,作文也挺能写,但要考中文系,我估计有难度。理科的数理化都不错,但没有在全国级别的竞赛中获奖。上世纪80年代,崇尚"学好数理化,走遍天下都不怕"。我的文科和理科成绩都不错,都不算太拔尖,但是,综合能力还不错,而医学,就是一门整合了文、理、社会学的综合性学科。张文宏说:"学医,做医生,是在我看得见、可以理解的范围内,比较适合自己的。"

医学生的求学生活,不同于其他大学学生。张文宏是上海医科大学招收的最后一届六年制本科生。本科六年,硕士三年,再加上博士四年,十三年苦读,"人家大学生,最多读四年,出来,赚钞票了。我要整整多读九年。这九年,是没有什么钞票的"。张文宏说起来,这些年苦头吃足,但也奠定了扎实的医学基础。

1993年,张文宏24岁。上海医科大学毕业后,进入华山医院传染科,再转而读研究生;2001年,获得医学博士学位。之后因为临床医学深造的需要,他又分别到哈佛大学医学院、香港大学微生物与免疫系从事博士后工作。

张文宏说,他最艰苦的也最珍贵的一段进修经历,是在美国哈佛大学医学院的日子。

哈佛大学医学院拥有全美第一流的教学和研究条件,每周有"诺奖"级别的一流学者,至医学院演讲,医学院从来不会为演讲者的到来做高调渲染,反而是演讲者,常以能登哈佛讲堂演讲而骄傲。

演讲一般都在午间。学生和听者进入演讲厅,厅内免费供应咖啡和小蛋糕之类点心,取之,寻一个地方坐下,边吃边听。张文宏常来听演讲，尽可能多了解来自医学界顶尖学者的最新研究成果和观点。每次讲座结束，还有学生与教授的讨论时间，再大牌的教授，也没什么架子，知无不言。张文宏说，这种"学术午餐"，很划算。

2020年4月26日，中国疫情防控情势，一路向好。瑞安开"两会"。瑞安市委宣传部邀请瑞安老乡张文宏接受瑞安市融媒体中心记者独家连线专访。

在专访中，张文宏特别赞扬瑞安当地大力推广实施"公筷公勺"的良好社会风气。一个小地方，在这件看似很小的事情上，走到全省、全国的前列。2020年2月25日，瑞安市委宣传部就向市民发出公筷公勺分餐的倡议。3月10日，瑞安上线"公筷行动"，成为浙江省率先实施公筷公勺的试点城市之一。

张文宏倡议——最好的相聚，就是从公筷公勺开始。疫情当前，戴口罩、勤洗手、勤通风、少外出，已经成为瑞安市民的好习惯。然而，还有一个细节往往被忽略，那就是和亲朋好友聚餐时，喜欢用自己的筷子给人家夹菜，帮朋友喝掉喝不完的酒。

"其实，唾液中含有许多病毒和细菌，许多可以传播的病毒最喜欢大家'敌我不分'。如果有无症状感染者或无症状携带者，大家聚在一起吃饭、互相夹菜，就会造成几个人传播的较大风险。使用公筷公勺，就不会通过口腔传播疾病了，等于把互相之间的距离拉开了。"张文宏从专业角度进行分析。

在瑞安，倡导"公筷公勺"，有典故。

中国人进餐使筷，始于何时，无从考据，至少已有三千年历史，但筷子之兴，得益于南宋，此为史实，筷子遂成华夏饮食文化的标志之一。一头圆、一头方，对应天圆地方，现国人对乾坤之解。高宗赵构南下偏安，带来筷子，一双不够，还设"公筷"。（明）田汝成《西湖游览志余·帝王都会》记："高宗在德寿宫，每进膳，必置匙箸两副，食前多品，择取欲食者，以别箸取置一器中，食之必尽，饭则以别匙减而后食。吴后尝问其故，对曰：'不欲以残食与宫人食也。'"

宋高宗一顿餐食，菜品样式丰盛。一人吃不完，剩饭剩菜按规矩，赏有头有脸人享用。宋高宗讲卫生，看到旁人面对沾有自己口水之剩饭剩菜，张嘴就吃，便派用"公筷"——"必置匙箸两副"。应是中国历史上乃至世界使用公筷之"第一人"。

2019年1月，张文宏携家人回乡探访。元旦，张文宏出席在瑞安人民医院瑞祥分院举行的"在外瑞中校友名医馆"开诊仪式。张文宏的中学母校瑞安中学校长陈良明先生，也是瑞安市政协副主席，介绍创设"在外瑞中校友名医"工作平台的背景和宗旨。

瑞安人民医院创办于1937年，创办人洪天遂，时为瑞安中学校医兼卫生课教师。医院创办时，缺蒸馏器，便是由瑞安中学提供。瑞安人民医院在新中国成立后的首任院长王湘衡，和瑞安高中部创办人王超六校长为两兄弟。两人同时出任瑞安文教卫生系统的两家大单位负责人，在瑞安地方，一时传为佳话。

瑞安人民医院很多知名医生，均为瑞安中学校友。瑞安学医，同道者甚。瑞安中学在外校友名医亦多，除了张文宏教授（87届），还有吴继敏教授（89届，火箭军总医院胃食管反流病中心主任）、章建梁教授（80届，海军医科大学附属长海医院心血管专家）、周雷教授（90届，北京中日友好医院外科副主任）、吴应盛教授（94届，浙一医肝胆外科专家）、陈俊教授（92届，杭州艾维齿科董事长、留德牙科博士）等瑞中校友。

百年名校，为社会培养大批栋梁之才，他们在各个领域，贡献自己的智慧与汗水。瑞安在教育上出巨人，乡情却绵长——重来言语相宽，簌簌泪珠无数。中科院院士孙义燧，

1954 届的瑞中校友，亦曾回母校。回想瑞中读书生活，他的老师唐贽、余振棠、李方成、张德坤等，当年对他的宽容、爱护，让他无限感怀，情至深处，几度哽咽。

孙义燧谈到瑞安中学的素质教育，说当时学校实验室对学生开放，他在实验室里解剖自己抓来的青蛙，以此了解动物之心跳。用灯泡玻璃、铁丝和马粪纸，自制显微镜，观察苍蝇的带菌情况。如此启蒙，科学实验，培养其好奇心与刨根问底之品质，让他终生受益。

他说，坚持这种教育，瑞安中学一定会培养出更多优秀人才。

孙义燧，是孙诒让的曾孙。

2020 年 5 月 31 日，张文宏做客"情系游子心　防疫共此时"浙江关爱海外侨胞和留学生等科学防疫专家直播活动，接受世界温州人云社区《乡贤讲坛》栏目视频连线采访。

"温州老乡们，大家好。"张文宏以瑞安方言开头。

"还记得我身后的这座西岘山吗？"

"等疫情过后，你能抽空回来看看老同学吗？"

"老师带你去景德镇领奖的照片，你还保留着吗？"

……

看着高中时期的老师和同学录制的视频——屏幕中，老师和同学们对他说话。张文宏笑得像个孩子，恍惚之间，仿佛回到童年。

"青年时期离开家乡，到现在已有30多年，想念那里的每一个人。"张文宏说，书生气十足。

"那天，我蛮激动的。看到家乡的一草一木，看到曾经的教学楼，很有感触。非常想念老家的老师和同学们，对家乡也是深深地思念。对于很多人来说，家乡无所谓高大上，不论来自小镇，还是农村，'家乡'两个字，都是美好的存在。生长在江南水乡，小时候，镇里的一条条河流，是我对家乡最美的回忆。随着城镇融合发展，现在的瑞安，已然成为一座现代化城市，小时候的那些河，不晓得流到哪里去了。都没有了。让我高兴的是，瑞安的玉海楼，保留得不错，每次回到老家，我都要去那里看看。"

"常有人会问我，瑞安外出的学子，有今天的成就，源自哪些影响。我认为，这是一个长期的过程，我们做人做事的点点滴滴，离不开小时候成长环境的影响和文化的滋养。这在小时候，是感受不到的。只有长大后，回过头来看，才发现，那段时光，留下了时代的烙印。"

张文宏的高中老师，会提到张文宏文科成绩很优秀，当时一篇论文《论温州模式》，获得华东六省一市中学生政治论文竞赛一等奖。后来他怎么会想到放弃宝贵的保送资格，参加高考呢？

张文宏说："我比较幸运，因为这篇获奖文章，加上高三全省统考时拿了当地第一名，就有了保送知名大学和挑选专业的资格。但是我当时一门心思要学医，计划报考上海医科大学（现复旦大学上海医学院），然而，这所学校并没有提前来我们学校招生。那我怎么办呢？我只能'裸考'。所以，在没有保送也没有推荐的情况下，我参加了高考，最终被这所大学录取，我记得，当年这所学校医学专业在浙江省一共只招八个人。"

张文宏的一位高中时的学妹，说张文宏在中学时期，就会特别大胆地纠正其他同学的一些不文明行为，还会同人理论，学妹说，张文宏从学生时代就有一种"耿直基因"。

张文宏说，所谓的耿直，是能够把最专业的东西，以浅显易懂的语言表达出来，让广大民众能够清楚。对防疫专家来说，只有把真相告诉民众，才能让大家免于恐慌。耿直是一个表面现象，它的核心是科学。我在想，将来的日子里，倒不是说一定要维持耿直的态度，但是作为防疫专家，持续维持科学的态度，才是问题的本身。有些专家，像李兰娟院士那样，表现耐心一点，说话轻柔一些，把科学的东西，一遍遍讲给大家听，也能说服人。

张文宏说过，"我这种小镇青年，来上海摔过很多跟头"。还有很多小镇青年，依然待在小镇，于是，他们很想知道，这一路走来，张文宏都吃过什么样的苦头。

张文宏说，前几天，有一个偶然的机会，我听到马云先生在上课。他提到，公司里招员工，如果没有三年以上工作经验，一般不会去招。原因是什么呢？因为这些人没吃过苦，没有受过挫折，很难成为一名优秀的员工。我作为一个小镇青年，在上海吃过苦，栽过跟头，我个人觉得，这是一种福分。没有吃过苦头的人，不会锻炼出坚强的心理，面对困难时，也不可能有足够的忍耐力。所以我想对现在的年轻人说，要拥抱挫折，要拥抱"吃苦头"。把吃苦、挫折当作常态，关键要维持一个好的心态，把心态调整过来，一切就都好了。

温州瑞安，著名侨乡，走出无数人。温州现有245万人在全国和世界各地，疫情期间，张文宏关于防疫的视频和宣传报道，在世界温州人群体引起强烈反响。温籍乡贤，张文宏自然对全世界温州人下一阶段的防疫工作提出建议——

"温州人永不言败是写在基因里的传统，无论国际形势如何恶劣，相信温州人能走过这道坎，并且迎接更美好的未来。说到世界温州人，我特别感谢他们。在疫情发生的第一阶段，温州人全世界买口罩，为祖国抗疫做出重大贡献。他们走出温州，靠自己的双手，脚踏实地做事情，从而赢得全世界人民的认可，作为他们的家乡亲人，我感到非常自豪，更希望可以服务于他们。目前国际疫情还处在连续的进展之中，整体来看欧洲疫情已出现了好转迹象，在下一阶段复工复产的时候，希望大家继续保持第一阶段的防疫策略，相信我们最终一定能取得防疫的成功。

"到时候，我们大家再来看看瑞安——祥瑞之地，看看玉海楼，看看忠义街。"

【留白】

"当新冠大幕落下,我自然会非常 silently 走开。"

2020年6月5日,张文宏主编新书《2019冠状病毒病——从基础到临床》海外版发布会暨捐赠仪式,在复旦大学图书馆医科馆举行。张文宏开诚布公:

"中国国内的疫情管控非常好,我在镜头前的作用越来越小了。接下来,我们下一阶段的重点是将中国的经验与世界交流。正如当初,我们也虚心接受了很多国际医疗界的意见。人类是命运共同体,全球抗疫是一盘棋。"

张文宏随之告诉大家——下周二(6月9日),将会恢复感染科普通专家门诊,挂号费为50元。在普通专家门诊和特需门诊之间,张文宏先恢复前者——每周二上午,挂号费50块。"我曾说过,等大家忘记得差不多的时候,我的门诊会开出来。现在是时候了。我的门诊也预示着上海对疫情的信心,如果对疫情控制没信心,我就整天待在新冠救治医院不回来了。"

一个月前的5月2日,张文宏在电视访谈节目《可凡倾听》中说:"等到大家忘记得差不多的时候,我的门诊再开出来。我也希望后阶段,民众迅速地回归常态化,我也回归常态化。"他直截了当,"我最幸福的事情,就是看你(主持人)做节目，而不是我坐在这里做节目。"

暮春，中国抗疫，走过最艰难的时刻。"常态化"，成为上海抗疫主题词。张文宏认为，控制疫情的核心，就是两个字——"科学"。他的新书，讨论和记录的关键在于，当我们处于一场传染病大流行的开端，到底有没有可能做到完全控制，又是如何做到的。"既然我们做到了，就有责任总结背后的经验，总结举国之力、团结一致背后的科学力量到底是什么。"

翁心华同时现身发布会。他如此看后辈——以张文宏为代表的感染科医生，是"坐绿皮火车"的人，他们"耐得住寂寞，守得住清寒。高铁很发达，但总还有人要坐绿皮火车"。

张文宏接过老师的话头，回应："我和老师最大的区别就是，你总是把很差的学生拼命带到合格，就像我这样的。而我只能带最聪明的学生，在'华山感染'这面旗帜下，这些聪明的年轻人愿意坐上绿皮车一起去旅行。"

张文宏一直仰望老师。他迷恋寻觅病毒与传染之源头，最吸引他的是，各种疑难杂症与解谜的过程。"当初翁心华大夫查房的时候，他会从扑朔迷离的疾病里面找到它的线索，真的像福尔摩斯一样去破案。"

2020年5月8日,"致敬仁心,因爱共生"公益论坛,暨"陈春花知识实验室"向"一健康基金"捐赠仪式,在复旦大学上海医学院举行。

北京大学国家发展研究院 BiMBA 商学院院长陈春花,在疫情期间,推出义卖课程"化危为机",与各企业共同筹集了403万善款,捐赠给设立在上海复旦大学教育发展基金会下面的专项基金——"一健康基金",用于支持病毒疫苗的研发,以及鼓励疫情前线的医护人员和科研工作者。

论坛上,闻玉梅、张文宏和复旦大学附属中山医院副院长、援鄂医疗队领队朱畴文等医务工作者,畅谈后疫情时代的生活思考。

闻玉梅院士,中国病毒学泰斗,躬耕科研60余载,从一手创办医学分子病毒学实验室,指导建立生物安全防护三级实验室(P3实验室),到中国感染学科战乙肝,抗非典,再到此次抗击新型冠状病毒,已届耄耋之年,仍以一己之力,为中国医学发展倾尽全力。"一健康基金",是由闻玉梅院士和宁寿葆教授在2013年捐赠50万元发起成立的。基金成立7年多来,在社会各界的关心、支持下,数额不断增加,影响不断扩大。

论坛上,张文宏笑道,自己到处东讲西讲,不想管他人如何揣测,但永远秉持善意。医学不只是科学,还是一个社会事业，需要整个社会支持，需要基金的赞助，才能有发展。

张文宏说："1927年，颜福庆老先生留学回来到处筹措资金，建立了国立第四中山大学医学院（复旦大学上海医学院前身），在此之前，我们都没有教学医院。许多知名医院在最初，都是在一个个基金会支持下得以建立发展。和颜福庆老先生、闻玉梅老师这样的人比起来，我做的一切都不值一提。而社会上需要用钱的地方很多，让大家把钱拿出来支持医学也不是一件容易的事情。"

张文宏还提及自己"吃粥还是吃牛奶"之言，有争议，借此论坛，张文宏回应："前几天我看到了颜福庆老先生的毕业论文，他在耶鲁的毕业论文居然是结核病，这个病到现在都没有结束。闻玉梅老师做的是慢性乙型肝炎研究，是肝炎病毒。但是大家要知道，只要涉及传染病，这些医生的视野一定会超出疾病本身。那么，有时候，我说说吃粥还是吃牛奶的问题，大家不用奇怪，这就是一种健康的精神，需要整个社会一起参与的。今天上午，我们和哈佛大学公共卫生学院对话，如何回归常态生活，美国也要回归常态。美国病例数还是很高，他们就搞不清楚为什么中国说没有就没有了？这并不是说我们的整体医疗水平就超过美国了，而是我们全民参与了。说隔离，我们就隔离了，说继续在家闷两个礼拜，就闷两个礼拜。大家搞清楚了没？这就是一个'全健康'、'一健康'的理念，是每一个人都参与了这场与疾病的斗争。"

张文宏说，这次支援武汉，他唯一一次掉泪，就是在机场为医护人员送行。"全是90后，甚至是95后的孩子，我自己也有90后的孩子，在机场里，有的父母追着给他们喂一口饭。医护人员奋不顾身地往前扑，我们后方给他们一切所需要的补给。上海的这支医疗队，所有装备从家里带过去，瑞金医院前去支援的医生，装备是用直升机送过去的。"

中国逐渐回归常态，但现在要面临的是，将来全世界重新开放以后的输入性病例。"最终解决这个问题要靠科学，'一健康基金'就是做科学。我们的医护人员很可爱，但打仗不可能每次都靠肉搏，最终还是靠科技。我们的药物筛选平台有没有做到世界一流？病毒学研究有没有做到世界一流？疫苗研发有没有做到世界一流？还有救治方面，公共卫生预警平台方面，数据追踪方面……这些都还没有结束。今年六七月份，输入性疫情仍然会来，上海的科研支撑是重中之重。公共卫生体系是靠大家的点滴（努力）堆起来的，不是光靠我们医生的肉体，把我的肉堆在这里都卖不出多少。所以在这里感谢给'一健康基金'捐赠的所有企业家。"

张文宏便是实在。中国的社会生产正在逐步恢复常态，后疫情时代，我们应该保有怎样的生活的态度？张文宏引用习近平主席的一句话："人类是命运共同体，团结合作是战胜疫情最有力的武器。"

张文宏说："中国能控制住，一方面是我们国家在各个方面大家群策群力，从政府到民众。但另外一方面，我们国家也很早就看到，武汉如果不控制好，将来如果有十个武汉同时发病，我们会怎么办？这是非常艰难的，所以党中央作出的决定就是举全国之力，武汉安定了，湖北就（安）定，湖北（安）定全国就（安）定，这个政策现在看起来是非常合理的。虽然在这次疫情中，全球采取的方式是一模一样的，但每个国家国情不一样，不同国家执行程度不同。"

"我们也面临着新常态，为什么说新常态？因为一旦世界重新打开（大门），人家也新常态，别人的新常态跟我们不一样，可能继续有不少的病例。所以当输入性的病例增加时，我们不要去怪别人，这种新常态是没有办法的，要学会与病毒共同生存。最好就是通过非常强大的公共卫生体系以及科研的支撑，在全球范围内尽早一起把疫情给控制住，我相信这个时间点不会太远。大家应该有信心，无论是中国还是世界，熬过去以后，后面的生活一定也会更加美好。"

此时，距离 2020 年高考，还有 30 多天，很快将迎来高考志愿填报。在最高学府，张文宏想到——今年因为疫情的关系，会不会有更多的高三学生报考医学专业呢？张文宏提醒——欢迎，但不要盲目报考医学。最好是文、理科都不错，还有就是，要真正喜欢。

5月初，张文宏曾寄语高三学生："同学们要迎接高考，希望更多人报考医学专业，成为我的同行同事，成为拯救生命的人！"5月31日，张文宏接受采访时，再次对学子提出具体建议："首先你要想清楚，不是为了赚很多钱来做医生的，医生非常辛苦。"

张文宏说，医生是一个治病救人的行当，既有高技术含量，整体上也比较稳定，也非常受人尊重。你如果喜欢做这样的事，那么这个职业是非常好的。但是，这个职业的要求非常高，既需要强大的专业本领，又要跟社会有广泛的沟通。如果你的文科也不错，擅长与人沟通，理科也不错，自然科学的素养好，总之就是综合素养强，那么，医学是个非常好的选择。

张文宏客观表达，坦言："我也不希望因为疫情一来，我们医生都像英雄一样的，事实上我们医生最喜欢做的还是普普通通的事，能够服务于大众，让我们的专业得以体现，同时能够获得一份应有的报酬，我觉得这就是非常好的职业了。"

对于家长，如何帮助孩子选择专业？张文宏说，如果你想让孩子找到自己喜欢的专业，一定要让他多看书，书看得多了，见过的世面多了，他会越来越有可能确定自己长大要做什么。"医学这样非常严肃和神圣的专业，我希望大家是通过长期的了解，能够真正喜爱这个专业，才去从事这个职业。"

正如张文宏所说，医生是个神圣的职业。但学医只是"看上去很美"，并不是人人都适合的。学医是一条漫漫长路——现在本科五年，硕士生三年，再连读博士二年，住院医师规范培训三年。前前后后加起来，十三年。

如果没有足够的耐心，没有坚定的决心，不是真正热爱医学，而只是为了有一份看起来令人羡慕的工作，那么，他劝高三学生，还是不要踏进医学的殿堂。同样，如果你是个心理承受能力比较差的人，也不要学医。医生需要随时做好应对不良医患关系的准备，虽然，现在比以前好了，但医患关系紧张的案例仍屡见不鲜。

如果学医，不仅要有专业的知识，还要有过硬的身体素质。你的身体素质，不仅要能抵得住熬夜加班的基本需求，还要能足够应对来自某些病人的恶意。

所以，如果选择学医，还要修身养性，锻炼脾气，修炼一颗包容的心。

6月6日,在这个周末,张文宏参加世纪公园"公益跑",这个自称"没有什么肌肉"的男人,还是希望通过自己的运动和力量,告诉全世界——中国已经开始正常化的生活。

6月9日,周二。张文宏门诊恢复开诊首日,来看病的大多数是老年人,接下去的两周,门诊号已约满。

当晚9点,上海市人力资源和社会保障局打造"留·在上海"(Make Shanghai Your Home)全球直播对话留学人员特别活动,张文宏现场直接为"留·在上海"广而告之——

"经历了第一波疫情,中国的公共卫生体系已经变得更为强大。随着中国的大门重新打开,我们会发现很多在海外生活的中国人会陆续回来,为这个回来,整个上海的公共卫生防控体系做了充分的准备。未来可能会出现疫情的反弹,而我们这个体系里的每个团队会持续工作,为整个上海创造一个安全的环境,这就是 normal life。"他表示,在上海不断建设完善公共卫生体系的进程中,欢迎更多的"海归"人才参与其中。

"我有无数次机会可以不在上海,但是最后我变成了上海人。"张文宏在分享自己海外访学与上海工作生活的经历时谈到,对于一个留学人员来讲,尤其是在海外待的时间比较长的留学人员来讲,一个舒服的环境、宽松的环境,对自己的人生来讲最为重要,"哪怕我创业不成功,至少我还有生活,我还可以舒服，是不是？"

张文宏告诉大家，上海各方面给自己最大的感受是舒服。上海的很多方面体现了包容性，海纳百川，让每一位有一技之长的人在这里都能感觉到舒服。所以对于一个海外人才来说，"上海将是一个非常值得拥有的城市"。

张文宏还说，他个人觉得，上海这个城市不怎么欺负老实人，并且做事情托关系的概率很低。"上海不需要这样，上海的整个系统运转很有序，和你是否认识'局长'没有关系，这就是这个城市的可爱之处。"

他还说，上海给大家的感觉永远是不那么强势，什么事情都不会"急吼吼"，但是，城市的各方面工作又做得比较到位，整个社会都崇尚一种工匠精神。"整个城市的各行各业中，你只要是精英，在社会上一定有你的一席之地。你如果不是精英，上海这个城市也会让你生活得舒服。"

6月25日，端午节，静安区安义路开放夜市。晚6点左右，上海市血液中心停在"安义夜巷"的流动献血车，上来一位头戴鸭舌帽的中年男子，他向护士表示献血意愿后，便开始填写献血登记表。随后，取下帽子，还戴着口罩。随车的血液中心的护士和同在的其他献血者，从登记表格和来者的一双熟悉的眼睛，认出张文宏。

此时,张文宏已经撸袖,橡皮管扎紧了手臂。张文宏笑称:大家多献血,病人才安康。别的暂时不多讲了。默然间,血液汨汨流出。

那天,张文宏在华山医院总院工作,忙完后,要回家,从华山医院出来,沿华山路往静安寺走,想到开放的"安义夜巷",便顺路去看看,感受上海疫情后"常态化"的夜市烟火气息。见到"流动献血车",想到自己,几天前,6月14日——世界献血者日,"代言"上海义务献血活动,呼吁市民"不能屏牢不献血",自己也应该有所行动。专门跑一趟献血中心,好像不大有空,现在正好,上车献血。

献完血。袖口撸直,戴上帽子,再逛夜市,经安义路63号——毛泽东故居。高楼林立,玻璃幕墙间,一排老式民居,十分显眼。张文宏驻足。1920年,毛泽东来上海,在此地居住,按毛泽东的说法——此处奠定其马克思主义思想基础,就此成为"马克思主义者"。整整一百年啊。想上海,十里洋场,百年沧桑,却有红色故事,血色豪情。出安义路,往家里去。这一段,上海市中心最繁华地带。张文宏有感于,大上海风云际会,为有牺牲多壮志,敢教日月换新天。多少外来人的脚步,在此留下足迹。

是夜,梧桐浓翠,榴火殷红,夏风凉细。

2020年7月18日，周六，上午10点。张文宏出现在华山医院感染科五楼电梯口。出来，往自己的办公室走。地上有一条黄色油漆线，标示：半感染区。外人跟进来，到此，迈出的脚在空中悬着，不晓得是不是该跨过去。张文宏说——过来好了，没事的。跟着我，我晓得，哪里有病毒，哪里是安全的。

休息日，五楼办公区域没有什么人。他开门，进主任办公室。门口墙边，斜靠一辆自行车。宽胎，变速，很粗犷的样子。他说，我的脚踏车，老早经常踏，到不是太远的地方去，老方便的。现在长远不踏了。啥地方还有空啊。

上午10点，张文宏视频连线上海市公共卫生临床中心新冠肺炎专家组，查病房。半个多小时。结束后，下线。张文宏用手稍许整理了一下头发。他一头乌发。眼睛有点凹陷，黑眼圈。形状很好看的眼睛，不大，很生动。常人经常看到的，便是口罩上方露出来的那双眼睛。印象深刻。

随后，他系上领带。在自己办公桌正前方，摆有一盏管状落地散光灯。他去打开，对准自己的座位，随后坐回办公桌前，再整一下衣领。灯光在他面部均匀洒上淡淡红晕。他说，这样在视频里会好看些。不然，面色显苍白。经常做视频连线、出镜，总要注意点形象。这个灯，是央视做采访时带来的设备，张文宏用过后，觉得好，央视的人把灯留给他了。

11点半，心血管医学国际会议视频。张文宏发言，谈中国与世界新冠疫情。先是与主持人用英文对话，一番交流后，说，下一个便是自己的发言。视频里，一个外国人还在发言，说外文，叽里呱啦。张文宏听上去，晓得还有点时间，便喝杯咖啡。身旁的咖啡机，会不断碰上他的胳膊肘。

他发言，都很明白。言毕，下线，忽然来一句玩笑："就这点花头，你都听到了，都是老一套。很多观点和立场方法，不会轻易变的。对不同的听众虽然内容有不同，但是科学核心不会变。"

当晚8点48分，张文宏在其微博中，就香港和新疆近日陆续出现的新发病例，发表自己的看法。张文宏表示，乌鲁木齐市近日出现新增确诊病例和无症状感染者，引起了大家的关注。事实上，局部地区出现小规模聚集性病例，是疫情防控常态化的特点之一，之前的北京也是如此。同时，我们可以看到，在疫情发生后，北京和乌鲁木齐市都迅速开展了大排查，结合流行病学调研和全面排摸，快速开展了精准的"应检尽检"。这样一种主动、快速、精准的防控，其背后是内地"零遗漏""持续接近零病例"的决心。

同期，香港也出现了新一波的疫情，单日新增病例波动于

20至40余例之间。张文宏对此说，这不同于北京和乌鲁木齐市，香港早前采取的策略是"应症就诊"，并没有像北京一样在出现第一例病例后，迅速扩大检测，开展大排查和普筛。这背后，是基于香港将病情控制在"低水平"而非"清零"的理念。这样的措施，虽然对于短期医疗资源的耗费是相对少的，但是，由此带来的疫情长期波动导致的"社会经济成本"可能会更高。

张文宏提醒公众，"疫情清零"和"疫情长期低水平存在"，这背后所耗费的社会、医疗、人力、经济综合成本，可能需要专业人士的整理和分析，背后也有着各个方面复杂的社会因素。但从目前北京、乌鲁木齐市的经验来看，我们目前所采取的快速反应、精准防控与动态清零的防控措施，已经能够保证当地在三至四周后，基本恢复正常生活。而这，目前肯定是最优的解法。

"零星病例虽然仍有发生，我们一直在探索'最佳的解决方法'，国际上也会逐步探索全球的解决之道，相信基于扩大检测的快速清零方案会给国际抗疫带来贡献。"

张文宏进一步阐明——总之，我想告诉大家的是，基于我国强大的防控体系，大家还是应该在不松懈的心理下继续正常的生活。生活要继续，吃好、玩好、睡好、防控好，这就是我们每一个人都能做出的一份贡献。

张文宏个人微博，开于 2020 年 5 月间。资料显示，张文宏微博注册日期为 5 月 11 日。刚开始，虽然没有发布一条内容，但"粉丝"已过两万。张文宏首发微博，文字是这样的："上海这座城市，不仅仅医生、护士，还包括居委会干部、民众、警察，无数抗疫民众组成的抗疫屏障，阻挡了疾病的传播。每个人都是战士，这才是真正的群体免疫。"这引发轰动——"张文宏发微博了"七个字，"热搜话题"标签下，六小时阅读量超两亿。

次日，7 月 19 日，周日。张文宏与境外专家连线，探讨中国经验：世界疫情高峰还未到来，控制基本上要两年左右。

与专家对谈，或者圆桌对话，张文宏会有即兴表达。同一天，由复旦大学管理学院推出的"瞰见"云课堂系列线上公开课，邀请张文宏与复旦大学管理学院院长陆雄文教授，复旦大学管理学院管理科学系、弘毅讲席教授胡建强，从医学、管理学、决策学等多个角度，探讨全球疫情态势、平战结合之下的精准防控，以及疫情下的全球化之路。

管理学院教授陆雄文提问，中国的疫情得到有效的控制，但是受全球疫情的影响，还在对外防止输入，对内防止反弹，目前形势和未来趋势如何？

"这次疫情最大的问题，就像我们当时预测过的一样，到了夏天以后它还消停不了。"张文宏说，"原来大家有预测，这次疫情是不是像 SARS 一样，到了夏天以后，会有一个低潮。但是目前，新冠疫情还是处在持续的传播过程，所以世界上的疫情高峰到现在为止没有到来。没有高峰，你就永远不知道它的低谷在哪里，它还没有形成一个转折点。"

从全球来讲，疫情的第二个特点是不均匀性。张文宏表示，疫情的不均匀性，就意味着世界之间是不平衡的，不平衡的不同地区之间如何进行沟通，这会成为一个大的问题。

张文宏认为，按照病毒的传播链，事实上现在很难停下来。一般来说，疫情持续流行两年就下来了。大多数城市里的人获得了一个接近群体免疫的水平，它的流行力就下来了。农村地区因为大家比较疏远，不受影响，所以这个流行病就下来了。他称，就全球来讲，病毒可能会无休止地存在，但是疫情最终会得到控制的，基本上也就是两年左右，它的流行率一定会下来的，这个疫情不结束，疫苗很快也就会出来了。

各国防疫抗疫的策略不同，有没有最好的模式？国际抗疫和中国模式的内在差异和背后机理如何？

张文宏说，各国在疫情起来之后的反应速度可以做一个沙盘推演，就会发现，中国这一次的决心比他们大。"一开始就采取封城，在城市里彻底隔断，隔断以后使得病毒失去了传播的机会，这是武汉。在其他地方扩大检测，检测以后立刻隔离，这些事情都做到了百分之百。"

疫情也考验着社会治理能力。张文宏说："在武汉，我们把整个城市 shut down——就是整个外面封掉，里面关掉，关掉以后再涉及各个经济的小的区域里面，我们要小的区域能够继续存活。这个事实上对于社会的要求是很高的，物资输送到每一个社区，这么多人全部都不工作，然后要能够安全生活下来。"

与此同时，国家放开，这也是一个很大的挑战。参与对话的教授胡建强表示，这也是在研究的一个问题：是否有些模型和数据能够帮助政府做出比较好的决策。

一个很实际的问题是——到底放多少人进来，是我们可以忍受的？张文宏表示，世界上其他国家也在做这一模型。

中国目前采取"熔断"措施、"你好我就开，但是如果每一个航班进来超过 5 例以上，对不起，我就暂时关掉，等你好了我再开。"

张文宏称，最大的一个问题是，世界上到底忍受的限度是多少？"我们熔断基数是 5 例，5 例是不是太严，是不是给它 10

例呢？"张文宏认为，这个会成为很大的一个数学问题，但是也是一个防控的问题，所以这个问题非常艰难，是一个多学科的问题。

目前，世界上可以总结出哪些抗疫经验、教训？

张文宏称，目前到了夏天，疫情还在拼命地往上面奔，这个情况对全世界来讲，超出了很多人的预想。但他仍表示，很多经验可以总结。

第一个可总结的是中国的经验，对于暴发的城市，像武汉，彻底封城，最终两个月内把病毒搞定，但是大多数国家很难对社区的管理达到这个水平。

如果做不到，第二个策略也值得学习，像欧洲是值得学习的。它的做法是，一旦有病，在家隔离，但是如果病得很重，医院收治。

"它的一个平衡点在哪里？重症病人的数量不要超过医疗负荷，如果不超过医疗负荷，整个病死率可以降到很低的水平。"

所以策略就出来了，只要医疗没有达到瓶颈，就可以开放社会。轻症的病人在家隔离，不需要到医院去。如果加重，就到医院，但是只要到医院，还有足够的床位，那么病死率就降到很低的水平。张文宏表示，在美国、欧洲，现在大多数死亡的都是 85 岁以上的人，或者 80 岁以上的人。

还有第三种策略，像中国、日本现在控制得那么好，仍面临着世界疫情不断输入。

"我们的策略就是北京这样的策略，一旦出现局部的暴发，立即进行精准的防控，但是只在这个区进行精准的防控，其他区继续上班。"

"精准防控，其他地方不停摆，这个策略也是非常好的。"张文宏说。

8 月 17 日，下午，上海总工会"五一讲堂"，张文宏主讲 2020 年下半年疫情发展趋势与个人防护要点。

张文宏上来就表扬上海市民。在张文宏看来，抗击疫情中，上海全民动员，全民参战，是这次战役取得成功的主要原因。"厉害的是我们上海的市民，我觉得这一点是非常明确的。"

前两天，外地有一个到上海核酸检测复阳的病人，大家很关心。张文宏说——他第二天查房，特地把这个病人的病历调出来，一看，他已经连续三个月以上是阴性。"这次在上海被查出阳性，也说明上海的核酸检测是极为认真的。"张文宏说。

"我因为要去北京，到一些重要场合，或者去一些地方参加会议，被上海做检测的护士用棉签在鼻孔戳过好多次。我发现她们极其认真，戳得很深，还要在里面刮几圈。其实在这个过程中，就会把一些留在里面的死掉的病毒残渣刮出来，核酸检测可能就是阳性。但其实已经不具备传染性。"

武汉当时全民检测，检测出300多个隔离很长时间的阳性患者，其实都不具备传染性，这就证明了一件事，这个病毒只要隔离时间够长，隔离四个星期以上，如果免疫功能正常了，哪怕是核酸阳性，它的传染性基本上微乎其微。张文宏告诉观众——复阳是非常常见的，核酸检测再次出现阳性的情况，和不同时间的采样有关系。"如果再出来一个复阳的病人，大家不要一惊一乍好不好？不要紧的。"

张文宏还判断了2020年下半年，中国以及全球疫情发展趋势。他认为，在未来的半年里，无论疫苗是否出来，全球疫情的蔓延之势会继续，不会有非常大的消停，因此，防控措施不会改变。

张文宏提请大家注意——目前我国所运行的医疗卫生防控系统仍然需要保持高度的警戒水平，社区需要保持高度的工作状态，海关和各隔离点等防疫工作不能松懈。与此同时，市民们可以恢复正常的生活，但是外出时须佩戴好口罩。

他还表示，疫情还没到胜利时刻，但全中国已经营造了一个非常好的"尊医重卫"的大环境。"我希望这个大环境维系得更久一点,大家对医生更加体谅一点。你要相信我们对病人是充满爱心的。我希望社会各界都能互相谅解,一同战胜这次疫情。"

面对疫情,个人如何做到有效防护?张文宏以专家的视角就"单位防疫工作常态化""职工日常个人卫生、防疫工作"等方面,现场解答观众的提问。

一个金融单位员工问,窗口营业员需要注意什么?

张文宏答:"我也到银行排过队,看到一些客户老是怕对方听不见,对着窗口拼命往里面喷口水,喷得桌子上都是的。所有的窗口单位可以做一个玻璃隔板,然后前面有一个扩音器,就可以把这个问题完全解决了。这种问题还要我这个医生来想吗?应该你们单位早就想出来了!"他举例——比如说银行,如果客户没有戴口罩,不妨就告诉他防疫期间每个人都要戴口罩。"他在你这里存了这么多钱,你发人家一个口罩不过分吧?人家出于面子也会戴上。所以,永远不要责怪自己的客户。"

现在国内旅游已经放开,关于市民关注的外出旅游的问题,张文宏给出建议——住酒店要多带一些卫生相关的用品,包括个人卫生用品、睡衣睡裤、拖鞋,以及酒精等日常消毒用品。如果住民宿,最好不要睡"大通铺",两人一间还是可以接受的。张文宏表示,目前国内 90% 以上的地区没有本土病例,大家外出旅游没有问题,但是不代表可以不采取非常好的防疫措施。

2020 年 9 月 8 日,经长达数月的"抗疫大战",中国疫情防控形势趋于稳定,各行各业复工复产,学校正式复课。中国宣布——中国的这场抗疫斗争取得重大战略成果,创造了人类同疾病斗争史上又一个英勇壮举。

8 日上午,全国抗击新冠肺炎疫情表彰大会在人民大会堂隆重举行。大会揭示中国抗疫五大"制胜密码":其一,在面对突如其来的严重疫情时,中国政府统揽全局、果断决策,以非常之举应对非常之事;其二,中国人民风雨同舟、众志成城,构筑起疫情防控的坚固防线;其三,广大医务人员白衣为甲、逆行出征,舍生忘死挽救生命;其四,中国人民统筹兼顾、协调推进,经济发展稳定转好,生产生活秩序稳步恢复;其五,中国同世界各国携手合作、共克时艰,为全球抗疫贡献了智慧和力量。

中共中央总书记、国家主席、中央军委主席习近平向国家勋章和国家荣誉称号获得者颁授勋章奖章并发表重要讲话。习近平总书记对中国人民伟大抗疫精神的概括与阐释，深刻阐明了我们党团结带领全国各族人民进行这场惊心动魄抗疫大战的精神实质，深刻揭示全国抗疫斗争取得重大战略成果的力量源泉。中国人民和中华民族铸就的伟大抗疫精神，同中华民族长期形成的特质禀赋和文化基因一脉相承，是爱国主义、集体主义、社会主义精神的传承和发展，是中国精神的生动诠释，丰富了民族精神和时代精神的内涵，筑起了中华民族伟大复兴征程上新的精神丰碑，成为中华民族最可宝贵的精神财富。

生命至上，集中体现了中国人民深厚的仁爱传统和中国共产党人以人民为中心的价值追求；举国同心，集中体现了中国人民万众一心、同甘共苦的团结伟力；舍生忘死，集中体现了中国人民敢于压倒一切困难而不被任何困难所压倒的顽强意志；尊重科学，集中体现了中国人民求真务实、开拓创新的实践品格；命运与共，集中体现了中国人民和衷共济、爱好和平的道义担当。

表彰大会上，张文宏获得"全国抗击新冠肺炎疫情先进个人""全国优秀共产党员"称号。

当天一早，张文宏在人民大会堂门口向《第一财经》记者发来语音感言。张文宏说："今天我是代表我们科室远赴武汉和留守本地抗疫的兄弟姐妹们来这里领奖，这个奖属于大家，这场疫情以来，无论是援鄂还是留守抗疫的兄弟姐妹们都付出了很多。"

张文宏表示，这是新中国历史上从未经历过的蔓延速度最快、涉及范围最广、防控难度最大的新发传染病，但是我们的医疗体系经受住了考验，广大医务人员和社会各界一起，在最短的时间内控制住了疫情，交出了完满的答案。

"今天全球范围内疫情还没有结束。我们要慎终如始，再接再厉，在世界疫情没有得到全面控制之前不麻痹、不厌战、不松劲，毫不放松抓紧抓实抓细各项防控工作。"会后，走出人民大会堂，张文宏如是说。

全球仍处在新冠肺炎疫情持续蔓延的特殊时期。统计数据显示，截至北京时间9月9日6时30分左右，全球累计确诊新冠肺炎病例超2769万例，累计死亡病例逾90万例，其中91个国家确诊病例超过万例。全球疫情防控形势依旧十分严峻。

在张文宏的电脑里，存有一份采访提纲。对于那些提问，张文宏曾表示一定会好好"交卷"，一一作答。但后来，张文宏一直没有"交卷"。现在看此"提纲"，显然，当时采访者犯了一个低级错误——拟采访提纲时，想当然地以为，张文宏去过武汉援鄂一线冲锋陷阵。其实张文宏没有去过武汉。提纲里有关一线援鄂的问题,令张文宏无语。

采访张文宏提纲

1993年,张文宏毕业于上海医科大学医学系医学专业,曾分别在香港大学、哈佛大学医学院以及芝加哥州立大学微生物系访问以及从事博士后工作。现为复旦大学附属华山医院感染科主任,同时担任复旦大学附属华山医院感染科党支部书记,兼上海市肝病研究所副所长。

(一)

来自媒体:"关于个人,张文宏不愿多说。有媒体询问,他迅速转移话题:'聊我就不用了,我只是农村孩子,毕业留在上海,就这样。'"

这里面有故事。您生于1960年代,成长于1980年代,恰逢中国改革开放40年。一个青春与学习成长的岁月,长身体、长知识的年代。

一个人的成长经历,是值得珍视的。您的少年、青春的深刻记忆是什么？

在这样的成长背景（1980—1990—跨世纪—新世纪）下，您对国家、乡村、城市的年代感是什么？

您处于一个大变革、大发展的时代，这个时代对您产生的影响是什么？您的生活观、世界观形成的主要成因是什么？

在您的青春岁月里，有什么令您难以忘怀和值得终身记忆的往事？

您有崇尚的青春偶像吗？什么样的人物成为了您的偶像？

除了专业学习，您有业余阅读或艺术欣赏吗？您曾说"我也追剧"。什么样的书籍或艺术形象令您感到生动或感同身受？

（二）

对我们这群人，给一个标志就是焦虑。我就属于这一群焦虑的人，一群叫作医生的人，我每天在为人类而焦虑。

——张文宏

来自媒体："1993年从上海医科大学毕业后，张文宏就进入上海医科大学附属华山医院感染科，至今已经干了26年。"

谈医生与职业，专业精神。关于词语——"焦虑"，我甚至感到一点震撼。

"焦虑"的表现是什么呢？这里面深层次的内在原因是不是对人类生存环境的不安，忧国忧民，忧患意识，诸如此类？

这样的"焦虑"情绪是不是很早便潜在地影响到您的职业选择？拯救人类，成为您的人生终极目标？

您当初进入大学的志愿是您的第一志愿吗？

这还让我想到鲁迅先生年少时候的"弃医从文"的故事。先生看见精神麻木的中国人面对侵略者无动于衷的时候，觉得拯救人的灵魂比拯救人的身体更加要紧。您有过这样的思考吗？

不管怎么样，您选择了一个拯救人类身体的职业。值得尊敬。您觉得一个医生救死扶伤以外，是不是还应该对人类做些其他什么贡献？您除了职业医生，还有其他特长或爱好吗？

除了治病救人这个职业，您最想做、最愿意做的事情是什么？

这次疫情初始，便有专家表示"这一次是真的感到害怕了。非典的时候还没有这种感觉"。

您在整个疫情暴发的时候，作为专家，有没有感到紧张、恐惧？

您在疫情初期的感受是什么？焦虑是肯定的，但更多的一定还有别的什么，是什么呢？

类似这样的职业生涯里的紧张的恐惧感,在您的记忆里还曾有过吗?如果有,那是什么样的情况?

(三)

来自媒体:"疫情就是命令,1月21日上午10点,华山医院紧急召集成立首批赴上海市公共卫生临床中心支援专家组,由张文宏带队,感染科副主任医师毛日成是队员之一。"

当时出征武汉的心境是怎么样的?

您对武汉最初的状况有什么基本判断?

到了武汉,您感觉是"不出所料"还是"出乎意料"?

从医多年,您是不是第一次面对这样的疫情?

到武汉,您作为上海援鄂医疗队的领队,一开始感到最艰难的是什么?

那句"共产党员先上"的话,感动无数人。我想问的是,这样的党员"身先士卒"的理念,在您的所属党支部里,应该是党员的共识吧。您所在的党支部一共有多少党员?占全员医护比例多少?

您在回应各方好评时,提及"网友不要过分解读,我就是班排不下去了"。您这样回应,是希望把党员安排在一线之举,不必作太拔高的解读。这我很理解。这让我想起，美国前国家安全事务助理基辛格博士，那位90多岁的上世纪70年代初打破中美关系坚冰的西方政治家，曾多次访问中国，他在《论中国》一书中说过这样一句话："中国人总是被他们之中最勇敢的人保护得很好。"我读到这句话的时候禁不住热泪盈眶。

国家总是有那么一些人在守护。现在是70后、80后、90后成为社会中坚。于是，我注意到，您接着说了一句大实话："入党的时候讲好的。"

您是什么时候入党的？

所谓"讲好的"，朴实，真实。我理解，广义上可以有很多解释，也会理解为十分响亮的口号。我无意拔高，我只是想，的确会落实到许多真切的实际工作上；落实到您个人，您觉得是什么呢？

（四）

来自媒体："2003年，张文宏就参与到了抗非典的工作中，他的老师翁心华当时是上海市'非典'专家咨询组组长。2013年，他参与到H7N9的病人治疗中。2014年的埃博拉病毒，他参加了援助西非的紧急救援队。"

"翁心华教授是张文宏的导师。"

一些影响您人生的重要人物,像导师,或者启蒙老师,或者父母,家人……这是个漫长的人生过程。您在自己的人生经历中,有哪些人对您产生重要影响?他们是怎么影响您的?

1996年,您与翁心华偶遇,促成您转到传染科攻读博士,成为他的学生。2001年,您曾有过改行和辞职的想法?当时是基于什么原因产生这个想法?后来为什么放弃了这个想法?

您的人生楷模是怎么样的人物?这不同于"偶像"。"偶像"更多的是寄予一些浪漫或虚幻的人生情怀,而"人生楷模"更接近于实际,与职业有关,与生活经历、经验有关,与未来有关。

(五)

来自媒体:"他还这样'畅想'疫情后的自己——'当新冠大幕落下,大家该追剧追剧,我自然会 silently(安静地)走开'"……

网红是个意外。我相信,这不是您的初衷,您也不需要这样的爆红。没有想到会有这样的"网红"经历,但已经发生了,您也要面对。疫情结束,您会安静地离开,用您的话说"那个沿着墙根走路的人,就是我",很生活,很形象,太生动了。真的很棒。

但好医生，一个习惯于安静的人，不是一天养成的。这与性格有关，与脾性有关，与家庭教育有关，与经年不改的为人处世的生活方式有关。

您的为人处世的一些基本原则是什么？源之于哪些生活体验与经验？

您平时对人际关系一定有自己的把控，您有自己的"距离感"。关于人际关系的距离感，您有什么见解？

低调，与您眼下的所谓"网红"的高调，反差太大。那种当下的"网红"现象，您持什么看法？

网上什么人都有。您对别人对您的各种赞誉，或者误解，甚至曲解，有心理准备吗？您该对这些说些什么呢？

您对网红的"张文宏"和安静的"张文宏"，各有什么看法？

（六）

来自媒体："每年的华山医院各科主任年终总结会，张文宏的发言总是最让人期待的环节之一，'都是干货！非常精彩'。"

您的语言，是您特有的一个亮点。

您善于表达。这有益于我的采访。您认为自己一直是一个有语言天赋的人吗？

您平时生活中是以普通话为主要交流语言吧？

除此以外，您还会经常说家乡方言吗？

上海话也会说吗？

我想说的是"干货"。"非常精彩"的干货，我从媒体上听到或看到这样的来自实际生活，与工作、生活休戚相关的"干货"。这些干货，我觉得更来源于您的另一个特点——细心。

您平时的细心，是您一以贯之的个人生活习惯吗？

您是个特别注重细节的人吗？

我想您应该是注重细节的人。所以我想问您，您的情感是不是也很细腻丰富？

有什么事情会让您流泪？

温情是人类共同的情感。一颗情感丰富、温和善良的仁者之心，是最值得珍视的。您说是吗？

我也有医生朋友。他们大多表现为温暖细致，善解人意。我儿时曾因眼疾去儿童医院看医生，那个女医生自始至终戴着口罩，我从未看到过她的脸，就看到她的那双会说话的眼睛。我到现在还觉得，这是我看到的最美丽的女人。我也看到医生的冷峻刻板、铁石心肠的一面。他们视死如归——当然是视别人之死如归。但这也是他们的职业使然。医生总有这样的两面性。救死扶伤，妙手回春，但同时也有救不活的时候，束手无策，冷若冰霜。

您作为一个医生，您平时对病人说得最多的话是什么？

您也会有面对病患束手无策的时候，也不可能处处药到病除，起死回生，面对疾病与死亡，您内心想得最多的是什么？

（七）

来自媒体："上海的救治方案，就是多学科协作，集中全市优质资源，'方案就写在病人身上'。张文宏说。"

关于治疗新冠的"上海方案"，您一直是很自信的，是吗？方案就写在病人身上。这是自信的来源？我们一般大众应该如何理解这样的自信？

您对提高新冠的治愈率也很自信吗？

您觉得最终战胜这个疫情靠什么？

还有一些问题比较"大路货"，关于我们这个城市。因为我一直觉得，一个人在一个城市生活，与城市会建立一种情感联系，还有精神联系。不管是老上海人，还是新上海人。

您对上海这个城市的印象是什么？

您喜欢上海吗？

您喜欢上海的理由是什么？不喜欢的是哪些？

您在上海居住于哪个区域？每天上下班的常规路线是什么？

您在上海工作和生活的基本社交圈是什么样的一些人群呢？

说说您在上海的衣食住行的生活感受，您能说几条您熟知和喜欢的上海马路路名吗？能说出几个喜欢的上海品牌商品吗？

（八）

我们非常非常幸运，在春节期间断然通过封城和全社会一级响应动员取得初步抗疫的阶段性胜利。

一个多月过去，世界各国的抗疫过程就像奥运会长跑比赛，前面一圈看不出来，后来各地抗疫成绩慢慢拉开了差距。

——张文宏

这是一个值得关注的命题——全球抗疫的国际合作。人类命运共同体。

因为眼下的疫情，我们真的要开始为人类命运不断焦虑、煎熬下去吗？

这场疫情的发生，从您的专业角度来解析，人类真的就是那么不堪一击吗？

面对新冠疫情，人类到底还有多少看家本领？

外行看热闹，内行看门道。我当然不是内行，就看不到门道。比如，我看到您和乔纳森·菲尔丁教授（Dr. Jonathan Fielding），美国加州大学洛杉矶分校（UCLA）公共卫生医学院教授，美国国家医学院院士，以及论坛主持人美国亚洲协会南加州分会董事、在太平洋两岸积极开展抗疫募捐工作的宋海燕教授的视频对话。

您介绍了传统的中医药在此次抗疫中被运用在临床治疗中。但接下来外国人给您的问题是：来自中国的数据是否真实可信？您能否就此发表您的看法，诸如此类。您不得不花很多时间说明这里发生的事实。对此，外人似乎都抱着难以置信的态度。

我不是对这样的国际合作抱有疑虑，我是想了解，这样的国际合作，技术援助，可以得到多少医学上的效果？

疫情初期，今年1月中旬，我也在国外，国内疫情起势，内心不安，更多是因为人在外面，不得详情，21日回沪，内心觉得，上海是安全的。我也不知道这样的安全感来自何处。后来疫情加剧，也未有更多的紧张，总觉得上海会很安全。直至国内疫情向好。但随之欧美崩溃，我倒开始感到紧张不安，我不是医生，但也用得上您的一个词语"焦虑"。有许多时候，我真的很焦虑，觉得这是全人类要面对的一个坎。人类的好日子恐怕要到头了。我也许过于悲观。一般来说，这个坎，总归过得去，过去了以后，怎么办？我现在根本不知道。潜意识里，我总觉得，全民抗疫，这样的事情，中国好办，上海好办，但到了外国，常常会一塌糊涂。这些欧美大国沦陷，似乎验证了我的直觉。您甚至也提及，疫情倘若再在印度和非洲肆虐，那真的要一塌糊涂了。

您有访问学者和海外留学经历，多次参加各国合作抗疫的工作，对全球先进的医学水平和医疗体系有深度的了解。正因为此，我想请教您的最后一个问题是，我想知道，我们帮得了别人多少？我指的不仅仅是物资上的援助，是指在医学技术、医疗手段、药理学、免疫学等科学领域，我们有多少话语力量？我们能够做些什么来帮助人家？中国还能为人类做些什么？

谢谢张文宏医生。

2020/4/20

像一段留白。张文宏没有作答。但是,从张文宏的表述中,几乎可以找到所有答案。

张文宏说,他还是会经常打开这份文档。看一眼,想一想。

9月16日,张文宏接受"抖音"和中信出版集团之邀,作为"都来读书"全民阅读计划的领读人,携新书《张文宏说传染》,至直播间,发起"未来会好吗"公益直播,向网友介绍新常态下的抗疫防控知识,畅谈作为医者对人类命运的思考。

"我们和病毒之间,只隔了一个航班的距离。世界上任何一个地方的传染病,都有可能在很短的时间内来到我们身边。"张文宏开场的这句话,令许多网友心有余悸。确实,正如张文宏所说,在新冠疫情之前,几乎没有人觉得应该特地去了解传染病相关知识,因此,所有人被病毒"打"了个措手不及。到中国的疫情已经得到有效控制,生产生活逐渐恢复,防控开始进入常态化,人们心中依然存在困惑,面对与传染病共生的未来,普遍怀有强烈的疑虑和担忧。

其实,不仅是新冠,人类生活一直存在许多由病原体引起的传染性疾病。回顾历史,1918年的西班牙大流感,夺走了

5000万至1亿人的生命。张文宏介绍——其实单从病毒毒力上来看，新冠病毒与那场流感病毒不相上下。之所以当年有如此高的死亡人数，一是因为当时公共卫生策略没有完全建立；二是因为当时没有抗菌药物治疗继发感染。可以说，当年的卫生条件和医药能力，都与今天有着天壤之别。张文宏认为，从某种程度上来说，人类技术的进步，目前已经超越了病毒对人类的威胁。

直播中，张文宏回忆了2003年"非典"时期的情形。张文宏感叹——他曾经设想过，如果今年的疫情发生在2003年，又会是怎样的局面？他坦言，对比当年，今天的我们可以说是幸运的。这十几年间，中国的科技飞速发展，我们比病毒跑得更快。"中国现在的病例数凭什么是零？因为我们的检测能力、隔离能力、治疗能力可以做到'动态清零'，这个动态，就是说明我们比病毒跑得更快，总是跑在病毒前面。"

那么"未来会好吗"？张文宏强调，我们必须清楚，我们与病毒是共同生存在这个世界上的，谁跑得更快，谁就能生存，"就像非洲草原上的猎豹和羚羊"。今天有新冠，明天可能还会有其他病毒，病原体永远不会离我们而去。在漫长的后疫情时代，想要与病毒长期"和平相处"下去，唯一的办法就是去认识它。张文宏表示，人类只有更加了解传染病知识，更加尊重自然规律，才能在病原体肆虐的时候永远跑在前面，继续生存下去。"也许新冠对我们的启发，就是要对自然更加谦卑，（我们）才能走得更远。"张文宏说。

张文宏曾多次在采访中坦言，自己并不喜欢站在聚光灯之下。"当新冠大幕落下，我自然会非常 silently（安静地）走开。你再到华山医院来，你也很难找到我了，我就躲在角落里看书了。"

张文宏喜欢看书。全民居家隔离时期，他便建议网友看书，以此缓解焦虑。"在这个特殊时期，可以读一读科普方面的书。"如今，他的医学科普书籍《张文宏说传染》出版，他幽默回应："疫情一旦结束，你们就可以追剧了。平时我这本书呢，放在旁边，也只能给你垫桌子而已。"话虽如此，读书人晓得，全球疫情远没有结束，读这本书，正当其时。

张文宏过去没有想过要写一本有关传染病的书。多年来，做医生，看病。他晓得，对大多数人来讲，他们最惧怕癌症、心脑血管疾病、老年痴呆症，为此保健养生，药补食补……诸如此类，成为热点，传染病几乎被遗忘。人类对传染病习惯性遗忘。现在有钞票了，富贵了，就生"富贵病"，传染病是"穷病"。2020年，新冠病毒突发，席卷全球，彻底扰乱全世界的生产生活秩序，人类着实被吓了一跳。吓得不轻，成为人类历史上一件骇人听闻的史实。随着新病原体降临的还有——人们对未知的恐惧,还有多少骇人的事情啊。如何抵御此等恐惧?写一本零门槛的硬核科普读物,便是张文宏要做的一件事情。他必须给出自己的回答。

2月,疫情肆虐,有记者问张文宏"上海方案"的治疗特点,他当时回答道:"我跟你讲你一定听不懂,因为我们读的书不一样。"

现在,大家来读一本一样的书——这本书的写作力求面向大众,让人人都能看得懂。在书中,张文宏将28种常见传染病按不同生活场景划分为7大类别,并从"传染病的前世今生""传染病知识小科普""张爸敲黑板"等视角,介绍每一种疾病的历史、特性和防护手段,内容专业但文辞通俗,足以解答普通人对传染病的常见疑问。

在"抖音"上,张文宏还用短视频对这本书"剧透":"夏季被蚊子叮咬,小心这些传染病""人类已知7种冠状病毒,新冠是最狠的吗"……在张文宏娓娓道来的讲述中,普通人望而却步的医学原理显得不再艰深。有网友评论道:"听了您的科普,感觉很多事都不怕了,因为人总是怕自己不懂的。这本书我已经下单了。"

至于这本书的版税,则将以一个特殊的形式捐赠。张文宏表示，所得版税分文不取，将全部用于购买本书，捐给医院、公共机构和中小学等单位。谈及如此做法的原因，张文宏说——即使在后疫情时期，我也没有理由把公众对传染病的关注度转化为自己的收入，但我又非常希望更多人了解传染病知识，希望每个人都为公共卫生体系构建出一份力，这对下一步的抗疫将起到积极作用。

当疫情防控成为新常态，我们要做的就是理性、科学地补上这堂"健康常识课"。张文宏认为，让更多人看到这本书，就是让更多人了解我们今天所面对的"敌人"，了解人类的未来，让全社会多一层免疫。此谓"用知识，做善事"。

书卷气。一个读书人，学以致用。做医生，悬壶济世。有一天，张文宏不响。语言少了，思想就出来了。太平世界，环球同此凉热。再去华山医院门诊大楼，看张文宏。看到他戴着口罩，上方露出那双熟悉的眼睛，眸子清澈，中有英雄泪。不言英雄自苦，生死事，大致如此。什么时候再听你讲讲啊？张文宏摆手，自顾贴着墙根离去，朝着自家门诊室，渐行渐远。再回首，历史在高处，深情凝望。

【附录】

张医生的话

1月18日
北京 CC 讲坛演讲

2020

岁月这么静好，就一定有人在负重前行。谁在负重前行？就是我们这样的人。

我们要做的是病毒猎手。

2020

1月24日
张文宏担任上海新冠肺炎临床救治专家组组长

我走不了。我要守住上海。

1月29日
党支部组织生活会发言

2020

党员冲在最前线，什么是前线？这里，现在就是！

一线岗位全换上党员，没有讨价还价！

2020 — 2月6日
新京报采访

现在每个人都是战士。

你在家里不是隔离,是在战斗啊!

你觉得很闷,病毒也给你闷死啦。

2月7日 — 2020
新民晚报采访

员工在家里工作,(老板)你就算他上班嘛,那你不是也对社会做了重大贡献?

2020 — 2月22日
硬核复工指南

不要到处瞎玩,正常生活正在慢慢回归,但是还没有到为所欲为的地步。

2月23日 — 2020
澎湃新闻采访

医生有多重要,我们的护理姐妹们就有多重要。

2月24日
开学第一课

2020

语言少了,思想就出来了。所以,闷两个星期,对广大的大学生是一个很好的锻炼。

2020

2月25日
上海都市频道采访

最有效的药是病人的免疫力,我们做的事是帮病人熬过去。

专家到了这份上吧,我看了,脾气没有一个好,每个人都极端的自信,吵架是经常的。但是有一个,每个人都抱着对病人极端负责的态度。

2月26日
China Daily 专访

2020

等过了这个事情,大家该看电视的看电视,该追剧的追剧,该看跑男的看跑男,谁要看我啊?

当新冠大幕落下,我自然会非常 silently 走开。你再到华山医院来,你也很难找到我了。我就躲在角落里看书了。

2020 / 2月29日

在上海市公共卫生临床中心防控大楼接受采访

只要今天活着就有明天治愈的希望。

3月3日 / 2020

网易新闻采访

没有防护,不许上岗!

2020 / 3月27日

上海科协研讨会发言

我们不希望做救火队员,而是在科技基础上做精准防控。

4月4日 / 2020

上海电视台新闻综合频道科普讲课

既要重视,但是又不能过度解读,这个才是我们对待无症状病例科学的态度。

4月15日

迎接华山医院感染科最后一批援鄂医生归来

2020

我为你们感到骄傲！

2020

4月30日

国务院联防联控机制新闻发布会发言

上海遵循的模式就是多学科合作、遵循循证医学的原则、不断创新。

5月16日

张文宏新浪微博

2020

每个人都是战士，都是英雄，这才是真正的群体免疫。

2020

6月14日

张文宏新浪微博

"接近零病例"状态还会是中国防疫的常态，希望社会尽快进入新常态之中。

2020 · 7月4日

上海交通大学医学院 2020 届毕业典礼发言

当你跟英雄的集体在一起的时候，你也成为英雄。

7月28日 · 2020

人民网采访

中国已经基本确定了下一阶段的防疫模式。

2020 · 7月30日

新华社采访

防控速度如何跟上并跑赢病毒传播速度？需要扩大检测、隔离感染者、严守社交距离。

8月11日 · 2020

贵阳市贵安新区演讲

新冠病毒是"披着羊皮的狼"，秋冬季要继续做好防控。

8月15日
新书发布会

2020

每一次失恋你可能都会学到一些经验,传染病也是一样。

2020

9月1日
开学第一课

洗手要像做作业一样认真。

健康成长比成绩更重要!

9月8日
全国抗击新冠肺炎疫情表彰大会接受采访

2020

今天在这里总结,是为了明天能够更好地控制住这场全球性的大流行。我们要慎终如始,再接再厉。

2020

9月13日
张文宏新浪微博

团结是抗疫成功的首要条件。

2020 · 9月20日
上海交通大学高峰论坛发言

第二波疫情是必然的，中国仍然面临输入风险。

9月29日 · 2020
第二届全球健康学术研讨会接受采访

抗疫水平无所谓高或者低，只是对你自己国家最合适的，这个跟你找男朋友也是一样的。

2020 · 10月26日
张文宏新浪微博

新冠不应成为世界分隔的理由。

11月10日 · 2020
张文宏新浪微博

这种策略，就是"新常态"下的"动态清零策略"。

12月8日

张文宏新浪微博

2020

中国已经为应对病毒和迎接开放的未来做准备。

2020

12月21日

上海防疫工作第九十场新闻发布会发言

这次我们还会比病毒跑得更快。

12月31日

张文宏新浪微博

2020

相信我们过的会是祥和团结的中国年,病毒过的是王小二的年。

2021

1月1日

张文宏新浪微博

天下武功,唯快不破。中国可以做到快准稳。

2021 1月12日
张文宏新浪微博

今天不接种疫苗，明天排长队打疫苗。

1月24日 2021
复旦大学校友会年会发言

中国的防疫，某种意义上孩子发挥了重大作用。

2021 1月25日
新民晚报采访

我虽然说我们在瓷器店里抓老鼠，但我们都更希望没有老鼠！

1月29日 2021
与海外华侨华人视频连线交流

病毒不分人种，有条件一定要打疫苗。

说不定2022年的春天，我们可以背起行囊，全世界各地去走一走。

1月30日 **2021**
中新社"国是直通车"采访

对于就地过年的同志,我表示非常敬佩。这个春节,可以看作是为全中国人民所做的一次贡献和慈善。

2021 **2月5日**
张文宏新浪微博

病毒狡猾,不会一直以你导演的剧本,规定的时间出现。

疫情终结终有时,我们需要的是耐心、勇气还有包容。

2月8日 **2021**
上海市人民政府新春云联欢活动连线海外同胞

我为他们在这次疫情防控中做得那么好感到骄傲。

2021 | 2月13日
张文宏新浪微博

也许这次瘟疫,再次给了人类一个团结的理由。

3月24日 | 2021
中国耐多药结核病超短程方案研究启动会发言

当国门打开,还没有接种疫苗的人就会吃亏,去到哪里内心都会非常担心。

2021 | 3月26日
澳门呼吸道传染病研讨会发言

新冠疫苗成为世界重新开放的唯一渠道。

4月2日 | 2021
张文宏新浪微博

外防输入与构筑免疫屏障会是今年中国防疫的基本色。世界范围内也会因为疫苗接种的逐步推进,出现全球互通的曙光。

4月25日

在上海朵云书院戏剧店活动发言

2021

学医是思考人生的一个重要角度。

2021

5月2日

参加瑞安"百名博士家乡行"活动接受采访

最关键的一点,大家有机会打疫苗还是要去注射。

6月12日

张文宏新浪微博

2021

有效的疫苗接种不仅仅可以提高个体对病毒的抵抗力,更有助于提升全人群对病毒的抵抗力,显著减缓病毒的传播。

2021

7月29日

张文宏新浪微博

我们已经赢过新冠病毒一次,未来我们一定会找到长久的制胜之道。